일상이 허기질 때,

밥보다 책

일상이 허기질 때,

밥보다 책

김은령 지음

책밥상

결론은, 책을 읽는 편이 낫다

나이 든 여자는 위험하다고 했다. 예전에는 대단하게 보이던 것이 사실 별것 아님을 알게 되고는 담대해지니 말이다. 책을 읽는 여자도 위험하다. 직접 경험한 세상을 책을 통해 확인했고 경험하지 못한 세상은 책을 통해 만나 보았으니까. 그렇다면 나이 들고 책을 많이 읽는 여자는 얼마나 위험할까.

책을 좋아하게 된 것은 밤마다 동화를 읽어준 엄마 덕분이었다. 책이나 독서와 관련해서 우리 집에는 아무런 제약도 없었다. 어떤 책을 읽어도 괜찮고 아무리 많은 책을 사들여도 괜찮았다. 단 하나 예외가 있다면 절대로 전집은 사지 않는다는 것. 딱딱한 겉장에 금박으로 글씨가 쓰인 화려한 50권짜리, 100권짜리 세계문학전집이 당시 유행이었다. 금지는 이상한 열망을 부르게 마련이다. "책 사놓으니 내 집 딸은 안 읽고 남의 집 딸이 읽는다"는 친구 엄마의 한탄을 들을 때마다 '아줌마, 어차피 사놓았는데 누구라도 읽으면 좋잖아요'라고 속으로 생각하며 당당하게 책을 빌려

보았다. 공부하기 싫고 학교 가기는 더 싫은 중고등학교 시절에는 연애소설과 패션 잡지가 도피처였고 대학 입학해서 만난 완벽한 개가식 도서관은 그 어떤 풍경보다 아름다웠다. 무언가 읽고 쓰는 일을 직업으로 갖게 되었지만 그렇다고 해서 대단한 지식을 쌓지도 못했고 깨달음이나 통찰력을 얻지도 못했다. 물론 이렇게라도 책을 읽지 않았다면, 나는 더 형편없는 사람이 되었을 것이다.

서른 살이 되었을 때에는 기뻤던 것 같다. 학교 졸업하고 사회에 자리 하나를 차지하게 되었고 일도 어느 정도 익숙해져 다른 사람의 도움 없이 살아가게 되었으니 나름 자부심을 느꼈다. 마흔 살이 되었을 때에는 조금 슬펐다. 정신없이 진짜 어른으로 10년을 보냈는데 돌아보니 별달리 나아진 것이 없었다. 내 일을 좋아하지만 맨날 똑같이 이대로 사나 싶었고 통장에 모아놓은 돈은 없었으며 결혼은 할지 안 할지 확실하지 않았다. 인생이 뭐 이런가 싶었는데 이렇게 고민하고 후회하다 40대마저 끝나가고 있다. 여전히 실수하고 어리석으며 많이 먹고 운동은 안 한다.

인정하고 싶지 않지만 당연히 내 차지라고 생각하던 것들과 작별하게 되는 날이 올 것이다. 언제까지 지금처럼 일할 수 있을까, 앞으로는 어떻게 살아야 하나, 여러 가지 고민을 익숙한 친구처럼 옆구리에 끼고 다녀야 할 것이다. 한 가지 다행인 것은 이제 무턱대고 순진하지도 않고 그렇다고 치기로 가득 차 냉소적이지도 않다는 것이다. 여전히 크고 작은 일에 상처받지만 잘 털고 일어날 정도의 맷집도 갖추었다. 지금까지 생각하고 경험하고 몸에 익힌 것을 정리해서 다음 단계로 넘어가야 하는 때가 되었다는 것도 알 수 있게 되었다. 그래도 앞으로 다가올 시간에 대해 딱히 뭘 준비해야 할지 모를 때는 그냥 하던 대로 책이나 읽자 싶었다. 내가 할 수 있는 일 중에서 가장 길게, 오래 해왔고 그나마 좋아하는 일이기 때문이다.

드라마나 게임은 시청자나 참여자의 반응에 따라 사건 전개와 결말이 달라질 수도 있지만 인쇄되어 나온 책은 고지식하기 짝이 없어서 결말이 정해진 대로 끝나버린다. 《보바리 부인》을 열 번 읽는다 해도 우리의 주인공은 항상 자신을 괴롭히는 연애 때문에 고생이다. 타이밍을 못 맞춰 끔찍한 파국으로 달려가는 로미오와 줄리엣에게 "조금만 기다려보라"고 알려주려 해도 헛수고다.

책은 그대로인데 다만 책을 읽는 나는 조금씩 바뀐다. 나아지는 못하더라도 달라지기는 하는 것 같다. 40대를 넘기며 어떤 책은 다시 읽었고 어떤 책은 처음 읽었으며 여러 번 읽은 책은 또 새롭게 읽었다. 오래 전 받았던 감동과 깨달음이 여전히 유효한지, 그때 읽고 이해했던 것들이 옳은 방향이었는지 확인할 필요가 있었다.

예전보다 사람들이 책을 덜 읽는다고 하는데 서점에 나가보면 매일 엄청난 책이 쏟아지고 있다. 상당수는 내용도 좋아서 그 책 더미 속에서 무얼 읽을 것인가 고민하게 된다. 한국인의 연 평균 독서량은 10권이 채 못 된다고 한다. 그보다 조금 의욕적으로 한 달에 두세 권씩 매년 꾸준히 읽는다면 일 년에 30권 정도. 40대 10년 간 이런 속도로 책을 읽는다고 하면 300권 정도일 것이다. 휴대폰 들고 있는 시간이 더 많은 요즘, 상당한 양이라고 생각할 수도 있지만 세상에 새롭게 쏟아지는 지식과 정보를 고려한다면 극히 적은 부분에 해당할 수도 있다. 이 정도를 읽어서 내 인생 나머지 30여 년 이상을 보낼 연료 혹은 무기로 삼는다면 해 볼 만하지 않을까. 40세 이전에 시작한다면 더 바랄 나위 없을 테고.

물론, 새로운 정보와 지식을 얻는 데에 책이 전부는 아니다. 유튜브를 검색하고 넷플릭스를 보고 온갖 소셜미디어를 들락날락하지만 나에게는 아직도 종이를 잘라 묶어놓은 형태가 친숙하다.

단조롭고 딱딱하고 제한 많은 '책'이라는 형태는 그 덕에 오히려 상상력을 자극한다. 긴 텍스트를 읽어내는 인내심과 행간에 숨은 의미를 짐작하는 이해력을 키워준다. 자리를 많이 차지하고 무겁기도 하지만 손으로 잡을 수 있고 실재로 존재한다는 점이 안도감을 준다.

40대가 지나면 지성과 호기심은 말할 것도 없고 신체적 능력이 떨어진다. 컴퓨터 모니터와 휴대폰 화면을 보느라 혹사당한 눈이 제 기능을 발휘할 수 있는 날도 얼마 남지 않았다. 이 책 저 책 들었다 놓았다 우왕좌왕 할 때가 아니다. 남은 평생 읽을 수 있는 책에 한계가 있다는 사실을 기억해야 한다. 의미 없는 책을 읽는 일은, 이쯤 되면 그만두고 읽다 재미없다면 과감하게 접고 다른 책을 읽어야 할 때다.

"주머니나 가방에 책을 넣고 다니는 것은, 특히 불행한 시기에, 당신을 행복하게 해줄 다른 세계를 넣고 다니는 것을 의미한다."

오르한 파묵의 이야기처럼 가끔씩 책 속으로 도망치는 것은 도움이 된다. 세상이 커다란 거울을 들이밀며 주름살이 얼마나 늘었는지 보여주고, 나의 이력서는 이대로 지루하게 끝날 거라고 확인시켜주는 요즘이라면 더더욱 그렇다. 책을 읽지 않아도 사는 데 큰 지장은 없을 것이다. 몇 번이나 열심히 읽어도 무슨 이야기인지 모를 때는 또 얼마나 많은가. 그럴 때면 책을 읽는다는 것 자체가 부질없게 느껴지곤 한다. 하지만 그래도 읽는 편이 낫다. 읽었는데도 모르는 것이 아예 안 읽어서 아무것도 모르는 것보다는 낫다. 그것이 지금까지의 결론이다.

여기서 소개하는 것은 안정된 듯 보였지만 속으로는 여전히 불안하고 흔들리는 마흔 언저리, 뭐라도 하고 싶은데 특별히 하고 싶은 것은 없고 무언가를 애써 하기도 싫었을 때 읽었던 책들이다. 다시 읽은 책도 있고 새로 읽은 책도 있는데 40대를 잘 지나갈 수 있게 도와준 가벼운 예방 주사이자 적절한 영양제이기도 했다. 출간된 책은 영원히 우리 곁에 있다고 생각했는데 아니었다. 여기 소개하는 책 중 절판돼 이제 구하기 어려운 책들도 많았다. 책의 유통 기한은 점점 짧아지고 있으니 관심 가고 읽고 싶은 책이 있다면 '다음번에' 하고 미루지 말고 그냥 사야 한다. 책은 읽기 위해 사는 것이 아니고 사놓은 책 중 골라 읽는 것이니까.

차례 ——————————————————————————————

들어가며
결론은, 책을 읽는 편이 낫다

————

Chapter 1
내가 누구인지 말할 수 있는 자는 누구인가

Chapter 2
그때의 순간을 길어와 삶의 에너지로

Chapter 3
매일 아침, 두근두근 대며

나가며
밥, 술, 돈, 잠 그리고 책

내가 누구인지
말할 수 있는 자는 누구인가

우리가 보는 대부분의 부고는 지나치게 건조해서 사망 일자와 유족 명단, 연락 전화 정도가 전부이다. 그 사람이 춤을 잘 추었는지, 스파게티를 잘 만들었는지, 가족을 얼마나 사랑했는지에 대해서는 알 수 없는 일방적이고 딱딱한 통지문에 불과하다. 어떻게 죽을지 생각하는 것은 역설적이게도 어떻게 살지 생각하는 것과 마찬가지 의미다.

처음과 끝을 함께, 엄마와 딸

"흰 머리 봐, 우리 딸도 늙네."

병원 대기실에 함께 앉아있던 엄마의 한마디에 나는 그날 바로 미용실로 달려가 염색을 했다. 10년 전 쯤 암 진단을 받은 엄마는 수술을 잘 마치고 매년 검사를 받고 계신데 완전히 제거하지 못한 암세포가 남아있어서 늘 마음을 졸이게 된다. 검사를 해 보니 좀 커진 듯하다며 방사선 치료를 권해 병원에 간 날, 나이 들어버린 딸의 모습에 엄마는 문득 놀란 것 같았다. 내가 나이 들지 않아야 나를 보는 엄마도 늙지 않을 것이다. 별로 살갑지도 않고 다정하지 않은, 이기적이고 제멋대로인 나이 든 딸이 암 치료 받는 엄마 마음을 편하게 해줄 수 있는 것이 고작 염색이라니 누가 보지 않았다면 미용실에서 울음을 터뜨렸을 것이다. 엄마, 미안해. 이 따위인 딸이라서.

'엄마'라고 부르는 이름은 세상에서 가장 큰 위로와 지지의 상징이다. 동시에 엄마와 딸은 "너도 결혼해서 딱 너 같은 딸 낳아봐라"라거나 "엄마가 생각하는 세상과 지금은 완전히 달라" 하고 별것 아닌 걸로 서운해하고 날을 세워 부딪치기도 하는 대상이다. 1940~50년대 태어난 여성들, 내 어머니 뻘이 되는 세대는 가부장적인 분위기에 더해 전쟁이 만들어낸 혼란을 수습하는 와중에 성장하며 여러 가지 기회에서 소외되기 일쑤였다. 아무리 똑똑하고 재능이 있다고 해도 오빠와 남동생을 뒷바라지하기 위해 학교를 포기해야 했고 직업이나 직장을 갖는 것도 쉽지 않아서 빨리 결혼을 해야 했다. 내 또래 여성들은 자신의 어머니가 아들과 딸을 별로 차별하지 않고 키웠다고 이야기하는 경우와 오빠나 남동생과는 다른, 차별 대우를 받고 컸다고 분개하는 경우가 반반쯤 되는 것 같다. 그 어떤 경우라도, 이 세대 엄마들이 낳은 딸은 씩씩하게 자랐다. 자신과 다르게 하고 싶은 일을 하고 살 수 있도록 응원한 엄마 덕이기도 하고, 앞 세대에서 그대로 가져온 아들 우선주의를 강조하는 엄마 탓이기도 하다. 대학을 졸업하며 취직을 당연하게 여긴 우리 세대 여성들이 지금까지 나름의 경력을 쌓으며 이 사회에 남아있는 것은 잘 정비된 법적, 사회적 제도 때문이 아니고 엄마들이 팔 걷어붙이고 손자들을 대신 키워주었기 때문이다. 자식과 손자 뒷바라지까지 하는 바람에 몸도 마음도 지쳐버린 엄마 세대에게 우리는 평생 빚진 기분을 느낄 것이다.

복잡다단한 모녀 관계에 대한 고민은 시간과 공간에 상관없이 약간의 형태만 바꾼 모습으로 되풀이된다. 한국의 콩쥐팥쥐와 서양의 신데렐라 이야기가 거의 비슷한 맥락으로 전개되는 것처럼 엄마 이야기가 나오면 이 세상 모든 여성의 무의식 깊은 곳에 자리한 공감대가 건드려진다. 세상 대부분의 모녀 관계는 갈등과 다툼과 화해를 되풀이하는 무한 순환구조다. 중국계 미국 작가인 에이미 탄의 첫 소설이자 웨인 왕 감독의 영화로도 선보인 《조이럭 클럽》은 사랑하면서 상처 주는 모녀 관계를 생생하게 보여준다. 거의 30년 전 책이라 지금 분위기로 보면 표지도 촌스럽고 여러 번 봐서 책장이 뜯겨 너덜거린다. 오래된 책은 정기적으로 정리해 버리곤 하는데 이 책은 매번의 난리를 피해 용케도 살아남는다. 모녀 관계를 다룬 이야기라서 이 책을 버리는 것은 엄마를 버리는 것 같은 느낌을 주기 때문이다.

더 나은 삶을 찾기 위해 공산화되기 직전 중국을 떠나 바다를 건너온 네 명의 사연 많은 중국 여성들은 마작 게임을 즐기는 '조이럭 클럽'을 시작한다. 미국 샌프란시스코에 정착한 그들은 모두 딸을 낳았는데 네 쌍의 모녀가 보여주는 복잡다단한 관계, 때로는 전설처럼 신비로운 이야기가 소설의 뼈대를 이룬다. "우린 모두 계단 같은 존재다. 한 단계, 한 단계 올라가고 내려오고 하지만, 우린 모두 같은 길을 가고 있는 것이다"라는 소설 속 독백처럼 자신과는 다르게 행복하게 살길 바란 딸들이 자신과 비슷한 혹은 다른 문제로 고민하고 상처받는 것을 바라봐야 하는 엄마. 문화적인 배경과 세대의 맥락이 다르다 보니 가장 가까운 딸과도 갈등을 겪고 그 화해마저도 쉽지 않은 것이《조이럭 클럽》의 엄마들이자 우리의 엄마들이다.

　지옥불처럼 뜨거워서 우리 존재를 태워 버리기도 하는 또 다른 모정의 이야기도 있다. 토니 모리슨의《빌러비드Beloved》는 자신이 생명을 준 딸에 대해 엄마가 어느 선까지 책임을 질 수 있는가, 책임을 지고 결정을 하는 것이 과연 옳은가 고민하게 만든다.

　1856년 캔터키, 임신한 몸으로 네 명의 자식을 데리고 얼어붙은 강을 건너 도망친 마거릿 가너는 노예사냥꾼에게 잡히자 자식을 노예로 살게 할 수는 없다는 생각에 두 살배기 딸을 살해하고 다른 자식들도 죽이려다 잡혀 재판에 회부되었다. 그녀를 '인간'으로 인정하여 살인죄로 기소할지, 노예법에 따라 '잃어버린 재산'으로 취급할 것인지 논쟁이 되었는데 그녀와 변호사는 살인죄를 원했지만 결국 인간으로 재판받지 못했다고 한다. 이 실제 사건이 미국의 소설가 토니 모리슨의 정교하고 아름다운 글을 통해 생생하고도 새롭게 구성된다. 주인공 세서가 네 아이들 중 한 아이를 직접 죽이고 태어난 지 28일 되는 갓난아기를 데리고 감옥으로 들어가는 과정에 집중했다면 노예제의 참혹함을 그리는 것에 그쳤겠지만 이 책은 감옥에서 나온 세서가 죽은 아기의 원혼이 감도는 124번지로 돌아온 후의 이야기에 집중한다. 세서 옆에는 태어난 지 얼마 안 돼서 아슬아슬하게 구출되었지만 사랑받아야 할 엄마로부터 두려움을 느끼며 자신의 존재를 끊임없이 확인하는 딸 텐더가 자리하고 있다. 여기에 세서가 제 손으로 죽인 아기 빌러비드가 처녀의 몸을 빌려 돌아와 왜 자기를 죽일 수밖에 없었는지 이야기해 달라고 조른다. 과거를 떠올리며 그때의 결정을 이야기하는 일은 참혹했다. 원하지 않았던 임신, 딸에게 또 다른 지옥을 물려주고 싶지 않았던 모정이 만들어낸 현실의 지옥. 그 무게에 눌려 미치거나 도망하지 않고 기꺼이 죄를 치르고 꾸역꾸역 살아가는 엄마와 그 엄마에게서 생명을 나눠 받은 딸이 보여주는 용기는 이 소설이 그토록 큰 사랑을 받게 된 이유일 것이다.

한 컨퍼런스에서 '월간 이슬아'라는 프로젝트를 만났다. 글을 쓰고 만화를 그리는 '연재노동자'라고 자신을 소개하며 대학 학자금 대출을 갚기 위해 아무도 청탁하지 않지만 매일 글을 쓰고 메일로 독자에게 직접 발송하고 있다고 했다. 글을 쓰기 위해 노력하는 이야기, 작가가 독자와 바로 소통하는 직거래 방식을 기획한 이야기, 글과 그림으로 자신의 세상을 만들어가는 이야기를 들려주는 연단 위 그의 모습은 반짝반짝 빛이 났다. 이슬아 작가는 만화에 짧은 이야기를 곁들인 자신의 첫 책 《나는 울 때마다 엄마 얼굴이 된다》를 '한 몸에 있었던 두 사람이 서로에게서 독립하는 과정, 우연히 만난 두 사람의 우정'을 그린 책이라고 소개했는데 이 책을 통해 최근에 가장 기분이 좋은 모녀 관계를 만날 수 있었다.

엄마에게 딸은 미성숙해서 뭐가 뭔지 잘 모르는 존재일 뿐이고 딸에게 엄마는 고루하고 과민한 지난 세대의 상징으로 그려지는 이야기가 많다 보니 엄마와 딸이 어른스럽게 관계를 만들어가는 모습은 그동안 한국에서 보기 쉽지 않았다. 그런데 이 책은 조금 달랐다. 이를 테면 연애 때문에 자기 공간이 절실해져서 혼자 살 집 보증금을 모으기 위해 누드모델을 하기로 결심할 때의 이야기가 그랬다. 부모는 자신이 무슨 일을 하든 반대하지 않는다는 확신으로, 속이는 것은 피곤하다는 생각으로 이 결심을 알리는 열여덟 살의 딸. 보통 부모라면 당황하거나 화를 냈을 이야기에 "무엇을 준비해야 해?" 하고 물어보고 무대에 서기 전 걸치는 가운이 필요하다는 딸의 말에 "알몸이 되기 전 걸치고 있는 옷이 최대한 고급스러웠으면 좋겠다"며 자신이 운영하는 구제 옷 가게에서 가장 좋은 코트를 가져다주는 엄마. 작가의 말대로 몹시도 너그럽고 다정한 그의 엄마는 단단하고 멋진 사람이었고 딸 역시 그렇다.

세상 많은 일들은 시간과 노력을 들인 후 1~2년 후면 대략 결과를 짐작할 수 있다. 아이를 키우는 일은 다르다. 아이가 자기 의사를 확실하게 밝히게 되기 전까지는 엄마가 많은 부분을 결정하고 책임진다. 신경 써서 키운 아이가 자라서 엄마의 노력과 결정을 원망할지 고마워할지, 엄마로서 자신의 철학이나 태도가 옳았는지 확인하려면 20년쯤 걸린다. 그동안 엄마는 하루하루를 누군가에게 저당 잡힌 기분으로 마음 졸이며 살게 될 것이다. '서로가 서로를 고를 수 없었던 인연 속에서 어떤 슬픔과 재미가 있었는지 말하고 싶다'고 이슬아 작가는 책 앞머리에서 밝혔다. 연인들끼리는 서로를 선택하고 친구도 서로를 선택한다. 부모와 자식만이 완전히 랜덤으로, 서로를 만나게 된다. 그래서 더 힘들고 더 소중한 관계가 되는 것이겠지만.

나의 엄마도 첫 아이인 나를 키우며 갈팡질팡했을 것이다. 남들이 부러워할 특별한 성취를 이루길 바라면서도 결혼해서 아이 낳고 행복하게 살기도 바랐다. 요리와 청소 같은 집안일에 별 소질도 관심도 없는 딸에게 "나중에 엄마랑 같이 안 살 때에는 이런 일들을 어떻게 하려고 그래?" 하고 걱정을 했지만 정작 내가 음식을 만들고 청소를 하려고 하면 "지금 안 해도 나중에 다 하게 될 테니까 그때 하고 가서 공부를 하든 책을 읽어"라고 이야기했다. 어느 장단에 맞추어야 하는 건지 그땐 이해할 수 없었지만 지금은 안다. 뭐가 되었건 행복하고 편하기를 바라는 것일 테니. 평탄치 않은 인생을 헤쳐나가는 과정에서 딸들은 과도한 기대와 억압으로 여겨지던 엄마의 간섭이 사랑의 서투른 표현이었음을 깨닫고 엄마들 역시 자신이 보호하며 키운 딸이 결국 한 사람의 독립된 존재임을 확인하게 된다. 크고 작은 오해를 깨고 이해에 도달할 때까지 갈등과 대립을 이어가게 되니 모녀 관계는 절대 '쿨' 할 수 없다. 중년이 된 딸과 노년에 접어든 엄마는 여전히 지지하는 정당으로, 장조림 만드는 방법으로, 결혼과 직장 문제로 쉴 새 없이 부딪치고 논쟁을 벌인다.

이런 엄마와 나를 보며 남동생은 가끔 "나이 들면서 누나는 엄마와 더 비슷해지는 것 같아"라고 이야기한다. 눈 한 번 흘겨 주고 거울을 봤는데, 거기에 정말 엄마가 있었다. 이슬아 작가가 이야기한 것처럼 나도 웃을 때나 울 때나 엄마의 얼굴이 된다. 나는 엄마와 다르다고 지금까지 생각하고 살아왔는데 어쩌면 저렇게 닮은 사람이 되었을까. 세상 모든 엄마들은 딸이 자기처럼 살까 봐 혹은 자기처럼 살지 않을까 봐 걱정이다. 나도 늘 궁금하다. 엄마는 내가 자신과 다른 인생을 살기 바랐을까, 자기처럼 살기 바랐을까. 나는 지금 이 나이에도 철이 하나도 안 든 느낌인데 지금 나보다 훨씬 어렸던 서른 살, 마흔 살 엄마는 어떻게 그 시간들을 당당하게 버티며 시댁에 친정까지 신경 쓰고 고집 센 아이 둘을 키웠을까.

"무서워."

"무서워 마라."

영화 〈마지막 레슨〉에서 90이 가까운 나이, 예전처럼 스스로의 삶을 영위하기 어려워진 엄마가 인생의 가장 중요한 결정을 앞두고 딸과 나누는 대사다. 엄마와 딸은 이렇게 서로 무서워하는 것을 무섭지 않게 느끼도록 해준다. 딸이 태어나 처음 만나는 사람이 엄마이고 엄마가 세상을 떠나며 제일 마지막에 보는 사람은 딸일 것이다. 서로를 일부러 선택하지는 않았지만 삶의 처음과 끝을 함께 하는 사이라니 멋지지 않은가. 이 나이가 되어서도 나는 여전히 세상일이 무섭지만 용감하기 그지없는 엄마가 있고 그런 엄마에게 물려받은 배짱이 있기에, 그래도 조금은 괜찮을 것 같다.

《조이럭 클럽》, 에이미 탄, 박봉희 옮김, 문학사상사, 1990
《빌러비드》, 토니 모리슨, 최인자 옮김, 문학동네, 2014
《나는 울 때마다 엄마 얼굴이 된다》, 이슬아, 문학동네, 2018

내가 누구인지
말할 수 있는 자는 누구인가

회사 인간, 과로 사회와의 작별

출근을 하면서 바로 '아, 퇴근하고 싶다'는 생각이 드는 우리는 회사 인간이다. 출퇴근길의 지하철이나 버스는 세상에 대해 환멸을 느끼게 해준다. 반경 1미터 안전거리 안쪽으로 아무렇지 않게 모르는 사람을 받아들여야 한다. 여름이면 땀 냄새에 향수 냄새, 담배 냄새가 뒤섞여 정신 차리기 힘들고 퇴근길 술 취해 자꾸 내 어깨에 머리를 떨구는 옆자리 승객과 다른 자리가 비었는데도 굳이 임산부 보호석에 다리 꼬고 앉아 가는 건장한 남자를 참아내야 한다. 자가용으로 출퇴근한다 해도 교통체증에 갇혀서 매일 두 시간을 길거리에서 보내야 하고 주차공간에 신경 써야 하니 상황은 크게 다르지 않겠지만. 복잡하고 지저분하고 위험한 도시를 떠나 정착해서 가정을 꾸리기 좋은 교외를 선호해 통근을 마다 않는 사람도 있고 도심에서 집을 구하기가 쉽지 않다 보니 근교에 살며 긴 출퇴근 시간을 감내하는 사람도 있다.

IMF 경제 위기를 겪으며 대기업과 중소기업이 무너지는 것을 목격했고 리먼 사태를 통해 탐욕스러운 금융자본과 무능하고 부패한 정부들이 어떤 위기를 만들어 내는지 확인했으며 그 문제 해결의 책임을 떠맡는 것은 결국 이 세상의 평범한 노동자라는 사실도 인식하게 되었다. 열심히 일하면 더 많은 돈을 벌게 되고 안락하게 살 수 있다는 믿음은 더 이상 현실에서 작동하지 않는다. 회사에서 매달 진행하는 초청 강연에서 고전학자인 고미숙 씨가 "매달 따박따박 통장에 찍히는 월급 때문에 자발적으로 노예가 되는 사람들"을 이야기한 적이 있다. 경제적 자유를 위해 다른 모든 자유를 포기하게 만드는 자본주의의 선택이라니.

'합리적'이라는 구호 아래서 불평등하고 비인간적인 모습으로 변해가는 사회 구조를 연구하는 런던시립대의 피터 플레밍 교수는 자신의 책 《호모 이코노미쿠스의 죽음》에서 노동에 대한 집착은 너무나도 강해서 마치 심각한 중독 상태와도 같다고 지적했다. 노동에 대한 강요는 더 이상 업무 시간에만 한정해서 이루어지지 않으며 일이 삶의 모든 부분을 점령한 상태가 되었다고 한탄한다. 이 사회에서 제대로 자리 잡고 성공하려면 '일'과 '삶'을 동일어로 여길 정도가 되어야 하는 것 같다. '저녁이 있는 삶'이 정치 구호로까지 등장하는 나라이니 어찌 보면 당연한 일이 아닌가.

"오, 이런, 오, 이런 이러다가 늦고 말겠어." 중얼대며 주머니를 뒤져 시계를 꺼내 드는 《이상한 나라의 앨리스》속 흰 토끼는 평범한 직장인들을 대변한다. 스마트 폰 속 캘린더에 시간 관리 앱을 줄줄이 켜놓고 30분 단위로 일정을 확인하며 서두르는데, 정작 그 할 일이라는 것이 엄청 대단한 것도 아니다. 더 많은 전화 통화를 하고 더 자주 이메일을 확인하고 매일 야근과 회식과 의미 없는 회의를 반복한다. 문제는 그렇게 해서 성공을 얻을 수도 없고 설령 성공한다고 해도 별로 행복하지 않다는 것이다. 언제부터인지 젊은 직장인들 사이에서 '퇴사'가 트렌드가 되어버린 것도 그 때문일 것이다. 도대체 내가 여기서 무얼 하고 있는 거지 하는 의문.

예전 같으면 다닌 지 얼마 안 되는 회사를 그만두고 나오는 젊은이에게 "아무 대책도 없이, 한 순간의 치기 어린 무책임한 결정이다"라고 나무라는 분위기였다. 성장 시대의 신화에 사로잡힌 사람의 눈으로 보자면 현실 도피에 지나지 않기 때문이다. 하지만 이제는 "그렇게 해서 네가 행복할 수 있다면" 하고 인정해준다. 세상이 조금씩 달라지고 있다. 그래도 '이제 그만둘 거야, 때려치워야지' 하며 마음속에 늘 사표를 품고 있다 하더라도 실천에 옮기는 사람은 그리 많지 않다. 안전과 소속, 정해진 보수가 주는 마약 같은 안도감을 놓아버리기 쉽지 않기 때문이다. 어차피 악마를 만나야 한다면 아는 악마가 더 편하다고, 다시 새로운 환경에 적응해 일하는 것은 생각보다 훨씬 더 큰 스트레스다. 하물며 회사를 아예 그만두고 완전히 새로운 삶을 찾는 일이야 말해 뭐할까.

퇴사 과정과 퇴사 이후의 삶을 솔직하게 적은 책《아직, 불행하지 않습니다》의 저자 소개에는 '2009년 입사 / 2013년 퇴사 / 2013년 만화가 전업 / 2015년 수필가 겸업 / 2017년 아직 불행하지 않음'이라고 적혀 있다. 간단한 소개글이지만 직장인이라면 그 절절한 행간을 읽을 수 있을 것이다. 입사를 위해 얼마나 고생했을까. 사표를 쓰며 또 얼마나 고민이 많았을까. 새로운 일을 찾아내기까지는 또……. 저자인 김보통은 입시지옥을 치르고 다시 입사지옥을 경험하며 비로소 세상에 자리를 잡았는데도 행복하지 않다면 인생의 다른 방향을 고민해봐야 한다고 이야기한다.

좋은 학교, 좋은 직장, 제대로 된 노후 준비라는 새로운 목표와 과업을 만들어가는 우리는 '미래'를 중심으로 구축된 세상에 살고 있다. '현재'란 그저 미래를 대비하는 준비 단계 정도에 지나지 않는다. 미래가 현재가 되는 순간, 저 앞에 있는 또 다른 미래를 위해 다시 현재를 희생해야 한다. 세상이 충고한 대로, 하라는 대로 했는데도 삶이 나아지지 않는다는 사실을 확인한 저자는 '미래의 행복' 대신 '불행하지 않은 현재'를 인생의 우선

순위에 놓겠다고 결심한다. 그러고 나니 무엇을 해야 할지, 또 하지 말아야 할지가 조금은 분명해졌다. 내가 있는 곳에서 내가 하고 싶은 일을 하는 것으로 퇴사 후 새로운 삶을 시작한 그는 맛있는 브라우니 굽기에 최선을 다하고 17년 전 그만두었던 그림을 다시 시작한다. 엄청나게 행복해졌는지 모르겠지만 제목처럼 아직, 예전만큼 불행하지는 않다니 진심으로 다행이다 싶었다.

김보통보다는 오래 회사를 다녔고 또 꽤 오랫동안 준비한 끝에 퇴사한 직장인도 있다. 들어가기도 어렵고 한 번 들어가면 대부분 정년까지 일하는 신문사를 50세에 그만둔 일본 기자 이나가키 에미코는 40세부터 10년 동안 퇴사를 준비했고 회사를 그만두면서 다른 회사에 들어가지 않고 죽을 때까지 살아보는 것을 남은 인생의 목표로 삼았다.

직원이 회사를 발판으로 삼아 성공하겠다는 것도 이상하고 회사를 위해 온몸을 바치는 것도 이상하다. 회사가 직원을 이용해 성공하는 것도, 직원들을 위해 많은 것을 희생하는 것도 역시 이상하지 않은가. 회사와 개인의 관계란 과연 무엇일까, 생각할 때가 많은데 이 분이 《퇴사하겠습니다》라는 저서에서 '회사는 그만두는 것이 아니라 졸업하는 것'이라고 깔끔하게 정리해 주었다. 회사가 아니었으면 경험하지 못할 일과 만나지 못했을 사람들을 생각해보면 회사도 나름의 학교인 것 같다. 다른 학교는 수업료를 내며 다니지만 이 학교는 돈을 받고 다닌다는 점이 다르겠지만. 직장이란 나를 멋지게 잘 만들어가고 그 과정에서 필요한 것을 배우고 익히면 기분 좋게 졸업해 다음 단계로 올라가는 곳이다. 폭탄 맞은 듯 뽀글거리는 머리를 하고 '인생이란 이런 바보 같은 짓으로도 살 수 있구나' 하는 안도감에 앞으로도 잘 살 수 있을 것 같다고 생각한 그는 쓰는 돈을 최대한 줄이고 시간은 최대로 즐겁게 활용하며 원하는 글을 쓰는 새로운 인생을 만들었다. 예전과는 분명 다르지만 나쁘지 않은 삶이다.

수많은 퇴사자 중에 자신이 좋아하고 잘할 수 있는 다른 일을 찾은 이들은 운 좋은 소수에 해당하는지도 모르겠다. 회사로 대표되는 시스템 밖으로 나간다면 대단한 은행 잔고도, 뒤를 받쳐줄 대단한 배경도 없는 우리 보통 사람들은 별다른 안전망 없이 혼자 고생하게 된다. 드라마 〈미생〉의 명대사처럼, "회사가 전쟁터라고? 밀어낼 때까지 그만두지 마라, 밖은 지옥이다." 그걸 모르는 사람은 없을 것이다. 그럼에도 퇴사를 결심하는 것은 이미 지나간 과거에 묶이거나 아직 오지도 않는 미래에 저당 잡혀서 가장 중요한 현재를 지쳐서 대충 흘려보내고 싶지 않아서다. 다행히 젊은 세대들은 회사의 이름과 조직의 힘이 아닌, 나 자신의 능력과 자질로 자신이 있어야 할 곳을 만들어가

내가 누구인지
말할 수 있는 자는 누구인가

야 한다는 현실을 제대로 이해하고 있다. 철이 없거나 세상 물정을 몰라서가 아니다.

1년 남짓 대행사에서 일한 것을 제외하면 대학 졸업 후부터 지금까지 거의 25년 동안 한 회사에서 일해온 나에게 헤드헌터들은 잘못된 커리어 관리의 대표 사례라고 농담하곤 했다. 한 회사에 오래 있어서는 연봉 인상이나 승진에 한계가 있다. 잡은 물고기에게 미끼를 던지지 않는 것은 연애나 일이나 비슷하다. 모험심이 없어서인지, 우유부단하거나 게을러서인지 모르겠지만 좋아하고 잘할 수 있는 일을 제대로 하도록 응원해주는 직장을 찾기는 쉬운 일이 아닌데 그런 직장을 다니고 있으니 행운이라고 말할 수밖에. 지금껏 즐겁고 무탈하게 일할 수 있게 해주었고 크고 작은 실수와 잘못 속에서도 나를 참아준 회사와 동료들에게 고마울 뿐이다. 물론 모든 일에는 끝이 있으니 조만간 퇴사건 은퇴건 무언가를 하게 될 것이고, 그렇다면 그때까지 일을 잘해서 멋지게 정리하는 것을 목표로 삼고 있다. 끝이 좋아야 다 좋은 것일 테니까.

직장인 25년차를 맞아 새삼스럽게 '일 잘하는 방법'에 대해 새로운 고민을 하다 책 한 권을 발견했다. 컨설팅 회사와 투자 회사, 콘텐츠 전문가로 조직 속에서 또 자신의 조직을 만들어 일했던 저자가 쓴 《일하는 마음》을 서점 서가에서 꺼내 드는데 제일 먼저 눈에 들어온 것이 '나를 키우며 일하는 법'이라는 부제였다. 맞다, 일이란 어쩔 수 없어서, 돈 때문에, 그냥 놀자니 민망해서 하는 것만은 아니었다. 불로소득, 일하지 않아도 여유 있게 살기를 나 역시 꿈꾸지만 만일 그렇다고 하면 좋기만 할까? 신기하고 새로운 경험, 예상치 못한 좋은 사람들과의 만남, 남이 아닌 나 스스로가 인정하는 나름의 성취, 조금 더 나은 인간이 되도록 만들어주는 다양한 자극. 조직에 속했건 아니건, 큰 회사에 다니건 작은 회사에 다니건, 일을 하지 않았다면 놓쳤을 것들이 너무나 많다. 그렇다면 이왕 하는 일, 더 즐겁고 신나게 잘할 수는 없을까.

열심히 일하면서 느낀 건강한 불안감과 차곡차곡 쌓아온 자신감을 바탕으로 쓴 책이라 많은 부분에서 공감하고 또 많은 부분에서 자극을 받는다. 배우는 법을 배우고, 꾸역꾸역 해내고, 일단 말을 해서 선언으로 시작하라는 간결하지만 명확한 메시지는 현실의 모든 고민을 '퇴사'로 풀어보려고 고민하는 많은 직장인들에게 큰 힘이 된다. 나가서 잘할 수도 있지만 머무르면서 잘할 수도 있다. 사표 내는 것이야 언제라도 할 수 있다. 내면 그만인 것이다. 그렇다면 그 전까지는 한 번 제대로 잘해 볼 기회를 나에게 줄 수 있지 않을까. 이 책이 10년 전에만 나왔어도 내가 지금보다 일을 훨씬 더 잘하게 되지 않았을까 생각이 들 정도였다. 이제부터 다시 시작한다고 해도 뭐랄 사람은 없을 테니, 그렇다면 다시 시작이다.

거의 10년을 좋든 싫든 매일같이 하던 일이었으니, 아마도 내가 스키를 탈 때 느끼는 통제력보다 결코 적지 않은 통제력을 느꼈을 것이다. 그러니 누가 어떤 질문을 해오든 잘 대처할 수 있다는 믿음이 있었다. 내가 잘 아는 이야기를 하고 있다는 확신도 있었다. 그리고 이런 믿음은 결국 자신에 대한 믿음으로서, 그 자체로 순수하게 즐거운 감각이다. 그러고 보니 더 나이 들기 전에 그렇게 자신에 대한 단단한 믿음을 가질 수 있는 일이 더 많아졌으면 좋겠다. 그러려면 뭐, 다른 비결은 없다. 그저 묵묵히 시간을 들이는 것…… 시간을 들인 효과는 누구보다 먼저 당신이 알게 된다.

p.26 《일하는 마음》

세상에 노력과 시간과 돈을 들이지 않고 이루어지는 일은 없다. 훌륭한 재즈 연주자의 애드립이나 즉흥 연주는 갑자기 영감을 받아 나오는 것이 아니라 엄청난 연습과 훈련 끝에 찾아오는 부산물 같은 것이다. 싫어하는 것을 피해 즐겁게 사는 법을 선택한 사람과 마찬가지로, 인생의 다른 기회를 미뤄두고 자신이 해야 하는 일에 모든 걸 걸 수 있는 사람도 행복할 것이다. 사람들 모두 자신이 원하는 방식으로 행복과 성공을 추구할 수 있다면 그보다 건강한 사회가 없지 않을까.

월간지를 만들다 보니 25년 넘게 매달 마감을 하고 있는데 어찌 된 일인지 늘 긴장되고 도무지 익숙해지지 않는다. 불평을 할 수도 없는 것이, 이 일의 가장 매력적인 부분 중 하나가 바로 롤러코스터를 탄 듯 긴장을 늦추지 않고 스스로를 몰아가는 마감의 묘한 쾌감이다. 이렇게 이야기하니 나 자신이 변태처럼 느껴지지만 싫증 잘 느끼고 참을성도 없으며 성격 급한 나에게는 잘 어울리는 일이다. 왜 이렇게 밖에 못 했을까를 고민하다 다음 달에 더 잘해 보자며 정신차리고 새로운 책을 만드는 일은, 그렇지 않은 척하려 해도 즐겁다. 영화 〈택시 드라이버〉에는 "일을 하다 보면 그 일이 내 자신이 되어버린다"는 유명한 대사가 나온다. 내가 일이 되어버리는 상황이 찾아온다면, 이왕이면 좋아하는 일이 되는 것이 낫겠다고 생각하고 있다. 그렇다면 나는 '마감'이 되는 것인가 생각하다 웃어버렸다.

인생은 방향과 속도를 어떻게 잡느냐에 따라 달라지는 게임 같다. 피라미드 꼭대기에 올라앉기 위해 계속 위로 향하는 사람도 있고 경계 밖으로 더 멀리 가보는 사람도 있다. 빠른 길로 서둘러 가고 싶은 사람도 있고 좀 돌아가도 경치를 즐기며 천천히 가고 싶은 사람도 있다. 멀리, 혹은 천천히 가려는 사람에게 자꾸 인생을 낭비하지 말라고 충고하는데 우리에게 낭비할 것이라고는 자기 인생밖에 없으니 이거 하나쯤 내 맘대로 낭비해도 괜찮지 않을까.

《아직, 불행하지 않습니다》, 김보통, 문학동네, 2017
《퇴사하겠습니다》, 이나가키 에미코, 김미형 옮김, 엘리, 2017
《일하는 마음》, 제현주, 어크로스, 2018

사랑, 내가 부르다 죽을

예기치 않게 사랑이 불타오른 영화 속 여주인공이 옷을 벗기 시작하는 순간, 눈이 자연스럽게 속옷에 고정된다. 이런 장면에 등장하는 여자는 열이면 열, 아름다운 속옷을 입고 있다. 가만 있자, 내 현실에서는 서랍을 열고 손에 잡히는 아무 거나 대충 꺼내 입고 집을 나서지 않던가. 오늘 밤 사랑하는 사람과 침대 속으로 뛰어들겠다고 결심하거나 그럴 거라고 예상했다면 모를까, 어떻게 저렇게 완벽하게 챙겨 입었을까. 아래위 짝이 안 맞고 오래 되어서 헐거워진 속옷이나 줄 나간 스타킹이나 화장 지운 맨 얼굴을 보여주어야 한다면 불타오르던 사랑이나 열정도 금세 사그라져 버린다고 생각했던 걸까.

영화를 함께 본 친구와 이런 이야기를 나누다 웃어 버렸다. 치열하고 아름다운 사랑이나 이를 표현하는 배우의 연기, 감독의 역량이 아니라 왜 여주인공이 입고 있는 속옷이나 잠자리에 누웠는데 지우지 않은 진한 화장 같은 것이 눈에 먼저 들어왔을까. 우리는 언제부터 로맨틱한 분위기에 흠뻑 빠져드는 대신 심술궂게 속옷과 화장 비평을 하게 되었을까. 마흔 살이 넘으면 사랑에 조금쯤 통달하게 된다. 사랑을 얼마나 많이 뜨겁게 해보았는지와는 상관없다. 사랑을 하지 않아도 사랑이 무엇인지 알게 되고 사랑하고 있지 않아도 사랑에 관해 이야기할 수 있는 나이 같은 것이 다가오는 것이다. 사랑, 뭐 그 까짓 거.

사랑은 다 이상하다. 내가 아닌 다른 사람을 나만큼, 혹은 나 자신보다 더 많이 아끼고 좋아하는 행위 자체가 제정신이 아니다. 뇌에서 마약 성분이 흘러나오지 않고서는 불가능한 일 아닌가. 그런 면에서 정상적인 사랑이란, 없다고 봐야 할 것이다. 아무리 해도 지치지 않는 이야기, 할 때마다 새로운 얼굴로 찾아와 사람들을 홀리고 감동시키는 사랑. 사랑이 없었다면 소설과 시와 음악과 미술 작품의 상당 부분은 존재할 수 없었을 것이다. 아니, 인류가 존재하지 못했을지도 모른다. 바로 그 지긋지긋한 사랑, 믿을 수 없는 사랑 이야기 중 하나가 콜롬비아 작가 가브리엘 가르시아 마르케스가 쓴 《콜레라 시대의 사랑》이다. 진정한 순애보인지, 미친 짝사랑인지, 난잡하게 얽힌 치정인지 아니면 그 세 가지가 모두 섞인 사랑의 끝판인지 아무리 여러 번 읽어도 알 수가 없다.

10대 무렵 운명적인 사랑에 빠지지만 그 사랑이 이루어질 때까지 51년 9개월 4일을 기다려야 했던 플로렌티노 아리사와 페르미나 다사의 이야기에는 고개를 절레절레 흔들 수밖에 없다. 페르미나 다사는 플로렌티노와의 결혼을 반대하는 아버지 뜻에 따라 여행을 떠나고 여행에서 돌아오자 자신의 사랑이 진심이었는지 확신하지 못해 미래를 보장받은 의사와 결혼한다. 이 결혼이라고 아무런 문제없이 순탄한 것은 아니었다. 욕실을 사용하는 방법, 시어머니와의 갈등, 남편의 불륜 등 몰이해와 증오가 일상에 함께했고 '부부'라는 이름으로 엮인 관계는 시시때때로 크게 흔들렸다. 뜨거운 사랑이 없는 관습적인 결합으로 시작했기에 행복하지는 않지만 그렇다고 불행하지도 않은 결혼이었다. 함께 긴 시간을 보내며 적절한 포기와 수용으로 그 어느 때보다 서로를 사랑하는 노년이 되면서 결혼은 안정을 찾는다. 그 안정은 남편인 우르비노 박사가 앵무새를 잡으려고 사다리에 올라갔다가 추락해 사망하며 사라져 버리지만 말이다.

'결혼의 대재앙을 피하는 것이 사소한 일상의 불행을 피하는 것보다 쉽고, 결혼의 대재앙을 잘 견뎌낸 두 사람이 서로를 축하해주는 것이 결혼기념일'이라는 지극히 현실적인 깨달음을 확인하는 동안 또 다른 한쪽에서는 언젠가 사랑을 되찾겠다며 돈을 벌고 세속적인 성공을 향해 달려가는 플로렌티노의 순정인지 집착인지 모를 노력이 펼쳐진다. 50여 년 동안 622명이 넘는 여자들을 만났고 사랑하는 여자의 남편 부고가 도착하던 날 역시 14세 된 소녀와 함께 있던 76세의 그가 홀로 된 페르미나를 만나 "나는 영원히 당신에게 충실할 것이며 당신은 영원히 나의 사랑이라는 맹세를 다시 한 번 말하겠다"고 했을 때 페르미나도 당황했겠지만 이 부분을 읽는 나 역시 크게 당황했다. 운명을 믿는 여성과 우연한 인연을 이어가려는 남자가 등장하는 영화 〈세렌디피티〉에서 이들은 《콜레라 시대의 사랑》 영역 초판본과 5달러 지폐에 서로의 연락처를 적어 이 책과 지폐가 돌고 돌아 서로에게 닿으면 다시 만나기로 한다. 이렇게 운명적인 사랑을 꿈꾸는 많은 사람들에게 영향을 준 이 책은 절절한 사랑 이야기인 동시에 나이 들어도 사그라지지 않는 삶에 대한 열망으로 읽히기도 한다. 언젠가 페르미나에게 돌아갈 것을 꿈꾸며 '사랑보다 죽음이 먼저 당도하지 않도록' 자신을 가꾸는 것은 사랑에 대한 예의일까, 사랑을 하는 자신에 대한 예의일까.

각자 다른 인생을 살다 한참 후에 다시 만나게 되었지만 사랑은 쉽지 않다. 50여 년 만에 결국 서로가 인생에서 가장 의미 있는 존재임을 깨달았지만 '사랑에는 적당한 나이가 있고 그 시기가 지나면 사랑은 추잡해진다'고 생각하는 세상과 가족들 때문에 또 다른 곤란을 겪게 된다. 나이 든 연인은 여행을 떠나 배 안에서 처음으로 사랑을 나누고 오랜 기다림을 끝내는 편안함을 느끼지만 배에서 내려 집으로 돌아가는 일은 어렵다. 결국 콜레라를 상징하는 노란 깃발을 배에 달고 다른 사람의 접근을 막은 채 여행을 계속할 수밖에. 선장이 얼마나 오랫동안 여행을 계속할 생각이냐고 묻자, 플로렌티노는 "우리 목숨이 다할 때까지"라고 대답한다. 해피엔딩이라고 말할 수 없을 듯한 사랑 이야기다. 그 후로 행복하게 잘 살았다는 이야기는 어린 시절 동화에서나 등장할 뿐, 사랑을 찾은 후에도 현실의 저항은 계속된다. 그조차 감내하도록 만드는 것이 사랑의 위대함일지도 모르겠지만.

《콜레라 시대의 사랑》이 50년간의 기다림에 관한 이야기라면 멕시코 작가 라우라 에스키벨의 데뷔작인 《달콤 쌉싸름한 초콜릿》은 22년간의 기다림에 관한 이야기다. 기다림의 세월이 《콜레라 시대의 사랑》에 비해 짧다고 해서 이야기가 편한 것은 아니다. 막내딸은 죽을 때까지 어머니를 돌봐야 한다는 이상한 가족 전통 때문에 티타는 연인인 페드로와 결혼하지 못한다. 페드로는 티타와 가까이 있기 위해 그녀의 언니와 결혼한다. 만들 때의 감정을 요리에 그대로 담아내는 '마법'을 지닌 티타가 두 사람을 위해 만든 웨딩케이크를 먹은 하객들은 슬픔과 좌절을 느껴 눈물을 터트리거나 구토를 하고 덕분에 결혼식은 엉망이 된다. 애매하게 가족의 울타리로 전 연인과 얽힌 티타에게는 언니와 페드로 사이에 태어난 조카가 인생의 전부가 되지

내가 누구인지
말할 수 있는 자는 누구인가

만 자식처럼 키운 어린 조카와 어머니의 죽음에 이어 페드로와의 재회로 다시 한 번 지독한 사랑으로 끌려가고 만다. 시간이 흘러 복잡한 모든 것이 정리되고 사랑하는 조카딸과 전 애인(페드로가 아닌 다른 남자임)의 아들이 결혼하는 날 티타는 다시 축하 음식을 만든다. 티타 언니의 결혼식 후 20년 만에 열린 이 집안의 결혼식에서 음식을 먹은 사람들은 행복과 황홀한 사랑을 느껴 '그날은 인류 역사상 가장 많은 창조가 이루어진 날'이 되어버린다. 페드로와 티타 두 사람 역시 22년 만에 처음이자 마지막으로, 자유롭게, 아무에게도 들킬 염려 없고 의심 살 필요 없이 사랑을 나누게 된다. 이 소설에서 그리는 사랑의 상징은 '불꽃'이다. 사람들은 몸속에 성냥갑 하나씩을 갖고 태어나는데 혼자서는 그 성냥에 불을 붙일 수 없어서 사랑하는 사람의 입김, 맛있는 음식과 아름다운 음악 등의 도움을 받아야 불꽃을 일으킬 수 있다는 말에 티타는 자신의 정열에 불을 다시 붙여줄 사람에 대해 생각해보게 된다. 그런 상대를 찾는 것이 오랫동안 자신을 괴롭혀온 관습과 가족 전통과 작별하는 시작이 될 거라고 믿었다. 사랑은 자유의 시작이었다.

인간의 가장 기본적인 열망이라는 식욕과 성욕을 함께 건드려 에로틱한 상상력을 자극하는 이야기에 이승과 저승이 연결되고 죽은 자가 등장해 산 자의 인생에 개입한다. 모든 것이 불타올라 재로 변하고 재가 땅을 비옥하게 만들어 온갖 작물이

자라나는 기반이 되는 소설의 결말에 다시 한 번 사랑의 무모함, 맹목적인 면을 확인하게 된다. 중남미 문학을 이야기할 때면 '마술적 현실주의'라는 말이 자주 등장하는데 사랑이란 것이 바로 '마술적 현실주의'가 아닐까. 현실과 꿈의 경계가 사라지고 환상이 현실에 작용하며 주술과 마법이 난무한다. 다른 선택을 할 수도 있을 텐데 왜 이 미친 극단의 사랑이 아니면 안 되는지, 이렇게 자신은 물론이고 주위를 살라버릴 정도로 뜨거워야만 하는지 알 수가 없다.

약에 취한 듯 앞뒤 가리지 않고 서로에게 빠져든 로미오와 줄리엣, 춘향과 이도령처럼 10대나 20대 초반의 젊은이가 사랑을 하게 되면 주위에서는 모두 말릴 것이다. 조금 더 자라면 세상이 달라 보일 것이라고, 지금의 사랑은 완성본이 아니라며 말이다. 나이 어리다고 사랑을 반대하더니 나이가 들었다고 또 사랑을 반대한다. 노인이 되어서 열정적이고 강렬한 사랑에 적극적으로 반응하는 것은 노망 혹은 주책 정도로 치부되니 말이다. 노년의 사랑이란 안정적인 유대와 조심스러운 연민 선에 그쳐야 한다는 사회적인 암묵을 뛰어넘기는 쉬운 일이 아니다. 어디 나이 뿐일까. 성별도, 인종도, 문화적인 혹은 경제적인 배경도 비슷해야 대단한 축복까지는 아니더라도 주위의 인정을 받을 수 있다. 하지만 전 세계 70억 인구 중 찾아낸 한 사람을 지키겠다는 연인들은 그저 "이 사람이 아니면 안 되겠다" 하고 외칠 뿐이다. 사랑이 위대한 것은 온갖 제약과 통념을 가볍게 뛰어넘도록 만드는 미친 듯한 열망을 연료로 삼기 때문일지도 모르겠다.

"만약 우리에게 시간이 얼마 남지 않았다면, 뭘 제일 하고 싶어?" "매일이 최후인 것처럼 살아라, 라는 말은 엉터리야. 새삼스럽게 뭘 하겠어? 늘 하던 대로 아침엔 출근하고 저녁엔 당신에게 돌아가야지."

영화 〈사랑 후에 남겨진 것들〉에 나오는 이야기처럼 그 어떤 사랑 노래를 듣거나 사랑 이야기를 읽어봐도 결국 연인들이 원하는 것은 이렇게 함께 일상을 보내는 것이다. 이 지극히 평범하고 안정된 시간을 위해 세상이 어떻게 나오건, 사랑의 순교자들은 기꺼이 고난과 희생을 감내할 것이다. 그래서 다시, 사랑 그까짓 거! 꽃길만 걷게 되는 것이 아니라는 사실을 알면서도 그 길을 따라 나선다. 사랑을 해 본 사람은 용감하니까. 사랑하고 사랑받은 기억만으로 용감해질 수 있으니까.

《콜레라 시대의 사랑(전 2권)》, 가브리엘 가르시아 마르케스, 송병선 옮김, 민음사, 2004
《달콤 쌉싸름한 초콜릿》, 라우라 에스키벨, 권미선 옮김, 민음사, 2004

새로운 가족, 새로운 가정

"아이가 없냐?"

이 질문을 받을 때면 여전히 난감하다. 마흔 살 훌쩍 넘겨 갱년기 오기 직전 결혼한 나에게 과연 적절한 질문인가. 가까운 사람이 이 질문을 하면 내가 어떻게 생각하는지 몰라서 이러나 싶고 가깝지 않은 사람이 이 질문을 하면 왜 남 개인사에 이렇게 관심이 많은가 싶다. 결혼했는데 아이가 없다는 것을 알게 된 상당수의 사람은 설교를 시작한다. 아이가 없으면 노후에 어떻게 하냐고, 결혼이 위기에 처했을 때 보루가 되는 것은 아이라고, 요즘처럼 출생률 낮을 때 책임을 다해야 하지 않냐고. 결혼을 하고 아이를 낳아 좋은 시민으로 클 수 있게 도와주고 그 과정을 지켜보는 건 대단한 기쁨이고 보람 있는 일일 것이다. 하지만 어떤 사람은 그런 일을 하지 않겠다고 결심할 수도 있고, 하고 싶지만 마음대로 되지 않아 힘들 수도 있다. 결혼 전에는 "도대체 왜 결혼을 이제껏 안(못) 하냐?"는 질문을 수없이 받았다. 애가 있었다면 둘째는 언제 낳을 거냐고 또 물어들 봤겠지. 나에게 대단한 관심이 있는 것도 아니고 그냥 습관처럼 물어보는 것이니 "그렇게 아이가 중요하면 직접 낳으세요"라 며 신경 곤두세워 응대하지는 않는다. 나는 기본적인 교양과 매 너를 갖춘 사람이니까. 다만 내가 어떻게 사는지 남에게 일일이 설명해야 하는 삶은 좀 많이 피곤하다.

인스타그램을 통해 만난 웹툰《며느라기》는 지금 이 상황 의 가족 제도에 대한 가장 현실적인 지적이었다. '김치싸대기' 를 날리는 시어머니와 거짓말을 밥 먹듯이 하는 며느리의 말도 안 되는 음모와 갈등은 막장 아침드라마에서나 나온다. 우리를 괴롭히는 것은 평범한 사람들이 누가 왜 만들었는지 이해할 수 없는 제도와 관습 속에서 그 누구도 행복하지 않게 살아야 하 는 현실이다.《며느라기》에 등장하는 풍경은 대부분의 여성들 에게 너무나도 익숙하다. 돌아가신 조상의 제사상과 살아있는 가족들의 밥상은 다른 성씨를 쓰는 며느리가 차린다. 오랜만에 가족과 친척들이 모여 TV를 보며 시국을 논할 때 며느리의 자 리는 부엌 가스레인지 앞이다. 뭔가 꺼림칙한데도 불구하고 시 가 식구들에게 인정받으려 애쓰는 주인공 민사린에게 많은 여 성들이 100퍼센트 공감했다. 아, 나도 똑같이 공부하고 똑같이 일하며 열심히 살았는데 왜 결혼하는 순간 2등 시민이 된 느낌을 받아야 하나. 그 와중에 아내를 사랑하는 신세대 남편인 동시에 부모님을 실망시키고 싶지 않은 착한 아들인 대한민국 평균 남성의 대표 남편 무구영은 이름처럼 순진무구하게 굴어 '고구마 백 개 먹은 듯 답답하다'는 비난을 받는다. 성숙하고 독립적인 개인과 개인의 결합이 아니라 여성이 남성의 집안으로 흡수되는 현재의 결혼과 가족 제도는 폭발하기 직전의 며느리, 아내와 어머니 사이의 긴장 속에서 눈치 보는 남편, 당연한 책임과 의무를 다하지 않는 요즘 세대에 서운한 시부모, 오랜만에 만나 성적과 취직과 결혼에 대해 아무 말이나 던지는 밉살맞은 친척들을 만들어냈다. 이런 분위기를 직간접으로 목격하며 살았으니 사방에 지뢰가 매복된 전쟁터 같은 결혼 생활에 제 발로 걸어 들어가려면 상당한 용기가 필요하다는 걸 우리는 안다.

그런데 이런 갈등을 정면 돌파해버린 사람이 있다. 《며느라기》에 명치 끝이 쓰리게 답답했다면 소설가 장강명의 에세이 《5년 만에 신혼여행》에는 민트 사탕 한 통을 먹은 듯 상쾌해지는 느낌을 받을 것이다. 상대에 대한 확신이 생기자 결혼식 없이 혼인 신고를 한 후 살림을 합치고 신혼여행 대신 신문광고를 냈고, 아이 없이 둘이 잘 살기로 했으며 혼인 신고한 지 5년 3개월 만에 보라카이로 신혼여행을 가기까지, 어떻게 생각하고 살았는지에 관한 솔직한 이야기다. 며느리를 탐탁지 않게 여기는 어머니와 시가로 상징되는 가부장적이고 차별적인 가치를 싫어하는 아내 사이에서 그는 무구영과 다른 방법을 선택한다. 일반적인 한국 남자 같으면 중재를 잘 해서 얼굴이라도 보며 지내게 하겠지만 그는 그러고 싶지 않았다고 말한다. 우선 자신의 감정이 중요했기 때문이라고 한다. "즐겁게 사는 게 중요한데 LPG 가스통과 화기를 서로 친하게 만드는 작업에 3년이란 시간을 낭비하고 싶지 않았다"고. 나를 행복하게 만드는 것이 무엇인지 잘 생각하고 그 실현을 위해 실제로 노력하는 사람이 보여주는 자신감이 인상적이었다. 우리 삶이 조금이라도 변해가는 것은 이렇게 대충 타협하지 않고 정면 돌파하는 사람들 덕분일 것이다. 이 책을 읽고 나면 왜 이렇게 살아야 하는지 모르겠다고 뒤돌아서서 불만을 말하지만 앞에서 당당하게 문제를 제기하지 못한 나의 비겁함을 반성하게 된다. 관습을 무시할 용기는 없고 관습을 그대로 따르기엔 자존심이 허락하질 않는다. 그러니 '오늘도 걷는다만은' 하고 대충 나있는 길을 따라 가는 것이다. 맨날 도시락 반찬이 똑같다고 투덜대는데 그 도시락 반찬을 싼 사람이 바로 나 자신이었던 것이다.

독특한 부부의 결혼과 신혼여행 이야기 같지만 이 책에는 한국 사회의 여러 가지 문제가 다 들어있다. 유쾌하고 속 시원하며 재미있어서 페이지가 막 넘어가는데 종이에 베일 때처럼 모르는 새 어딘가에서 피가 나는 것 같았다. 가족과 관련한 아이러니를 이야기할 때면 가장 자주 등장하는 것이 일본의 코미디언이자 배우인 기타노 다케시의 '가족이란 누가 보지 않으면 내다 버리고 싶은 존재'라는 말이다. 가족이란 아무 갈등 없이 화목해야 한다는 것을 전제로 놓는 사람이 많은데 가족이기에 갈등이 두 배로 커지고 가족이라 더 큰 상처를 주는 일이 많다. 그럼에도 가족의 울타리 안에 기어코 자리 잡으려는 데에는 이유가 있다. 아이 양육과 노후 대비 등 사회나 국가가 맡아야 하는 대부분의 복지를 이 나라는 가족이 맡아왔다. 가족 밖으로 밀려난다는 것은 안전망 밖으로 밀려난다는 의미다. 믿을 수 없는 냉정한 세상에서 의지할 데라고는 가족뿐이고 나와 내 가족의 안위가 최상의 가치다.

자식이 실패하거나 위험에 빠지는 것을 볼 수 없어서 촘촘한 계획을 세워 인생을 대신 살아주는 부모와 귀찮은 것은 대충 부모에게 맡기고 잘 정리된 결과를 나른하게 받아 즐기는 자식의 기묘한 공생. 안전과 행복을 대대로 이어가기 위한 주도면밀한 노력을 보면서 "인간은 자기 인생을 걸고 도박을 하는 순간부터 어른이 된다. 그러지 못하는 인간은 영원히 애완동물이다"라는 이 책의 한 구절을 되뇌게 된다. 고위공직자건 재벌이건, 평범한 중산층 가정이건 자식 문제라면 한없이 약해져서 변명과 사과할 일이 이어지고 있다. 이런 때에 자기 책임과 자기 결정으로 사는 삶을 이야기하면, 주위로부터 순진하다는 놀림을 받을지도 모르겠다. 부모와 자식으로 대표되는 한국의 가족 관계는 위태롭고 미숙하다. 가족은 운명공동체가 아니고 자녀는 부모의 소유물이 아니지만 부모가 내주는 학비로 공부하고 부모가 소개해주는 직장에서 일하며 부모 돈으로 결혼을 하고 집을 사는 중산층이라면, 기존의 관습을 돌파하고 나가기란 불가능하다. 오히려 이런 젊은 층은 가족 이기주의와 가부장제 같은 구식 제도를 참신하게 해석해 이어갈지도 모르겠다.

결혼을 하지 않고 출산도 꺼리며 끈끈한 유대가 사라져 가족의 전통적인 가치가 무너지고 있다는 소리가 자주 나온다. '미풍양속'이라는 이름이 붙은 제도나 풍습에 관해서는 일단 의심해 봐야 한다. '좋았던 옛날'이란 도대체 언제를 말하며 누구의 입장에서 어떻게 좋았다는 것인지 확인해야 한다. 누군가의 일방적인 희생이나 손해를 기반으로 하는 제도나 풍습은 오래 갈수가 없다. 경제적 상태와 학벌과 인종과 성을 기반으로 하는 온갖 차별을 당연시하던 옛날이 그렇게 좋았다니. 조선 시대쯤으로 돌아가자는 것인가. 가족의 전통적인 가치가 변화하고 가족의 모습도 변하고 있는데 인정하지 않는다. 공식적인 결혼으로 탄생한 부부와 아이들로 이루어진 가족을 정상이고 이상적인 상태로 규정하는 순간, 이 외의 경우들은 모두 비정상 가족이 된다.

얼마 전에 읽은 《여자 둘이 살고 있습니다》는 마음 맞는 친구와 함께 생활하는 40대 초반 여성들의 이야기였는데 어찌나 당당하고 재미있던지 아직 미혼이었으면 이렇게 살아보고 싶을 정도였다. 결혼하지 않고 혼자 살 수도, 싱글 부모로 살 수도 있다. 어떤 형태건 이 사회 안에서 똑같이 존중과 보호를 받아야 하는 삶의 모습들이다.

출생률이 1명 이하로 떨어지니 아이를 나으라고 다그치는데 미혼부모에 대한 사회적인 인식은 최하 수준이고 해외 입양은 계속된다. 다른 인종이나 국적과의 결혼은 여전히 값싼 호기심의 대상이 되고 그 안에서도 미국이나 유럽인이 아닌 아시아권 엄마나 아빠를 둔 경우에는 '다문화가정'이라는 이름표를 붙인다. 오랜 역사를 지닌 단일민족이라는 데에서 이상한 정체성의 우위를 끌어온다. 그렇게 만들어진 '정상 가족'이 과연 정상 가족인 걸까? "직원들을 가족처럼 여기겠다"는 회사가 많은데 아, 됐고, 회사는 그냥 우리를 직원으로나 잘 대해줬으면 좋겠다. 전국 지역별로 가임 여성들의 숫자를 파악해 지도를 만들고 미혼 직원의 그룹 미팅이나 추진하는 정부라면 국가 소멸을 걱정할 자격도 없으니 차라리 아무것도 안 했으면 좋겠다. 결혼을 할 수도 있고 안 할 수도 있고 아이를 가질 수도 있고 아닐 수도 있다. 개인이 알아서 할 문제다. 책임 없이 삶을 '엔조이' 한다고 화를 내는데 현실을 바탕으로 각자가 오래 고민한 선택이고 그 선택에 대해서는 자신이 책임을 질 일이다. 지금까지 문제 해결은 개인이 책임지고, 삶의 방식은 집단의 요구에 맞춰야 하는 사회에서 살아왔다면 앞으로는 개인이 알아서 살고, 문제가 생기면 함께 고민해주는 사회에서 살고 싶을 뿐이다.

이렇게 살아라, 혹은 그렇게 살면 안 된다는 말을 사람들은 너무나 쉽게 한다. 살아가는 방법은 세상 사람 수만큼 존재한다. 쓸데없이 남아도는 가벼운 관심은 성가시고 무례하다. 상대의 삶에 허락없이 참여하지 않는 '드라이한 배려'가 필요하다. 이렇게 글을 썼음에도 불구하고 나를 만나면 "아이를 왜 갖지 않았냐?" 하고 다짜고짜 묻는 사람이 분명 또 있을 것이다. '왜라니요. 내 마음이죠. 내 인생에 대해 가장 많이 고민하고 가장 많이 생각하는 사람은 나니까 내가 알아서 할게요.' 여전히 좋은 사람, 무례하지 않은 사람이 되고 싶어 하는 내가 차마 입 밖으로 내지 못하고 속으로만 중얼거리는 말이다.

《며느라기》, 수신지, 귤프레스, 2018
《5년 만에 신혼여행》, 장강명, 한겨레출판, 2016
《여자 둘이 살고 있습니다》, 김하나 & 황선우, 위즈덤하우스, 2019

개와 고양이에 관한 진실

새로 산 신발만 골라 물어뜯는 강아지 때문에 늘 이빨 자국이 나있고 가끔 침도 묻어있는 구두를 신고 다녀야 했지만 그래도 1년 365일 내내 반겨주는 친구가 있어서 좋았다. 검정 삽살개가 목욕 도중에 잠시 열린 대문을 뚫고 도망가는 바람에 온 식구가 몇 날 며칠을 울면서 온 동네를 찾아 헤맨 적도 있다. 강아지나 고양이와 함께 보낸 어린 시절은 축복이다. 내가 나 자신을 믿을 수 없고 좋아하지 못할 때에도 그들은 나를 무조건적으로 믿고 의지하고 사랑해준다. 한동안은 '애완동물'이라는 표현을 사용했는데 요즘은 '반려동물'이라는 말을 쓰게 되었다. 언어는 생각과 행동의 반영이므로 그저 예뻐하는 장난감 같은 대상이 아니라 인생의 중요한 시간을 함께하며 살아가는 친구이자 동지, 가족으로 인정하게 되었다는 확실한 증거가 아닐까. 예전에는 함께 사는 개나 고양이에 신경 쓰는 사람을 보고 '사람도 제대로 못 사는 세상에서 유난 떤다'고 비난했지만 이제는 이들이 사람과 똑같은 가족이라는 사실이 점점 더 설득력을 얻고 있다. 세상은 변하지 않는 듯 보이지만 천천히 조금씩 달라지고 있다. 가장 약한 사람을 염두에 두고 고민하면 모든 사람이 수월하게 살 수 있게 된다. 사람보다 훨씬 약한 동물들이 편안한 사회라면 그 위에 자리잡고 있는 인간들이 살기에도 꽤 괜찮은 사회일 것이다.

아직 갈 길은 멀다. 반려동물과 함께하는 사람이 늘어날수록 학대와 방치의 이야기도 끊임없이 나온다. 여자친구 생일선물로 작은 강아지를 사주었는데 자꾸 커지는 바람에 강아지를 버렸다고 아무렇지 않게 이야기하는 지하철 속 청년을 보며 '너도 가져다 내버리고 싶다'고 몇 번이나 중얼거렸다. 잠깐 예뻐하는 것과 함께 사는 것은 완전히 다른 문제다. 생명을 책임지는 것은 엄청나게 무서운 일이다. 함께 사는 인간에게 전적으로 생존의 상당 부분을 의지해야 하는 동물이라면 더더욱. 야근도 많고 출장도 많아 집 안에서 하염없이 기다리게 만들 테니 남의 강아지와 고양이를 지켜보는 것으로 대리만족하고 있다. 소셜미디어에 시간 쓰는 것이 어리석다고 생각하지만, 이런 채널이 아니었으면 어떻게 저 수많은 사랑스러운 아이들의 일상과 근황을 지켜볼 수 있을까. 힘들거나 속상한 일이 있으면 휴대전화를 들고 강아지와 고양이의 사진과 동영상을 찾아보며 아무 생각 없이 웃어본다. 고맙다, 나의 랜선 반려 친구들.

요즘은 이상한 데에서 눈물 버튼이 눌린다. 얼마 전에도 그랬다. 산책길에서 강아지가 앞서 가다 가끔 뒤돌아보며 기다리는 이유가 자기가 먼저 가서 확인하고 "여기까지는 안전하니까 와도 괜찮아" 하고 말하는 것이라는 이야기에 눈물이 후두둑 떨어졌다. 신이 인간을 사랑한다는 증거 중 하나가 바로 강아지라고 나는 생각해왔다. 누군가 돌아보며 걱정해주고 기다려준다는 그 사실 하나로 실수하고 실패하고 울고불고 나서 다시 털고 일어나 기운 내고 살아갈 수 있다. 출근하거나 외출한 주인이 돌아올 때까지 문 앞에 기운 빠진 모습으로 앉아있는 강아지의 모습을 본 적이 있다. 인간보다 훨씬 더 빨리 흐르는 강아지의 시간, 그 시간의 대부분을 이렇게 함께 사는 사람을 기다리고 있는 장면은 얼마나 마음 아픈지.

　그러면서도 동시에 어처구니없이 웃음 나올 때도 있다. 강아지 교정 과정을 보여주는 프로그램을 볼 때마다 기분이 묘한 게, 나쁜 습관이나 불안으로 이상 행동을 하는 강아지들 상당수가 간식을 통해 행동을 교정해 간다는 것이다. 먹을 게 그토록 중요하단 말이냐, 간식 하나 얻으려고 앉고 서고 구르기를 시키는 대로 한단 말이냐. 귀여운 동시에 애처로울 정도다. 좋아하는 것 앞에서는 아무런 허세나 가식 없이 관심과 애정을 표현하는 순수함 때문에 우리는 강아지들 앞에서 속절없이 무장해제 당한다.

강아지뿐이 아니겠지만 세상 대부분의 반려 동물은 수백 가지 즐거움과 기쁨을 선물해 주면서 단 한 가지 슬픔을 전해준다. 같이 사는 사람보다 먼저 무지개다리를 건너가 버린다는 것. 그 단 하나의 슬픔이 너무 커서 언제부터인가 개나 고양이와 함께 사는 것을 망설이게 되었다. 나이 들어가며 생명의 활기가 조금씩 빠져나가는 모습을 지켜보고 있기란 쉽지 않은 일이다.

치매를 앓는 어머니와 깊은 유대를 나누는 늙은 개, 노화로 인한 백내장 때문에 선글라스를 끼고 다니는 개, 프러포즈와 결혼, 출산의 모든 순간에 함께한 가족 역사의 산 증인…… 사람으로 치자면 노년이라 할 수 있는, 10세 넘은 개들을 사진과 짧은 스토리로 담은 《노견 만세》를 보며 그동안 함께했던 강아지들의 모습이 다시 떠올랐다. 나이 들며 움직임은 느려졌고 반갑다고 꼬리 흔드는 일도 줄어들었으며 이름을 부르면 훨씬 더 천천히 고개를 돌리지만 항상 사랑스럽던 반려견들. 이 책에 등장하는 60마리 노견은 나름의 방식으로 살아왔고 나름의 방식으로 생애 최고의 마지막 나날을 보낸다.

강아지가 노견이 될 때까지, 반려견이 나이 먹는 것을 지켜보는 일은 자신의 삶의 축소판을 지켜보는 일과 같다. 개는 나이가 들면서 점점 쇠약해지고, 변덕스러워지고, 상처받기 쉬워진다. 우리 할머니, 할아버지가 그랬던 것처럼. 그리고 우리도 언젠가 분명히 맞이하게 될, 그날은 온다. 우리가 그들을 위해 슬퍼함은 곧 우리 자신을 위한 슬픔이다. p.14《노견 만세》

작고 귀엽던 강아지가 나이 들어 노견이 되어가는 과정은 인간과 다를 것이 하나도 없다. 양쪽 중 누군가는 언젠가 먼저 떠나야 하기에 함께하는 즐거운 시간에 비례해 떠난 후의 상실감이 커진다. 어느 순간부터는 앞으로 강아지를 키우는 일은 없을 것이라고 마음 속으로 다짐하게 되었다. 하지만 'Never say never', '절대'라는 말은 함부로 사용해서는 안 된다는 것 역시 알고 있다. 다시는 사랑에 빠지지 않겠다고 결심하고 부질없이 새로운 사랑에 빠지는 것이 우리의 어리석음인 동시에 현명한 면이니까. 동네 산책 나온 강아지를 볼 때마다 괜히 웃게 되고 가슴이 뛰니 혹시라도 예기치 못하게 어떤 강아지가 나를 선택해 줄지도 모르는 일이다.

기억나는 어린 시절부터 마흔 살 가까울 때까지 늘 강아지와 함께했고 아무리 멀리 떨어져 있어도 집과 주인을 찾아오는 벤지와 래시의 신화 속에서 살아온 나에게 고양이는 비교적 늦게 찾아왔다. 강아지가 주는 위로와 고양이가 주는 위로는 비슷한 점이 있는 동시에 다른 점도 있다. 사람과 개가 함께해온 역사

내가 누구인지
말할 수 있는 자는 누구인가

는 3만 년이 넘는다고 한다. 이에 비해 고양이가 인간과 함께한 역사는 3000년 정도 되다 보니 온몸을 던져 안겨오는 강아지의 방식과는 좀 다르게, 적절한 안전거리를 유지하며 독립적인 영역을 고수하는 차분함을 고양이와 함께 살아보며 확인했다.

평생 고양이를 특별히 사랑했던 작가 어슐러 르 귄은 마지막 산문집 《남겨둘 시간이 없답니다》에서 "개들은 서열이나 지배 체계를 기본으로 관계를 맺지만 고양이는 그렇지 않고 죄책감이나 수치심을 거의 못 느낀다"고 이야기했다. 개와 고양이의 특징을 이렇게 간결하게 잘 설명해주는 말도 없지 싶다. 강아지, 고양이와 동시에 살았던 기간 동안 나는 이 세상에서 나의 위치를 정확하게 파악할 수 있었다. 강아지보다 조금 위, 고양이보다 훨씬 아래. 그러면서 고양이에게 빠져들었다. 고양이란 종은 아름다움의 완벽한 구현이다. 액체로 만들어진 존재가 아닐까 싶도록 부드럽다. 나른하고 민첩한 움직임은 아무리 쳐다보아도 지겨워지는 일 없이 감동적이다. 문제라면 자기들도 이런 사실을 알고 있어서 상당히 도도하게 군다는 것 정도?

강아지들이 늘 옆에서 치대고 애정을 갈구한다면 고양이는 적당한 거리를 유지하며 자신의 영역을 지킬 줄 안다. 도시 사찰에서 소임을 마치고 송광사로 내려간 스님이 깊은 산 속에서 떠돌이 고양이를 만나 겨울을 함께 보내게 된다. 그때까지 고양이를 무서워하고 살았던 스님에게 찾아온 특별한 인연이 《어느 날 고양이가 내게로 왔다》에 담겨있다. 산속에서 고양이는 새로운 깨달음을 선물하는 좋은 도반이 되어준다.

고양이의 눈은 자신이 먼저 말하기보다는 말하고 싶은 사람이 먼저 하라는 투다. 선종에서는 참선 중에 질문이 있으면 언제든지 스승에게 묻는다. 질문이 없다면 공부하지 않은 사람이다. 궁금한 사람이 먼저 묻게 되어 있다. p.65 《어느 날 고양이가 내게로 왔다》

햇빛 속이나 어둠 속에서 무언가를 가만히 응시하고 있는 고양이는 질문을 하는 것처럼 보이기도 하고 질문을 기다리는 것처럼 보이기도 한다. 다그치는 일 없이 기다리고 있으면 답답한 집사가 먼저 '먹이를 줄까? 물을 줄까?' 알아서 부산스럽게 움직인다. 스님이 이 책에서 한 말처럼 최선을 다해, 대충 살아가는 법을 이미 익혔으니 진정한 고수의 모습이 아닌가. 그러니 인간이 집사를 자처하며 한 수 아래 자리할 수밖에. 고양이의 마음에 들기 위해서라면 못 할 것이 없고 더 낮출 데 없을 데까지 몸을 낮추는 대열에 기꺼이 합류하는 데에는 이유가 있다.

잔인성은 인간의 특기다. 인류는 끊임없이 잔인성을 단련했고, 완성시켰으며, 제도화했으나 그에 대해서 좀처럼 떠벌리지는 않는다. 잔인성을 동물에 귀소시켜 '비인간성'이라 부르며 절연하는 편

내가 누구인지
말할 수 있는 자는 누구인가

을 선호한다. 우리는 동물의 순수성을 인정하길 원치 않는다. 그러면 잔인성을 동물의 탓으로 돌린 우리 양심의 가책이 모습을 드러낼 것이기 때문이다. p.231 《남겨둘 시간이 없답니다》

우리는 스스로를 지성과 교양의 영역에 놓고 다른 생명들은 야성과 야만의 영역에 놓는다. 인간이 강아지나 고양이를 키운다고 생각하지만 사실은 동물들이 우리를 더 나은 사람이 되도록 키워주는 것이다. 강아지로부터 있는 그대로 사랑을 흠뻑 주고받는 방법을, 고양이로부터 적절한 고독 속에서 어른스럽게 세상을 관조하는 방법을 배운다. 이들이 뿜는 온기 덕에 세상을 보는 눈도 조금은 따뜻해진다.

"아, 그거 참 좋겠다. 필립 말로처럼 기나긴 하루를 마치고 집에 돌아와 고양이에게 먹이를 주면."
빔 벤더스 감독의 영화 〈베를린 천사의 시〉에서 천사 다미엘이 이런 독백을 한다. 영원불멸의 존재인 천사 자리를 내팽개치도록 만드는 것 중 하나, 인간만이 누릴 수 있는 가장 평화롭고 아름다운 경험 중 하나가 바로 일을 마치고 집에 돌아와 사랑하는 반려동물을 챙기는 것이다. 따뜻하게 햇빛 들어오는 마루에 누워 분홍색 젤리 같은 새끼고양이와 강아지의 발바닥을 만지작거리는 것은 세상 최고의 행복이다. 경험해보지 않은 사람은 짐작조차 할 수 없다. 인간 따위, 세상과 지구를 점점 더 파괴하거나 할 뿐이지, 세상을 아름답게 만들고 나를 가장 행복하게 만들어주는 것은 작고 몽실거리는 이 생명체들과 그들이 보여주는 사랑이다. 세상을 구하는 궁극의 귀여움, 강아지 만세! 고양이 만세!

《노견 만세》, 진 웨인가튼, 이보미 옮김, 마이클 윌리엄슨 사진, 책공장더불어, 2018
《남겨둘 시간이 없답니다》, 어슐러 K. 르 귄, 진서희 옮김, 황금가지, 2019
《어느 날 고양이가 내게로 왔다》, 보경, 불광출판사, 2017

내가 누구인지
말할 수 있는 자는 누구인가

남자, 어른, 아버지, 신사

책을 읽다가 예상치 못하게 매력적인 인물을 발견하게 될 때가 있다. 분명 작가가 만들어낸 가공의 인물인데 현실의 인간보다 훨씬 더 현실적이고 현실의 어떤 인물보다 멋지다. 하퍼리의 소설 《앵무새 죽이기》에 등장하는 애티커스 핀치가 그랬다. 1980년대 후반 《아이들이 심판한 나라》라는 제목으로 처음소개되었을 때 '뭐 이렇게 멋진 남자 어른이 다 있지' 하는 감탄속에서 책 한 권을 훌쩍 다 읽어버렸다. 1960년 미국에서 발표된 이 소설은 2년 후 영화화되었는데 우리나라에서는 〈앨라배마 이야기〉라는 제목으로 소개되었다. 어렵게 이 흑백 영화를비디오로 구해 보며 다시 한 번 감탄했다. 그레고리 펙은 이 역으로 아카데미 남우주연상을 받았는데, 요즘 말로 싱크로 100퍼센트다. 수많은 영화에서 수많은 멋진 남자들이 등장했지만이 영화의 애티커스 핀치는 배트맨과 제이슨 본 요원을 가볍게누르고 나에게는 가장 멋진 영화 속 남성으로 오랫동안 자리를 차지하고 있다.

실상을 보면 그리 매력적일 수 없는 조건이다. 애티커스 핀치는 1930년대 미국의 남부 앨라배마 주 작은 마을 메이컴에서 변호사로 일하는 50대 남성이다. 아내는 일찍 세상을 떠났고 흑인 요리사 캘퍼니아의 도움을 받아 똑똑하고 생각 많은 아들 젬과 거침없고 활발하며 아무 때나 나서는 말괄량이 딸 스카우트를 키우고 있다. 어린 남매는 자기 아버지가 친구의 아버지와 많이 다르다고 생각하는 눈치다. 일단 친구의 부모보다 훨씬 늙었고 사냥을 하지 않으며 포커나 낚시, 술을 마신다거나 담배를 피우는 등 다른 아버지들이 일상적으로 하는 일에 전혀 관심을 두지 않는다. 스스로도 이런 사실을 부정하지 않는다. 하지만 필요하다면 그 일을 해내는 사람이기도 하다. 미친개가 동네에 나타나 사람들에게 위협이 되자 라이플총을 들고 단 한 방으로 명사수의 솜씨를 보여주며 아이들로부터 "아빠는 최고야" 하는 탄성을 끌어낸다.

그러던 그의 커리어와 인생에 가장 큰 위기가 찾아온다. 백인 여성을 강간했다고 기소당한 흑인 톰 로빈슨의 변호를 맡게 된 것이다. 당시 사회 분위기로는 이길 확률이 거의 없고 변호를 맡는 것만으로 자신과 가족들에게 큰 위험을 자초할 수 있었다. 그럼에도 그는 이 일을 맡는다. 이 공판을 맡지 않고는 마을에서 얼굴을 들고 다닐 수 없고, 입법부에서 일한다고 할 수 없으며, 아이들에게 무엇이 옳은지 가르칠 수 없게 되기 때문이었다. 주위의 협박과 방해를 무릅쓰고 그는 변호사로, 책임 있는 사회인이자 지성인으로 생각하고 행동한다. 그는 법과 제도라는 테두리 안에서 일하는 변호사다. 모든 인간이 평등하게 대해질 수 있는 곳이 있다면 그건 바로 법정이어야 한다고 생각하고, 현실은 기대와 다르다는 점도 이해한다. 긴 시간 속에서 세상의 시스템이 되어 버린 인종차별이 하루아침에 사라질 것이라고도 생각하지 않는다. 확신할 수 없는 일엔 절대 함부로 약속하지 않는다. "우리가 이길까요?" 아이들이 걱정하며 묻자 애티커스 핀치는 이기지 못할 것이라고 대답한다. 아이들은 그렇다면 왜 이런 일을 하느냐고 다시 질문한다. "수백 년 동안 졌다고 해서 시작하기도 전에 이기려는 노력도 하지 말아야 할 까닭은 없으니까." 사는 것이 녹록지 않은 나이 많은 아버지를 든든하게 받쳐준 것은 바로 나중에 아이들이 자라서 이 일에 대해 결코 부끄럽지 않은 마음으로 돌아볼 수 있게 되리라는 확신이었다.

단지 변호만 맡아야 하는 것이 아니다. 흥분한 몇몇 마을 사람들이 재판 전에 톰 로빈슨을 처단하러 몰려올 것을 예상한 애티커스는 밤새도록 신문을 읽으며 허술한 마을 구치소를 지킨다. 주민들과 갈등이 커지던 순간 걱정이 되어 찾아와 몰래 지켜보고 있던 스카우트가 아빠에게 뛰어간다. 그들 사이에서 친구 아버지의 얼굴을 발견하고는 '예의 바른 사람은 자신의 관심거리보다 상대방의 관심에 대해 이야기하는 법'이라는 아버지의 가르침을 떠올려 친구의 안부를 묻고 아버지가 도와주었던 일을 상기시켜 충돌을 막는다. 잘 보고 배운 아이들은 나름의 방식으로 아버지와 아버지가 중요하다고 여기는 가치를 지킨다. 아이들이 무언가 물으면 무시하거나 대충 얼버무리는 대신 대답을 해주고 아이들 이야기에 끝까지 귀 기울이며, 말로 이래라 저래라 하는 것이 아니라 행동으로 직접 보여주었기 때문에 가능한 일이다.

애티커스 핀치는 모든 아이들이 꿈꾸는 어른이자 아버지의 상징 같아서 오히려 비현실적으로 느껴질 정도다. 이 책에는 다른 좋은 어른들도 등장한다. 식사 자리에서 친구에게 무례하게 군 스카우트를 "이 집에 발을 들여 놓았으면 누구든 다 손님"이라고 단호하게 나무라는 요리사 캘퍼니아 아줌마, 톰 로빈슨이 감옥에 갇히면서 생활고에 빠진 그의 가족을 위해 10달러를 모으기 전까지는 아무도 여기를 나갈 수 없다며 예배 중 헌금 시간에 교회 문을 잠가 버리는 흑인 교회의 목사, 무고한 흑인에게 유죄를 결정한 배심원들을 향해 나를 재판장이라 부르지 말고 당신들도 그런 편견을 가진 배심원 노릇은 하지 말라고 말한 판사, "이건 변호사님이 결정하실 일이 아닙니다. 이 사건은 제 소관입니다. 제가 결정하고 책임질 일이죠" 하고 예기치 못한 사건을 책임지고 정리하는 보안관. 이 소설은 인종차별 문제를 지적하는 사회소설이 아니라 성장과 성숙에 대한 이야기다. 3년의 시간을 통해 스카우트와 젬이 성숙해가는 것만큼이나 어른들도 죄 없는 흑인 청년의 죽음과 그 죽음을 방조하고 부추긴 사회에 대한 실망을 통해 성숙해간다. 세월이 흘러 나이가 든다 해도 저절로 성숙하거나 성장하지는 않는다. 노력하지 않으면 과거 속에 박제된 편협하고 심술궂은 노인으로 남게 될 뿐이다.

1930년대의 미국 남부는 편견과 모순으로 가득한 시공간이다. 죽은 후 천국 가는 일을 걱정하느라 이 세상 사는 법을 배우지 못하는 사람들이 있고 유대인을 학살한 히틀러에 대해서는 잘못을 지적하면서 피부색을 이유로 사람을 차별하는 일에 대해서는 별 문제를 못 느낀다. 편견과 모순이라면 재일조선인의 삶 역시 나을 것이 없다. 일본에서 태어나 자라고 문화를 익혔다 해도 완벽하게 받아들여지지 못하는 따돌림의 대상이다.

조선중학교를 나왔지만 '민족의 반역자'란 비난을 들으며 조선 국적을 한국으로 바꾸고 일본 고등학교에 진학한 재일교포 3세 스기하라, 한국 이름 이정호에게는 매일이 혼란이다. 인종차별만큼이나 지긋지긋한 민족차별로 집단 따돌림에 괴롭힘을 당하지만 현실을 그대로 받아들이고 체념하기엔 피가 뜨겁다. 시비를 걸어오는 아이들을 때려눕히며 24전 전승을 기록하여 학교 '짱'에 등극한 스기하라가 사랑에 빠진다. 민족혼 같은 것은 20엔에 팔아버리고 싶다던 스기하라는 연인과 사랑을 나누기 전 자신이 재일한국인임을 고백한다. 국적 따위, 쉽게 무시할 수 있을 줄 알았지만 머리와 심장 속에 각인되어 있는 정체성을 부정할 수는 없었던 것이다. 한국인과 중국인은 나쁜 피를 가졌다고 아버지로부터 이야기를 들어온 여자친구는 멈칫하고, 소년은 차라리 피가 초록색이면 좋겠다고 속상해한다. 직접 차별을 당해본 적 없는 사람들이 이야기하는 인간애는 얼마나 공허한가. 매너와 우아함을 숭배하는 사람들이 보여주는 비이성적인 야만은 그 가면 때문에 더욱 끔찍하게 느껴진다. 하지만 슬픔에 빠지거나 세상을 원망하는 대신, go! 다시 세상을 향해 달려가는 멋진 청춘을 보여주는 가네시로 가즈키의 《GO》는 정체성과 차별이라는 문제를 너무 무겁지 않게 풀어낸 소설이다.

반항심 가득하지만 똑똑하고 쿨한 주인공만큼 독특한 인물이 바로 그의 아버지다. 《앵무새 죽이기》의 애티커스 핀치처럼 침착하고 점잖고 능력 있는 아버지도 멋있지만 '철근 콘크리트 같은 몸과 얼음처럼 차가운 두뇌'로 온갖 차별 속에서 줄기차게 싸워 살아남은 스기하라의 아버지도 매력적이다. 아들에게 싸움의 철학을 알려준 아버지는 초등학교 졸업 학력에 술주정

뱅이 전직 권투선수, 마르크스주의자이자 조총련 활동을 열심히 하는 재일조선인으로 파칭코 경품 교환소를 운영하며 독학으로 마르크스와 니체를 읽어낸 사람이다. 아들이 오토바이를 훔치다 잡혔다는 소식에 경찰서에 달려와서는 훈계 처분을 부탁하는 대신 아들 얼굴에 묵직한 라이트 훅을 날리고 스트레이트 펀치를 연이어 구사해 보다 못한 형사가 나서서 풀어주는데 아들 귀에다 '이렇게 쉽게 끝난 건 다 내 덕분'이라며 미소 짓는다. 이렇게 강하고 센 아버지가 어쩐 일인지 하와이 여행을 가겠다고 뒷돈을 써가며 조선 국적을 버리고 한국 국적을 취득한다. 아들은 자기 아버지가 가장 빠른 속도로 국적을 변경했다고 자랑한다며 넋두리할 정도다. 아버지가 갑작스럽게 국적을 바꾼 것은 하와이 여행 때문이 아니라 아들을 옭매고 있는 족쇄를 하나라도 풀어주고 싶기 때문이었다는 것을, 아들도 나중에 알게 된다. 아버지는 자신이 맞서 싸워온 세상이 바뀌고 있다는 것을 막연히 느낀다. 아들이 더 넓은 세상에 나가서 제대로 싸워볼 것을 응원하는 아버지의 서툴지만 진심 담긴 배려였다.

"팔을 뻗어 그릴 수 있는 원의 크기가 그 인간의 크기"라며 손닿는 거리 안에 가만히 있으면 누구에게 맞지 않고 안전하게 살 수 있지만, 그 원 밖으로 나가야 할 때가 있다는 것을 아들에게 알려주고 싶은 아버지는 아들에게 권투를 가르친다. 주먹을 주고받아 원 밖에 있는 것을 빼앗아 와야 하고, 내 원 안에 있는 소중한 것을 빼앗기기도 하면서 아들이 진짜 어른이 되어 갈 것임을 알기 때문이다.

구세대란 넘어야 할 벽이라고 느끼는 아들이지만 다른 사람이나 사회가 아버지를 넘어뜨리는 것은 볼 수가 없다. 그래서 다짐한다. 아버지는 내가 때려눕힐 때까지는 무슨 일이 있어도, 그 누구에게도 무릎을 꿇어서는 안 된다고. 한 번도 다운을 먹은 적이 없는 남자를 비로소 다운시키는 것은 바로 나여야 한다고. 세상 모든 아들들이 이런 생각을 하며 성장하지 않았을까. 자기를 키워준 아버지를 넘어서는 것은 자신을 지탱하고 있던 안정적인 근간을 흔들어 불안 속에 자신을 세우는 일이다. 그걸 해내지 못한다면 세상은 변화와 개선의 여지가 없는 지루한 공간이 될 것이다.

애티커스 핀치와 스기하라의 아버지를 보며 어른이 된다는 것은 추악한 일도 담대히 수용하게 된다는 것이 아닐까 생각했다. 세상을 바꾸는 일이 얼마나 어렵고 더디게 진행되는지 알기에 자신이 살아있는 동안 변화가 일어나지 않는다고 해도 다음 세대에 기대와 희망을 걸고 앞으로 나아갈 토대를 만들어준다. 이런 남자야말로 진짜 신사가 아닐까. 젊은 시절에는 나쁜 남자들이 매력적으로 보이곤 했다. 못되게 굴고 냉정한데 가끔 친절해서 설레게 만드는 남자. 순정만화와 로맨스 드라마에 나오는 싸늘하고 퇴폐적인 모습이 아무리 멋져 보인다 한들, 잠시 잠깐이다. 현실에서는 밝고 건강하고 친절한 것이 제일이다. 당당하고 품위와 교양이 있고 약한 사람들을 기꺼이 도울 줄 아는 성숙한 사람. 무라카미 하루키의 소설 《노르웨이의 숲》에는 자기가 하고 싶은 일을 하는 게 아니라, 해야 하는 일을 하는 게 신사라는 말이 등장한다. 시대에 뒤떨어진 단어 같지만 '신사'는 여전히 멋진 인간을 대표하는 단어다. 신사의 덕목은 성별에 상관없이 훌륭한 어른이라면 지녀야 하는 덕목이나 마찬가지다. "요즘 아이들은 다 이상해" 하고 이야기를 시작하는 어른들은 자신이 별로 아름답지 않은 세상을 만들어 놓았다는 사실을 알고 있을까. 나이와 지위와 돈과 권력으로 세상을 평가하며 지저분한 짓을 서슴치 않는 어른들을 보며 나도 다시 한 번 반성한다. 나는 내가 어려서 동경하고 선망하던 그런 괜찮은 어른으로 살고 있는지.

《앵무새 죽이기》, 하퍼 리, 김욱동 옮김, 열린책들, 2015
《GO》, 가네시로 가즈키, 김난주 옮김, 북폴리오, 2006

슬픔과 불안으로,
사람과 인생은 만들어진다

평화롭던 마을에서 살인 사건이 일어난다. 문제를 해결하기 위해 셜록 홈즈와 아르센 뤼팽과는 다른 타입의, 그동안 아무도 탐정으로 그린 적이 없는 스타일의 탐정이 등장한다. 이 탐정은 용의선상에 오른 사람들을 살피며 수면 아래 숨은 살인 동기와 방법을 캐낸다. 그러고는 관련된 사람들을 한자리에 불러모아 범인이 누구인지를 밝혀낸다. 추리소설에서 '푸아로 피날레'라고 부르는, 추리소설 팬들에게 익숙한 이 장면을 고안해낸 사람이 바로 영국의 작가 애거서 크리스티다.

셰익스피어와 성경 다음으로 전 세계에서 가장 많이 팔리는 책의 작가가 되었고 여성 최초로 영국 추리 협회 회장이 된 애거서 크리스티는 100권이 넘는 장편 소설과 단편집과 희곡을 썼고 이 작품들은 100개가 넘는 언어로 번역되었다. 《오리엔트 특급 살인》《나일 강의 죽음》 등 대표작 상당수는 영화화되었으며 《쥐덫》은 연극으로 각색되어 1953년 런던 앰배서더 극장에서 상연된 후 지금까지 단 하루도 쉬지 않고 상연 중이다. 벨기에 출신의 전직 경찰로 풍채 좋고 비범한 두뇌 회전을 자랑하는 탐정으로 그려진 에르퀼 푸아로는 크리스티가 만들어낸 가장 매력적인 인물이다. 이와 더불어 미스 마플은 주민들이 서로를 잘 아는 작은 마을을 배경으로 범행에 대해 지나치게 세밀한 묘사 없이 작은 단서를 통해 사건을 밝히는 '코지 미스터리Cozy Mystery'의 대표적 인물이다. 이 정도로 상업적인 성공을 거둔 여성 작가를 찾기란 쉽지 않다. 그런 그가 60세에 자서전을 쓰기 시작해 75세가 된 1975년에 완성한다. 그가 쓴 추리소설만큼이나 드라마틱한 스토리를 기대했다면 실망할지도 모른다. 우리가 관심 있는 추리소설 작가로서의 이야기는 800페이지 가까운 《애거서 크리스티 자서전》의 중반을 훌쩍 넘어서야 나오기 시작하니까. 20세기가 시작되던 무렵 영국 사회의 분위기, 두 번의 세계 대전이 사람들의 삶을 어떻게 바꿔 놓았는지, 일상의 삶에서 어떻게 도전을 찾고 자극을 받았는지 담담한 고백이 이어진다.

그가 추리소설을 처음 쓰게 된 것은 전쟁 중 간호사로 자원해 약 조제실에서 일할 때였다. 어려서부터 책읽기와 글쓰기를 즐겼던 크리스티는 독극물에 대한 지식을 바탕으로 첫 작품을 썼다고 한다. 자신이 생각한 좋은 추리소설이란 "살인자임이 분명하지만 현실적으로 살인을 하기가 불가능한 인물이 살인을 해내는 것"이었다고 고백한다. 자신의 작품을 통해 이 원칙을 밀고 나갔고 결국 성공한다. 자의식 강하고 개성 넘치는 작가의 삶은 순탄하지만은 않았다. 부유한 가정에서 태어났지만 아버지의 사망으로 경제적 어려움을 겪었고 기존의 약혼을 깨며 감행한 결혼은 남편의 외도로 고통스럽게 끝났다. 재혼한 남편과 고고학 발굴에 나섰고 전쟁의 고난을 이겨냈으며 노년에는 기사 작위를 받았다. 작가로 성공했고 인정받았지만 글을 쓰고 직업으로 삼기란 쉬운 일이 아니었다. 남편에게 의지해 생활하며 취미로 쓰던 때와 달리, 이혼을 통해 직접 생계를 책임지게 되면서 작가라는 직업에 대해 달리 생각하게 되었다고 솔직하게 고백한다. 첫 작품을 쓰며 상황을 잘 모르는 상태에서 출판사와 맺었던 불공정한 계약, 자신의 작품을 더 높은 가격에 팔 수 있게 되기까지의 과정 등을 이야기해준다.

진짜 하늘이 내린 천재는 있다. 문제는 지극히 드물다는 것이다. 그러니 차라리 정직하게 사업을 하는 상인이 되어야 한다. 우선은 기술적 요령을 익히고, 그 다음에 그 틀 안에서 자신의 창의력을 발휘해야 한다. 형태의 제약에 복종해야 하는 것이다.

p.496 《애거서 크리스티 자서전》

내가 아마추어에서 프로로 변한 것이 바로 그 순간이었다. 쓰고

내가 누구인지
말할 수 있는 자는 누구인가

싶지 않고, 지금 쓰고 있는 글이 마음에 안 들고 잘 써지지도 않음에도 계속 글을 써야 하는 전문 작가의 무거운 짐을 그때 짊어졌던 것이다. p.529 《애거서 크리스티 자서전》

글을 쓰거나 그림을 그리거나 자기 가게를 꾸리거나 스스로의 힘으로 돈을 벌고 자립을 하기로 결심한 여성들이라면 공감할 이야기가 아닌가. 성공과 명성에 가려 오히려 막연했던 대작가의 모습이 이 책을 통해 훨씬 구체적이 되었다. 제삼자가 충분한 자료 조사와 취재, 연구를 통해 어느 정도 거리를 두고 쓴 전기와는 또 다른 매력이 있다.

무언가가 된다는 것은 하나의 과정이고, 하나의 길을 걸어가는 발걸음이다. 인내와 수고가 둘 다 필요하다. 무언가가 된다는 것은 앞으로도 더 성장할 여지가 있다는 생각을 언제까지나 버리지 않는 것이다. p.554 《비커밍》

최근 가장 화제가 된 자서전인 미셸 오바마의 《비커밍》을 한 문장으로 요약하면 이 부분이 아닐까. 발매 전 계약 때부터 화제였던 이 책은 결국 전기 사상 가장 많이 팔린 책이 되었다. 1964년 시카고 변두리, 부유하지 못한 환경에서 태어났지만 정수처리장의 노동직 직원이었던 아버지와 전업주부와 직장 여성의 삶을 오갔던 어머니는 노력해 원하는 것을 얻고 스스로 인생을 책임지도록 남매를 키웠다. 프린스턴대 사회학과를 나와 하버드대 로스쿨을 거쳐 법률 회사에서 변호사로 일하며 성공적인 커리어를 만들어간 야심 넘치는 미셸 오바마는 이상주의자이며 실천가였던 버락 오바마와 결혼 후 정부와 비영리단체에서 일하며 새로운 가치를 추구하게 된다. 이때 결정에 대해 소개하는 부분은 박진감이 넘친다. 인생은 짧고, 낭비할 시간은 없으며, 죽었을 때 사람들이 자신을 그동안 쓴 소송 취지서나 변호한 기업 브랜드로 기억해주기를 바라지 않았기에 법률 회사를 과감하게 그만두었다고 이야기한다. "나 자신이 세상에 그보다 더 많은 걸 줄 수 있다고 믿었다. 움직일 때였다"라고. 이 얼마나 부러운 자기 확신인가.

여성이고, 백인이 아니며, 경제적으로 풍족하지 않은 환경이라는 세 가지 장벽을 스스로 넘어선 미셸 오바마는 세상 모든 소녀들의 역할 모델이 되는 데 부족함이 없다. 선거를 치르는 동안에는 가장 호소력 강한 연설자였고 백악관 입성 후에는 소외계층과 여성, 아동을 위한 교육에 관심을 쏟았다. 퍼스트레이디로 공인의 역할을 충실히 하며 아내와 엄마로 사적인 부분에서도 양보 없이 늘 최선을 다했다. 문제가 있다면 바로 잡기 위해 싸움을 마다하지 않았고 더 많은 사람들이 함께 행복할 수 있는 방법을 찾기 위해 고민했다.

내가 선거운동 중 겪었던 추악함으로부터 배운 바가 있다면, 즉 세상이 다양한 방식으로 나를 성난 여자나 주제넘은 여자로 치부하려 들었던 데서 배운 것이 있다면, 바로 내가 조금이라도 틈을 보이면 대중의 판단이 재깍 그 공백을 메운다는 것이었다. 내가 스스로 나서서 자신을 규정하지 않으면, 남들이 얼른 나 대신 나를 부정확하게 규정한다. 버락의 팀이 내려주는 지시를 수동적으로 기다리기만 할 마음은 없었다. 지난해의 시련으로 단련한 지금, 나는 두 번 다시 그렇게 무방비로 얻어맞을 마음이 없었다.

p.379 《비커밍》

8년간의 백악관 생활을 마칠 때, 많은 사람들은 미셸이 정치가로 입문해 최초의 여성 대통령이 되기를 바랐지만 그는 정치가 아닌 다른 분야에서 자신의 능력을 발휘하길 원했다. 이 자서전의 상당 부분에 남편인 버락 오바마의 이야기가 등장한다. 지저분한 스캔들 없는 화목한 가족이자 서로를 의지하고 후원하는 부부였으니 당연한 일이겠지만 미셸 오바마가 버락 오바마와 결혼하지 않았다면, 미국의 퍼스트레이디가 되지 않았다면 더 큰일을 해내지 않았을까 혼자 상상해 보았다. 아니, 섣부른 아쉬움일 수도 있다. 미셸 오바마의 이야기는 아직 끝난 것이 아니니까. 쉰다섯 살까지의 삶을 돌아본 이야기이니 이후 그가 선택할 인생과 새로운 도전을 기록한 자서전 속편이 나오게 될 것이다. 그때도 세상의 주류이자 기득권자들이 보내는 비웃음과 강압과 편견에 맞서서 "그들이 저급할 때, 우리는 품위 있게 간다"고 이야기해 주기를 기대하고 있다.

일본 작가 다치바나 다카시는 릿쿄대학에서 50세 이상의 시니어 세대를 위해 '현대사 속의 자기 역사'라는 강좌를 진행했다. 단순히 개인의 신변잡기를 쓰는 것이 아니라 자신이 살고 있는 시대에 자신을 투영해 자기 역사와 동시대의 역사를 함께 설명하는 것이 조건이었단다. 일본의 퇴직 연령은 평균 60세, 기대수명은 80세가 넘는다. 60대라면 성년이 된 이후 100세 시대를 맞이하는 생의 중간 지점이고 인생의 새로운 출발을 준비하는 지점이니 자서전을 쓰기 딱 좋은 때일 것이다. 내가 만약 그 나이가 된다면 어떤 자서전을 쓸 수 있을까. 많은 사람들이 "내 인생 그 자체가 대하소설 감이야" 하고 이야기하는데 나의 경우는 지루하고 평이한 단편 소설 한 편 거리도 안 될 것 같다. 대단히 드라마틱한 사건도 없고 엄청나게 열심히 싸워 성취한 것도 없는 듯하다.

나는 내가 원하는 것을 했다. 여행을 한 것이다. 과거로 '돌아가는' 여행이 아니라 모든 것의 시작에 서서 다시 앞으로 '전진하는' 여행을 하며 처음의 내가 되었다. 시간도 공간도 나를 구속할 수

내가 누구인지
말할 수 있는 자는 누구인가

는 없었다. 원하는 곳에서 마음껏 오래 머무르고 앞으로 홀짝 뒤로 홀짝 내키는 대로 뛰어다녔다. 나는 기억하고 싶은 것만 기억하는 듯싶다. 아무리 봐도 터무니없는 일들이 무수히 많은 의미를 띠고 있다. 우리 인간이란 원래 그런 존재이다.

p.791 《애거서 크리스티 자서전》

애거서 크리스티의 말처럼, 인간은 결국 원하는 것을 하고 기억하고 싶은 것만 기억한다. 평범한 사람이라면 부끄럽고 슬픈 과거와 추억은 무시하고 감출 권리가 있다고 스스로를 위로할 것이다. 별로 이야기하고 싶지 않은 것들을 꺼내서 이야기하려면 용기가 필요하다. 어린 시절 위인전을 읽으면 이 사람은 완전히 다르게 태어난 사람, 보통 사람이라면 절대 하지 못할 일을 해낸 사람으로 생각하곤 했다. 위인전에 나오는 대단하고 감동적인 이야기만이 그의 전부가 아님을 그때는 알지 못했으니까. 햇살을 받아 밝고 아름답게 빛나는 면이 있다면 그림자 속에 자리 잡아 잘 보이지 않는 면도 존재한다. 성공해서 자서전을 쓰기까지 애거서 크리스티도 미셸 오바마도 훔쳐내야 했던 눈물은 훨씬 더 많았을 것이다. 돌이켜보면 삶에 강한 영향을 미친 것은 행복한 때가 아니라 불행했던, 뭔가 잘못되었던 순간들이었고 그 잘못된 순간을 바로잡으며 우리는 한 발 높이, 멀리 내디딜 수 있었다. 기쁨보다는 슬픔으로, 안정보다는 불안으로 사람과 인생은 만들어진다.

《애거서 크리스티 자서전》, 애거서 크리스티, 김시현 옮김, 황금가지, 2014
《비커밍》, 미셸 오바마, 김명남 옮김, 웅진지식하우스, 2018

우리는 함께할수록
단단해지는 존재들이다

지하철을 탈 때마다 눈이 임산부 배려석을 향하게 된다. 임신 사실을 잘 알 수 없는 초기 임산부는 말할 것도 없고 몸이 무거운 임산부들이 앉을 수 있도록 저 자리는 계속 비어있을까. 실망스럽지만 대부분의 경우 덩치 좋은 남성들이 앉기도 하고 임신과 상관없어 보이는 여성들이 앉기도 한다. 어차피 비어 있는 자리, 임산부가 타면 양보해주면 되지 않느냐고 말하는 사람들도 있는데 장애자 전용 주차 구역이 비어있다고 해서 아무나 그곳에 차를 세우지는 않는다. 그 자리에 해당하는 사람이 아니라면 비워두면 될 일이다. 제주도 출장길, 비행기 안에서 어린 아기가 자지러지게 울기 시작했다. 보호자가 방관하고 있는 것도 아니고 다른 사람에게 피해가 갈까 얼굴이 빨개지도록 아이를 달래는 중인데 "애 좀 어떻게 해 보라"는 이야기가 나왔다. 울지 않으면 좋겠지만 합리적으로 설득할 수 없는 저렇게 어린 아이가 울면 어쩔 수 없는 것 아닌가. 무슨 일인지 수군거리며 빤히 쳐다보는 것이 아니라 적당히 못 본 척하고 넘어가 주는 여유가 필요한 순간이 생각보다 많다.

생각해보니 다른 사람을 배려하는 방법에 대해 제대로 배운 적이 없다. 도움이 필요한 사람을 위해 불편함을 감수하거나 무리 없이 양보하는 방법에 관해 진지한 교육을 받지 못했다. 수업 시간에 조용히 하라거나 어른을 공경하라거나 좌측통행을 하라거나 하는 이야기들이 전부였다. 피부색이 다른 사람이나 몸이 불편한 사람을 너무 빤히 바라보는 것은 큰 실례라는 것을, 안내견을 보면 함부로 만지거나 소리를 내서 주의를 끌면 안 된다는 것을 나이 들어서 알게 되었다. 그 전의 나는 많이 무례한 사람이었을 것이다.

초등학교와 중고등학교, 직장을 다니며 내가 속한 조직에 장애인이 있었던 적은 한 번도 없었다. 피부색이 다른 사람이 있었던 적도 거의 없다. 같은 생김새에 같은 말을 쓰며 몸과 마음 모두 대략 건강하고 크게 문제 없는 사람들로 이루어진 균질한 사회. 그게 당연하다고 여겼는데 아니었다. 2019년 통계청 자료를 보니 등록된 장애인의 수가 250만 명이다. 등록되지 않은 경우까지 고려한다면 300만 명 정도 되는데, 한국 전체 인구가 5000만 명이 좀 넘는다고 하면 상당한 숫자다. 아무리 못해도 만나는 사람 스무 명 중 한 명은 장애가 있는 사람이어야 한다. 그런데 우리 주위는 어떤가.

《어른이 되면》은 장애가 있는 동생과 떨어져 보낸 긴 세월을 딛고 시설 밖에서 다시 함께 살게 된 400여 일의 기록을 담은 책의 제목이자 프로젝트의 타이틀이다. 유튜브 채널 '생각 많은 둘째 언니'를 운영하고 있는 다큐멘터리 감독 장혜영의 여동생 혜정은 중증발달장애를 지닌 채 태어났다. 장애에 대해 적절한 이해와 지식, 도움을 주는 시스템이 거의 없는 우리 환경에서 장애가 있는 사람은 온전히 가족이 보살필 수밖에 없다. 동생을 잘 돌보는 것이 중요한 책임이 되어버린 나이 어린 언니는 말과 행동이 자유롭지 않은 동생의 마음이 늘 궁금했다. 동생의 장애 때문에 부모는 갈등을 겪고 학교에서는 따돌림을 당하고 미래를 꿈꾸기도 어려운 현실이 계속된다. 그런데 동생이 갑자기 시설로 보내진다. 이런 과정은 장애가 있는 가족을 둔 집이면 비슷하게 경험할 것이다. 점점 더 지쳐가는 상황에서 '시설에서 더 전문적으로 잘 돌봐줄 것이다' 혹은 '남은 가족들이라도 조금 맘 편하게 살아야 하지 않느냐'는 이야기에 결국 손을 들게 되는 것이다. 언니는 아무리 즐겁고 행복한 경험을 하더라도 늘 챙기고 보살피던 동생의 빈자리가 크게 느껴졌고 동생을 위해서가 아니라 자신을 위해 18년간 떨어져 지낸 세월을 되찾기 위해 나선다.

동생이 지내는 보호시설에 대해 그는 '삶보다 죽음에 가까운 장소'라고 설명했다. 적은 인원, 한정된 자원으로 보호를 중시하다 보니 인간적인 권리에 대한 고민이나 소외에 관해 신경 쓸 여력이 없다. 18년간 보호 시설에서 지낸 동생을 시설 밖 지역 사회로 데리고 나오는 방법을 선택했지만 결코 쉬운 일은 아니었다. 식사를 제대로 챙기는 법, 신호등 보는 법, 목욕하고 청소하는 법, 공공장소에서 조용히 있는 법 등을 함께 익혀야 했고 힘든 현실을 대면하고 불확실한 미래를 고민하느라 아슬 아슬한 외줄타기를 하듯 애쓰는 시간이 계속 되었다. 이 책을 읽으며 몰랐던 것들을 새롭게 알게 되었다. 그중 장애인과 비 장애인이 함께 살아가지 않는 세상에서 대부분의 사람들이 자신도 모르는 동안 친절한 차별주의자가 된다는 말이 가장 가슴 아팠다. 친절을 베풀기 위해 노력하지만 부자연스럽고 과장되 었으며 친절을 위한 친절에 머무르고 만다는 것. 장애가 있는 사람과 그 가족이 필요로 하는 것은 친절이 아니라 인간에 대한 예의라는 것, 우리가 비장애인을 대할 때 사용하는 기본 매너를 그대로 적용하면 된다는 당연한 사실을 이전에는 미처 생각하지 못했었다. 그래서 더 많은 사람이 이 책을 읽어야 한다고 꼭 말하고 싶다.

아프거나 장애가 있는 사람을 돌보는 것은 가족이고 주 보호 자 역할을 맡게 되는 사람은 가족 중 가장 마음이 약한 사람일 경우가 많다. 처음에는 나눠서 같이 하자던 가족들도 어느새인 가 자신들의 삶을 찾아가 버리고 남은 사람이 그 짐을 다 짊어지고 가야 한다. 정해진 시간에 약을 먹이고 운동을 하게 하고 진료와 치료에 데려가고 그 과정에서 다툼과 신경전을 벌이는데 아주 가끔 들르는 다른 가족들은 "왜 아픈 사람 마음을 헤아리지 않느냐"고 나무란다. 잠깐 와서 좋은 사람인 양 구는 일은 어렵지 않다. 하루 24시간, 1년 365일 내내 함께 생활하며 씨름을 벌이는 사람이 아니라면 알 수 없고 할 수 없는 일들이 많다. 그는 호의나 동정이 아니라 보호자나 장애자 본인이 당연히 누려야 하는 인간다운 삶에 관해 이야기했다. 이 책을 읽으며 장애인을 위한 서비스에 어떤 것이 있고 어떤 방식으로 실행되는지도 처음으로 알게 되었다. 누군가 돌봐주는 사람이 있다면 그의 동생도 시설로 가지 않고 이 사회에서 함께 살 수 있었을 것이다. 중증장애인 곁에서 활동을 도와주는 사람의 고용 비용을 국가가 보조하는 제도가 자리 잡으면 시설로 보내 사회와 격리하는 이전의 장애인 정책에도 의미 있는 변화가 생길 것이다. 여기서 시작해 새로운 변화를 만들어갈 더 많은 시도와 실험이 이어진다면 '보호와 연민의 이름으로 차별과 학대가 자행되는 상황'이 지금보다는 줄어들지 않을까.

캐나다에 공부하러 간 친구가 말했다. 이곳에 와서 장애 있는 사람들을 많이 만났다고. 한국보다 캐나다가 장애인이 더 많은 것일까? 아니다. 캐나다에서는 장애인들이 더 편하게 다양한 활동을 누리고 즐기는 것이다. 사람들은 장애라고 하면 대단한 노력으로 현실을 극복해가는 헬렌 켈러 같은 엄청난 인간 승리를 원하는데 현실은 그렇지 않다. 장애는 남은 평생 지니고 살며 적응해야 하는 문제이기에 장애를 가진 개인의 삶과 그 삶이 포함되는 사회적 맥락이 중요할 수밖에 없다. 학교를 다니며 다른 사람과 어울리고 노래 공부를 하고 해외여행을 가고 친구를 사귀며 새로운 생활에 적응해 가도록 동생을 도우며 생각 많은 둘째 언니는 장애인을 비롯한 사회적 약자의 인권 문제를 계속 고민하고 있다. 가장 힘든 사람은 장애를 지닌 당사자와 그 가족일 텐데 '그래도 살려고 하면 살아지더라는 걸, 그 매일 매일의 날들 속에서 깨닫는다'는 씩씩한 말이 오히려 가슴 아팠다. 상처받고 고생한 사람들이 직접 해결책까지 만들어야 하는 상황이니 화가 날 수밖에 없다.

장애와 다르게 질병은 '낫는 것'을 전제로 치료를 하게 된다. 그 질병의 원인을 찾는 학문이 역학(Epidemiology)으로 병이 어디서 어떻게 시작되었는지를 탐구한다. 그중 사회역학을 연구하는 김승섭 교수의 책 《아픔이 길이 되려면》은 수많은 사회적 상처가 사람들을 어떻게 아프게 만드는지 살펴본 책이다. 재난에서 살아남은 사람들, 사회의 안전을 지키고 있는데 정작 자신은 아픈 소방공무원과 의사들, 직업병으로 고통받는 사람들과 동성애자와 트렌스젠더, 재소자들처럼 사회적으로 불평등한 위치에 놓인 사람들은 건강의 불평등을 경험한다. 사회적으로 더 약한 위치에 있는 사람들이 더 위험한 환경에서 살아가고 더 많이 아프다. 이런 상황에서 '관리를 잘 안 해서 그렇다' '건강은 자기가 알아서 챙겨야 하는 개인적인 문제'라고 말할 수는 없다. 그런데 우리 모두가 지금까지 그렇게 해왔다. 해결책은 문제를 개인에게 떠넘기지 않고 공동체와 사회적 관계망을 건강하고 튼튼하게 만드는 것이다. 사회적 약자의 건강 문제에 대해 연구하는 이 학자는 인간은 연결될수록 건강한 존재라는 사실을 전제로 "가능할지 모르겠지만 이기심을 뛰어넘는 삶을 살아보도록 하자"는 정중한 요청으로 끝을 맺는다.

어린아이와 나이 든 분들, 몸이 불편한 사람들이 어떤 대우를 받는지가 그 사회의 수준을 결정한다. 가장 약한 사람을 고려해서 모든 시스템과 시설을 만든다면 그 사회의 모든 사람들이 두루 편안해진다. 아이와 노인, 장애인과 외국인이 한데 어울려 사는 경험을 하지 않으면 아무 것도 시작할 수 없다. 약자와 소수자를 포용하지 않고 배제하는 방식을 선택하는 사회는 건강하지 않다. 강제적인 분리, 구분은 차별로 이어진다. 분명 존재하는데 존재하지 않는 것처럼 모른 척하는 사회는 건강하지 않다. '노 키즈 존'을 선언하는 곳들이 많아지면 아이들이 공공장소나 다른 사람과 함께 있는 곳에서 어떻게 적절하게 행동하는

지 배울 기회도 줄어든다. 장애가 있는 학생을 특수학교로 따로 자꾸 분리한다면 그 학생들은 장애가 없는 사람과 어떻게 섞여 생활하는지 모를 것이고 장애가 없는 사람들 역시 장애가 있는 사람들과 어떻게 어울려야 하는지 익히지 못할 것이다.

장애가 있건 없건, 나이가 어리건 많건, 피부색이나 문화적 배경이 같건 다르건 어떤 존재도 다른 존재보다 더 중요하지 않고 덜 중요하지도 않다. 모든 사람은 자신이 태어난 곳에서 다른 사람과 자연스럽게 어울리며 건강하고 행복하게 살아갈 권리가 있다.

"무사히 할머니가 될 수 있을까
죽임 당하지 않고 죽이지도 않고서
굶어 죽지도 굶기지도 않으며
사람들 사이에서 살아갈 수 있을까"

장혜영, 혜정 자매가 함께 만들어 부른 '무사히 할머니가 될 수 있을까?' 라는 노래 가사다. 이 자매가 그냥 무사히 할머니가 되는 데에서 그치지 않고, 멋지고 당당하고 유쾌하고 행복한 할머니가 될 수 있으면 좋겠다. 그것이 이 사회가 제대로 작동한다는 증거가 될 것이고 그 사회 안에서 우리 모두가 제대로 보호받고 서로를 보호한다는 증거가 될 것이다. 장혜영은 장애인들이 겪는 문제를 사회에 알리고 바꿔가는 용기를 낼 수 있던 것은 그럴 만한 힘이 이 사회에 있을 거라고 믿었기 때문이라고 했다. 그가 보여준 단단한 낙관주의에 이제는 우리가 대답을 할 때다. 나도 이 사회에 그럴 만한 힘이 있다는 사실을 확인하고 싶다.

《어른이 되면》, 장혜영, 우드스톡, 2018
《아픔이 길이 되려면》, 김승섭, 동아시아, 2017

태어나 살고 죽고

남편은 쉰 살이 되더니 부쩍 죽음에 대한 탐구를 하기 시작했다. 죽음을 잘 준비하는 것이 남은 삶을 잘 준비하는 거라나 뭐라나. 촌스럽고 아직 성숙하지 못한 나는 죽음을 언급하는 것이 여전히 편치 않다. 어느 나라 속담에 '아무리 미뤄 놓아도 좋은 것은 결혼과 죽음'이라는 말이 있다고 하는데 정말 현명한 이야기 아닌가. 그러다 고등학교 동창의 부고를 전해 듣고 잠시 멍한 상태가 계속되었다. 아, 벌써 이럴 때구나. 혹시 잘못된다고 해도 '요절'이라는 단어는 사용할 수 없는 나이, 삶을 너무 아쉬워하기도 애매한 나이가 되어버렸다.

요즘 들어 죽음에 관한 책이 눈에 많이 띄는 것은 내가 이 문제에 대해 예전보다 관심을 갖게 되어서일까, 삶에 대해 지나친 열정과 집착을 보여 모두가 피곤해졌던 사회가 모든 게 영원하지 않다는 사실을 알게 된 덕일까. 일을 할 때면 내년 사업 계획을 미리 준비하고, 시장 상황에 따라 어떤 대비를 할지, 어떤 새로운 기회를 찾아볼지는 늘 고민하면서 정작 인생에 있어서 예상치 못하게 찾아오는 사고나 죽음에 대해서는 무대책, 무방비 상태로 지내고 있다는 사실을 새삼 깨달았다. 죽음을 생각하거나 입에 올리는 것을 불길하게 여기는 문화도 기대수명 100세 시대에 들어가며 조금씩 바뀌고 나도 나이 들어가며 바뀌는 듯하다. 오랫동안 건강하게 살기를 바라지만 태어난 모든 것은 언젠가 죽음을 맞이한다. 막연히 소망하는 건강과 장수. 확실하게 증명된 '끝'의 존재. 이 두 가지의 간극을 인정할 수 있어야 성숙한 사람일 텐데 이제야 조금 어른이 되어가는 것일까.

나의 소멸보다 때로 더 가슴 아픈 것은 사랑하는 사람들과의 작별이다. 외할아버지, 외할머니와 오래 함께 살았던 내가 경험한 두 분의 죽음은 한 세상의 끝과 같았다. 여든 가까이 되어서 돌아가셨으니 호상이라고 말하는 사람들을 보며 사랑하는 사람의 소멸에 호상이라는 단어를 쓸 수 있는 것일까 생각했다. 세상을 떠나는 나이가 서른 살이건 일흔 살이건 아흔 살이건 삶에 마침표를 찍는 가족과 친구, 연인과의 작별은 엄청난 상실이다. 한 사람의 인생이 그 자리에서 멈춘다. 그가 살아온 시간과 준비하던 생각과 일들은 박제된 채 남아있고 이제 누구도 대신해서 완성시킬 수 없게 된다. 그가 있었으면 함께했을 수많은 일들이 사라져 버린다. 더 슬픈 것은 시간이 흘러가며 그 사람에 대한 기억도 자연스럽게 희미해져 간다는 사실이다. 그런 망각의 슬픔을 조금이라도 덜어주는 것이 역시 글이다. 사람의 생명을 구하는 일을 소명으로 삼은 서른여섯 살, 전도 유망한 신경외과 레지던트 폴 칼라니티가 폐암 말기 진단을 받고 남은 인생을 생각하며 쓴 《숨결이 바람 될 때》는 잘 읽었다고 생각하지만 읽지 말 걸 그랬다고 생각한 책이기도 하다. 어느 순간부터 울기 시작했는지 모르겠다.

중병에 걸리면 삶의 윤곽이 아주 분명해진다. 나는 내가 죽으리라는 걸 알았다. 하지만 그건 전부터 이미 알고 있던 사실이었다. 내가 갖고 있는 지식은 그대로였지만 인생 계획을 짜는 능력은 완전히 엉망진창이 됐다. 내게 남은 시간이 얼마나 되는지 알기만 하면 앞으로 할 일은 명백해진다. 만약 석 달이 남았다면 가족과 함께 시간을 보낼 것이다. 1년이라면 책을 쓸 것이다. 10년이라면 사람들의 질병을 치료하는 삶으로 복귀할 것이다. 우리는 한 번에 하루씩 살 수 있을 뿐이라는 진리도 별 도움이 되지 않았다. 그 하루를 가지고 난 대체 뭘 해야 할까? p.193 《숨결이 바람 될 때》

고통은 피할 수 있다면 피하는 것이 좋다. 2년의 투병 동안 사랑하는 가족을 보며 매일매일 죽음에 대해 생각해야 한다는 것이 어떤 아픔일지 정작 있는 그대로 받아들이는 당사자보다

내가 누구인지
말할 수 있는 자는 누구인가

독자인 내가 더 흥분해 울고불고 하다니, 갱년기 감정 과잉 때문인가 혼자 무안하기도 했다. 한 번 이렇게 정신을 빼놓아서인지 올리버 색스의 《고맙습니다》를 읽을 때에는 감정이 좀 정리되었다. 인간의 정신 활동과 뇌에 대해 연구했던 신경과 전문의로 '의학계의 계관시인'이라고 불릴 정도로 멋진 글을 썼던 그는 과격한 스포츠와 약물 복용 등으로 젊었을 때부터 이미 몇 번이나 죽음의 문턱 앞에까지 갔던 이력이 있다. 좋아하는 작가라 생전에 남긴 책 10권을 모두 읽었는데 그중 가장 좋아하는 책은 암 재발 진단을 받고 8개월 후 세상을 뜨기까지 〈뉴욕타임스〉에 남긴 네 편의 에세이를 모은 《고맙습니다》다. 62페이지에 지나지 않는 작고 얇은 책인데 가슴 뭉클하기로 따지자면 600페이지 분량이다. 누구보다 뜨겁고 충만하게 살았고 죽음을 목전에 둔 82세의 연륜으로 이야기하는 삶과 죽음은 담담하다.

두렵지 않은 척하지는 않겠다. 하지만 내가 무엇보다 강하게 느끼는 감정은 고마움이다. 나는 사랑했고 사랑받았다. 남들에게 많은 것을 받았고, 나도 조금쯤은 돌려주었다. 나는 읽고 여행하고 생각하고 썼다. 세상과의 교제를 즐겼다. 특히 작가들과 독자들과의 특별한 교제를 즐겼다. 무엇보다 나는 이 아름다운 행성에서 지각 있는 존재이자 생각하는 동물로 살았다. 그것은 그 자체

만으로도 엄청난 특권이자 모험이었다. p.29 《고맙습니다》

올리버 색스처럼 나도 삶의 마지막을 앞두고 어른스럽고 담담하게 이야기를 정리할 수 있을까. 대충 읽고 간간이 여행했고 많이 먹었고 잤고…… 이미 꽤 긴 시간을 허투루 낭비하며 엉망으로 살아서 뭐라 할 말이 없다. 남은 시간 동안 좀 더 나아지려 애쓸 수밖에. 죽음을 생각하면 함부로 살 수가 없어서 원치 않아도 성찰이라는 것을 하게 된다.

세상에서 잊혀지기 전 마지막으로 남기는 공식적인 기록이자 정리가 부고다. 최고의 경제 주간지로 인정받는 〈이코노미스트〉는 마지막 페이지에 유명인의 부고 기사를 배치한다. 누군가의 삶을 단 한 페이지로 정리하는 일이 쉽지는 않겠지만 생전에 한 일과 이룬 업적을 사진 한 컷과 함께 담담하게 써내려가, 이 지면에 소개되는 것을 삶의 마지막 영예로 인정할 정도로 유명하다. 부고 담당 기자들은 주요 인물들의 가상 부고를 미리 작성해두고 계속 업데이트 한다고 한다. 아직 생존해 있는 사람이니 그 내용이 먼저 공개되면 곤란할 텐데 내가 유명인이라면 미리 작성되어 있는 나의 부고가 미치도록 궁금할 것 같다. 이왕 상상을 하는 김에 좀 더 나아가자면, 나의 부고는 〈뉴욕타임스〉도 〈이코노미스트〉도 아닌, 〈한국일보〉 칼럼 '가만한 당신'에 실리면 좋겠다고 생각했다. 2014년부터 연재를 시작한 이 칼럼은 《가만한 당신》과 《함께 가만한 당신》이라는 두 권의 책으로 엮어져 나왔다. 이 책을 읽다 보면 어떻게 이런 사람들의 존재를 모르고 살았을까 반성하게 된다. 기본 인권과 자유 보장, 차별 철폐와 동성혼 법제화 등이 어떻게 가능했는지 이를 위해 누가 어떤 노력을 했는지 확인하게 해주는, 인간의 위대함을 확인하게 해주는 사람들의 분투다. 저자인 최윤필 기자는 "차별과 억압과 무지와 위선에 맞서 우리가 마땅히 누려야 할 가치와 권리를 쟁취하고자 우리 대신 우리보다 앞서 싸워준 이들이기에 끌렸다"고 이야기했는데 이분들이 이 책에 실린 자신의 이야기를 읽을 수 있다면 얼마나 자랑스러워했을까. 누군가 떠나면 남은 사람들에겐 숙제가 생긴다. 그와 관련해 기억하기로 선택하는 것은 무엇일까? 그 사람이 떠나가도 절대로 사라지지 않을 것은 무엇일까? 죽음을 강조하지 않고 살아서 무엇을 했는가 알려주는 이 책을 읽고 나는 세상에, 훌륭한 사람들에게 많은 빚을 지고 있음을 다시 한 번 확인하게 되었다.

다른 사람의 눈을 통해 부고를 남기기도 하겠지만 직접 자신의 부고를 쓰는 경우도 있다. 부고라기보다 유언에 가깝겠지만 말이다. 암을 선고받고 무의미한 연명 치료 대신 존엄사를 선택한 〈시애틀타임스〉의 칼럼니스트 제인 로터Jane Lotter는 세상을 떠나기에 앞서 자신이 미리 써둔 부고 기사를 발표했다. 유머러스하면서도 진실한 글은 SNS를 통해 여기저기 옮겨지며 수많은 사람을 울고 웃게 만들었다. 자신의 경력을 담담히 소개하고, 투병하는 동안 도움을 준 의료진, 읽기를 알려준 1학년 때 선생님과 가족들에게 감사를 전한다. 남편을 만났던 첫날을 인생에서 가장 운이 좋은 순간이었다고 기억하고 자녀들에게는 "인생길을 가다 보면 장애물을 만나기 마련이란다. 하지만 그 장애물 자체가 곧 길이라는 것을 잊지 말라"는 다정한 충고를 남기기도 한다. 자신에게 닥친 불행을 받아들이며 그래도 좋은 것, 의미 있는 것을 기억하려 노력했다는 고백 앞에서는 이 칼럼의 번역을 위해 키보드 자판을 치던 손이 잠시 멈칫거렸다. 삶이라는 선물을 받았고, 이제 그 선물을 되돌려줄 때(I was given the gift of life, and now I have to give it back)라며 담담히 정리하는 것으로 끝나는 글이었다.

사실 우리가 보는 대부분의 부고는 지나치게 건조해서 사망 일자와 유족 명단, 연락 전화 정도가 전부이다. 그 사람이 춤을 잘 추었는지, 스파게티를 잘 만들었는지, 가족을 얼마나 사랑했는지에 대해서는 알 수 없는 일방적이고 딱딱한 통지문에 불과하다. 어떻게 죽을지 생각하는 것은 역설적이게도 어떻게 살지 생각하는 것과 마찬가지 의미다. 제인 로터처럼 죽음을 앞두고 돌아보았을 때 충분히 멋진 삶을 살려면, 그래서 기억에 남는 부고를 쓰려면 지금 즐겁게 신나게 살아야 할 것 같다. 자신의 부고 마지막을 "beautiful day, happy to have been here(아름다운 날들, 이 세상에 왔다 가서 행복했다)"라고 표현할 수 있는 삶보다 더 멋진 삶을 생각하기는 어려울 테니 말이다.

《숨결이 바람 될 때》, 폴 칼라니티, 이종인 옮김, 흐름출판, 2016
《고맙습니다》, 올리버 색스, 김명남 옮김, 알마, 2016
《가만한 당신》《함께 가만한 당신》, 최윤필, 마음산책, 2016

Chapter 2

그때의 순간을 길어와
삶의 에너지로

아이를 위한 책들은 우리 안에 남아있는 아이를 위한 책이기도 하다. 금융위기가 어떻다느니, 내년 부동산 경기가 어렵다느니 나도 모르는 이야기를 아는 척 주절거리다 집에 돌아와 내 안에 숨어있던 어린아이를 위로하고 달래주는 시간을 갖는다. 만화와 동화에서 배운 가장 중요한 것은 낙관주의가 아닌가. 그래서 나도 주위 사람들에게, 나 자신에게 삐삐처럼 큰 소리로 외치곤 한다.

"모두들 안녕, 내 걱정은 마세요. 난 언제나 잘해나갈 테니까."

해적이 되거나 마녀가 되거나
부랑자가 되거나

공부가 너무나 싫었던 고등학교 시절, 자율학습을 건너뛰고 학교 옥상에서 표지조차 지긋지긋한 《수학의 정석》과 《성문종합영어》를 깔고 앉아 갑갑한 현실로부터 도망치는 수백 개의 시나리오를 상상했다. 그중 하나가 배를 타는 것, 정확하게 말해서는 해적이 되는 것이었다. 푸른 바다 위에 떠있는 커다란 배, 흰 돛을 팽팽하게 당기고 망원경으로 먼 곳을 살피다 보물섬을 발견하는 모습! 상상을 하다 고개를 숙이고 말았다. 아, 안 되는구나. 내가 멀미를 얼마나 심하게 하는데 배를 탄다는 것이냐. 멀미 중 최악인 배멀미를 견디며 몇 달간 바다 위를 떠돌 자신은 없었다. 할 수 없이 다시 교실로 돌아가 문제집을 열심히 풀며 합법적인 해방의 날을 기다리는 수밖에.

해적에 대한 동경을 품게 된 것은 어렸을 때 책으로 읽고 텔레비전 만화영화로 보았던 로버트 루이스 스티븐슨의 《보물섬》덕분이다. "가자, 가자 어서 가자. 꿈에 본 섬으로" 하고 시작되는 만화영화 주제가는 지금도 끝까지 다 부를 수 있다. 스티븐슨이 1883년에 발표한 《보물섬》을 꿈과 희망의 아동문학이라고 생각하는 분들도 있겠지만 원작을 읽어보면 놀랄 것이다. 생각보다 훨씬 살벌하고 끔찍하다. 법과 도덕이란 안중에도 없는 해적이야 말할 것도 없고 우연히 보물섬의 지도를 손에 넣은 짐과 그 일행 역시 우아한 신사라고 할 수는 없다. 등장인물들이 배신과 거짓말을 밥 먹듯이 하는 것은 물론이고 칼과 총과 몽둥이로 상대의 숨을 끊어버리는 장면도 나온다.

소설의 시작 부분에 "사자死者의 궤짝 위에 열다섯 사람 / 요— 호— 호, 또 럼주 한 병"이라는 해적의 노래가 등장한다. 해적의 노래에 등장하는 럼주란 도대체 어떤 맛일까 두고두고 궁금했다. 역시 아이를 위한 이야기가 아니다. 무역이 활발해져 배로 운반되는 값비싼 화물도 늘어나니 한탕 크게 노리고 자청해 해적이 되기도 하고 먹고 살기 힘들어서 해적이 되는 경우도 있다. 국가와 정부가 통제력 혹은 행정력을 발휘하지 못하는 바다 한가운데에서 자기들만의 세상을 만들어간 해적은 사회 체제 밖에 있는 사람이다. 범법자이자 범죄자에 지나지 않는다. 그런 해적이 매력적으로 그려진 것은 이 책에 나오는 실버 선장 때문일 것이다. 어깨에 앵무새를 올리고 삼각모를 쓰고 머스킷 총을 들고 다니는 롱 존 실버의 모습은 이후 해적의 스테레오 타

입을 만드는 데 중요한 역할을 했다. 《피터 팬》의 악당 후크 선장, 영화 〈캐러비안의 해적〉에 등장하는 잭 스패로우 등이 모두 존 실버에게 빚을 졌다고 해야 하지 않을까. 친절하고 용감한 선원처럼 보였는데 알고 보니 악당이고 악당인 줄 알았는데 어린 짐 호킨스에게는 어딘지 모르게 따뜻한, 복잡다단한 모습에 막연히 미워할 수만은 없다. 탐욕스럽고 능글맞지만 강단도 있고 머리도 좋다. 호기심이 많아서 위험을 불러들이고 보물을 찾겠다는 일념으로 먼 길을 떠나는 짐 역시 또 다른 의미에서 탐욕스럽지 않은가. 선과 악이 애매하게 뒤섞이는 《보물섬》은 그저 착하게 살지 않아도 괜찮다는 사실을 확인하게 해준 책이었다.

선한 것은 악한 것, 악한 것은 선한 것.
안개와 더러운 공기 속을 날아다니자. p.14 《맥베스》

인생에서는 절대 해 볼 수 없는 것에 비밀스럽게 유혹당하기 마련이다. 해적만큼이나 우리 마음을 비밀스럽게 유혹하는 존재가 바로 마녀다. 극 초반 마녀들이 등장하는 것만으로 셰익스피어의 《맥베스》는 마음에 들었다. 극적인 파국이 시작부터 기대되고 불길함이 더해지니 미녀가 등장하는 것보다 훨씬 흥미진진하다. 거짓말과 살인으로 이어지는 맥베스의 비극을 마녀

그때의 순간을 길어와
삶의 에너지로

의 불길한 예언 때문이라 말하는 사람도 있겠지만 천만에.

하나 참으로 이상해,
어둠의 앞잡이들은 가끔 우리를 해치려 진실을 말한다오.
사소한 사실들로 우리를 유혹해 놓고선,
정작 끝에 가서는 우리를 속여 배반하지. p.27《맥베스》

마녀는 유혹하고 배신한 것이 아니라 애매모호하게 상황을 설명하고 예측했을 뿐이다. 좀 더 양보해서 미끼를 던진 정도라고나 할까. 내면에 자리한 야심을 바탕으로 마녀의 이야기를 해석해 행동으로 옮기는 것은 결국 맥베스와 그의 부인이다.《맥베스》의 비극은 위선과 자기기만이 가져온 끔찍한 사건이다.

옛날이나 지금이나 사람들은 제멋대로 마녀를 정의했다. 사람들은 여자가 악마에 홀리거나 사악한 꼬임에 넘어가면 마녀가 된다는 근거 없는 이야기를 퍼트렸고 흉년이 들고 가뭄이나 홍수가 나고 가축들이 병에 걸리고 갓난아기가 아픈 것도 마녀 탓으로 돌렸다. 마녀로 지목된 여성은 자신이 마녀가 아님을 말도 안 되는 방식으로 증명해야 했다. 이를 테면 몸에 불을 붙여 타오르면 사람이고 타지 않으면 마녀라거나 몸에 돌을 묶어 물에 빠뜨려 가라앉으면 사람이고 떠오르면 마녀라고 판정하는 식인데, 이 말도 안 되는 검증의 결과는 오로지 죽음, 죽음

뿐이었다. 마녀라 불린 여성이 죽고 나면 그 집과 재산은 교회, 영주, 재판관, 형리, 고문기술자가 나누어 가졌다고 한다. 집단의 광기와 폭력성을 이만큼 잘 보여주는 사례가 있을까. 2000년 사순절 예배에서 교황 요한 바오로 2세는 비로소 마녀사냥을 공식 인정하고 사죄했지만 세상은 아직도 강하고 속내를 드러내지 않고 수완 좋고 거래할 줄 아는 여자에게, 자신의 욕망을 정확하게 알고 이를 추구하는 여자에게, 주저 없이 '마녀'라는 이름을 붙인다.

저렇게 말라빠져 괴상한 차림을 하고 있는 것들이,
땅 위에 사는 것들 같지는 않은데,
땅 위에 서 있구나, 살아 있는 것들이냐? 사람 말을
할 줄 아는 것들이냐? 내 말을 알아듣는가 보구나.
저마다 갈라 터진 손가락을
시들어빠진 입술에 갖다 대는 것을 보니 여자구나.
그런데 수염이 있으니 그런 것 같지도 않군. p.22~23 《맥베스》

마녀를 이렇게 생각한 것이 어디 《맥베스》의 뱅코우 뿐일까. 자연 현상과 사람의 마음을 제대로 이해하고 약초전문가이자 약사, 산파로 전문적인 지식을 갖추고 혼자 살아갈 수 있으며 고독을 두려워하지 않는 존재가 마녀라면 기꺼이 마녀가 되고

그때의 순간을 길어와
삶의 에너지로

싶지 않은가. 누군가의 유혹과 사기에 쉽게 넘어가는 젊고 순진한 미녀보다는 나이 들고 흉해 보이지만 어떤 수작도 맘대로 부릴 수 있는 배포를 갖추고 빗자루를 탄 채 캬캬캬 웃으며 밤하늘을 맘대로 날아다니는 마녀가 훨씬 신나지. 다른 마녀들을 다 불러서 세상 요란하고 화끈한 모닥불 축제 같은 행사를 벌일 정도라면 더 바랄 것도 없고.

갖지 못한 것이 더 갖고 싶고 금지된 것에 더 마음 끌리는 게 사람이다. 안락하고 순탄한 일상을 바라면서도 마음 한 곳에서는 해적과 마녀를 꿈꾸는데 정작 해적은 한탕 하면 안락하고 순탄하게 살고 싶어하고 마녀도 혼자 지내는 대신 사람들 사이에 들어가기 위해 자신을 위험에 빠뜨릴지도 모를 이런저런 거래를 제안하고 다닌다. 해적도 마녀도 부적응자이고 외톨이에 떠돌이일 수밖에. 한 집안에는 언제나 '검은 양(the Black Sheep)'이 있고 회사건 학교건 골칫거리와 사고뭉치가 존재하기 마련이다. 한 곳에 뿌리를 내리고 사람들과 교류하며 사회적 통념이 정한 테두리 안에서 살기를 바라지만 어디 모두의 인생이 한 방향으로만 흘러가던가.

창조적인 말썽꾸러기 톰 소여가 부랑자 친구 허클베리 핀과 함께 인디언 조가 동굴에 숨겨둔 보물을 찾아내는 《톰 소여의 모험》에 이어지는 이야기가 《허클베리 핀의 모험》이다. 보물을 발견해 벼락부자가 된 허클베리 핀은 더글러스 부인의 보호를 받으며 예절을 익히고 학교에 나가 공부도 하게 된다. 따분하고 규칙적인 생활을 견딜 수 없었던 허크에게 행방불명되었던 주정뱅이 아버지가 나타난 것은 행운이었을까, 불운이었을까. 아버지에게 납치당해 미시시피 강 상류 섬의 통나무집에 갇혔다 도망치고 악당에게 이용당하기도 하는 허클베리가 흑인 노예 친구를 구하기 위해 '좋다, 난 지옥까지 가겠다'고 결심하는 장면은 가장 기억에 남는 부분이다.

더 이상 개과천선 같은 생각을 하지 않기로 했다. 이제 머릿속에서 모든 것을 잊기로 하고, 다시 내가 자라 온 방식으로 돌아가 나쁜 짓을 하기로 했다. 착한 짓 하는 건 내 방식이 아니었다. 우선 다시 노예가 된 짐부터 몰래 빼내기로 했고, 이보다 더 나쁜 짓이 있다면 그것도 마다 않기로 했다. 이왕 계속 하기로 한 바에야 철저하게 하는 게 낫다고 보았다. p.293 《허클베리 핀의 모험》

떠돌이에 방랑자, 게으름뱅이인 자신을 교양으로 길들이려는 세상에 온몸으로 맞서는 그는 긴 모험을 끝내고 다시 자신을 양자로 삼아 교양 있는 사람으로 만들려는 주위의 노력을 도저히 참을 수 없어서(전에도 한 번 해 본 적 있는 일이라서) 인디언 부락으로 떠나버린다. 나이는 어리지만 멋지지 않은가. 자신

그때의 순간을 길어와
삶의 에너지로

이 어떻게 살고 싶은지 정확하게 아는 남자의 뒷모습이란.

착한 남자는 일이 끝나면 집으로 돌아가고 나쁜 남자는 가고 싶은 곳 어디든 간다. 착한 여자는 천국에 가지만 나쁜 여자는 원하는 어디나 간다. 외딴 곳에서 홀로 살다가, 온갖 문제를 일으키다가, 집도 절도 없이 떠돌아다니며 제멋대로 살다가 인생의 마지막을 맞이하게 된다면 모두 다 후회뿐일까? 어차피 눈을 감으면 끝인 세상, 이름도 모를 낯선 항구의 부둣가에서 세상을 뜨는 인생이, 가족들이 다 모인 집에서 마지막을 맞이하는 인생보다 못할 건 또 무엇인가. 《맥베스》에서 첫 번째 마녀는 "나침반이 알려주는 바람들의 모든 방향은 어디나 다 내 마음대로지" 하고 읊조린다. 나도 바람의 모든 방향을 내 마음대로 하고 싶다. 해적이 되거나 마녀가 되거나 불량한 떠돌이가 될 용기까지는 없지만 하라는 대로 하며 사는 삶을 살기는 싫으니 적어도 하지 말라는 것은 안 하는 선에서 마음대로 살아야지. 그걸 너무 늦게 깨달은 것 같아서 억울하지만 말이다.

《보물섬》, 로버트 루이스 스티븐슨, 강성복 옮김, 펭귄클래식 코리아, 2017
《맥베스》, 윌리엄 셰익스피어, 김강 옮김, 펭귄클래식 코리아, 2014
《허클베리 핀의 모험》, 마크 트웨인, 윤교찬 옮김, 열린책들, 2010

바다에 빠지는 것은 꿈에 빠지는 것

"입 언저리가 일그러질 때, 이슬비 내리는 11월처럼 내 영혼이 을씨년스러워질 때……" 하는 부분을 읽을 때면 나도 모르게 가슴이 뛴다. 그리고 그 문장에 이어지는 부분을 혼자서 중얼거리게 된다. "그럴 때면 나는 되도록 빨리 바다로 나가야 할 때가 되었구나 하고 생각한다." 내가 읽은 책 중 가장 아름다운 구절로 시작하는 소설을 꼽으라면 역시 《모비 딕》이다. 많은 대학 영문학과에서 미소설 강독 시간에 이 책을 교재로 삼는다. 그러지 않았으면 읽을 엄두를 내지 않았을 책이다. '모비 딕'이라는 거대한 고래에게 한쪽 다리를 잃은 에이해브 선장은 복수심으로 포경선 피쿼드 호를 몰고 동료들의 충고 따윈 아랑곳 없이 고래를 찾아서 대서양에서 희망봉을 돌아 인도양, 태평양으로 항해를 계속한다. 드디어 고래를 만나 작살을 명중시키지만 고래에게 끌려 배 역시 바다 밑으로 침몰하고 만다. 선원인 이슈마엘 단 한 사람만 살아남아 이 비극을 전하는데 복잡한 은

유와 상징 때문에 도무지 페이지가 쉽게 넘어가지 않는다. 커피 체인점 스타벅스가 소설에 등장하는 커피를 좋아하는 일등 항해사 '스타벅'의 이름에서 가져온 것이라는 사실만 머리 속에 남아있을 뿐. 고래의 생태와 활동, 포경 기술과 잡은 고래의 처리 및 가공에 대해 질릴 만큼 자세하게 설명하다 보니 책이 출간되고 나서 한참 동안 도서관에서 소설 코너가 아니라 수산업 서가에 꽂혀 있었다는 뒷이야기가 있는데 《사악한 책, 모비 딕》을 쓴 너새니얼 필브릭은 '외계인이라도 이 책을 보면 19세기 포경업을 완벽하게 재현할 수 있다'고 이야기할 정도다.

자연이 위대한 동시에 또 무서운 것은 글로는 백 페이지쯤 아니 책 한 권으로 설명해야 할 것을 바라보는 그 순간 대번에 깨닫게 해준다는 것이다. 바다는 그런 자연의 가장 완벽한 표상이다. 크고 넓고 깊고 무서운데 매력적이다. 해변에 서서 바다를 보면 세상의 끝이 눈앞에 다가와 있는 느낌을 받는 동시에 저 너머 새로운 세상으로 나가고 싶은 유혹을 느끼게 된다. 이런 바다 위에서 펼쳐지는 에이해브와 모비 딕의 대결은 고래로 상징되는 자연과 운명에 대항하는 인간의 모습을 떠올리게 한다, 고 영문학 수업 시간에 배웠다. 그때의 바다는 인간 따위에 아무 관심이 없는 우주의 섭리와 삶의 비극을 보여주는 장卌이고 바다 위에 서있는 에이해브 선장은 문학사에서 손꼽을 수 있는 강렬한 캐릭터다. 스스로를 '악마가 붙은 미치광이'이자

'미쳐버린 광기'라고 생각하는 이 남자는 현실에서는 별로 마주치고 싶지 않은 인물이기도 하다. 팔다리가 잘릴 것이라는 예언을 들었고 바다에서 모비 딕을 만나 다리를 잃고 나자 스스로 예언가가 되어서 자신의 다리를 자른 놈의 몸을 자르겠노라고 선언한다. 자신의 선언을 반드시 실행에 옮길 것이고 이를 통해 자신은 신을 비웃고 야유할 수 있는, 신 이상의 위치가 되겠다는 어찌 보면 신성 모독에 가까운 말을 쏟아내는데 이미 막다른 길을 경험해버린 사람의 결의가 느껴진다.

다른 사람이 했으면 신파로 들렸을 수도 있는 이야기가 그의 입을 통해 나오는 순간 비장하게 불타올라 읽는 사람의 온몸을 부르르 떨게 만든다. 글로 읽어도 그럴진대 이런 장면을 옆에서 목격하는 선원들이었다면 그가 가자는 곳 어디라도 따라갈 수밖에 없었을 것이다. 설령 그곳이 지옥이라고 해도 말이다. 쓸데없는 줄 알면서 계속 이어가는 집착, 파국으로 들어가는 줄 알면서도 멈출 수 없는 운명의 힘. 책을 읽다 보면 끊임없이 자기 파괴의 충동을 느끼는 에이해브 선장이 내 목덜미를 잡고 바닷속으로 함께 끌고 들어가는 듯하다. 그럼에도 그의 손을 밀쳐낼 수가 없다. 평생을 걸고 파고들 대상을 갖지 못한 채 멍하고 나른하게 인생의 절반을 허비하다 보니 에이해브 선장의 집요함이 부럽기도 했던 것 같다.

지옥 한가운데서라도 마지막 증오를 뱉고야 말겠다는 그는

그때의 순간을 길어와
삶의 에너지로

바다 위 무서운 싸움에서 결국 자신이 고래와 함께 산산조각으로 부서질 것을 처음부터 알고 있었다. 항해를 떠나며 스타벅에게 '내 영혼의 배는 세 번째로 항해를 떠나고, 어떤 배는 항구를 떠난 뒤 영영 행방불명이 된다'며 보트를 내려 모선을 떠나간다. 《모비 딕》 마지막 부분에서 에이해브 선장은 끝을 똑바로 보고 바로 달려간다. 꺾여 부러질지언정 휘어지기를 바라지 않는 사람이다. 팽팽한 싸움을 벌이는 고래는 비관적이고 어두운 에이해브 선장의 또 다른 자아 같다. 그래서 둘 중 어느 한 쪽이 이기는 결과는 불가능하다. 같이 어두운 심연 속으로 사라지는 수밖에. 끝을 향해서도 눈 하나 깜빡이지 않고 끝까지 정면으로 노려보는 그의 모습은 인간이 지닌 가장 약한 면이자 동시에 가장 숭고한 면을 상징하는 것 같았다.

여기 바다 위에서 싸움을 벌이는 또 다른 사람이 있다. 나이 들었고 외롭고 인생에서 마지막으로 큰 것 한 방 터뜨리고 싶은데 가망은 없어 보인다. 스스로를 별난 늙은이라고 부르는 산티아고는 84일 동안 고기를 한 마리도 잡지 못했다. 유일한 친구인 동네 소년이 가져다 준 미끼를 들고 바다에 나갔다가 5미터에 달하는 청새치를 발견한다. 사흘간 사투를 벌이며 이 고기를 낚는 데 성공하지만 피 냄새를 맡고 달려온 상어들에게 고기를 다 빼앗긴다. 《노인과 바다》는 아주 짧은 소설이다. 책이 너무 얇게 나올까 봐 걱정한 출판사들이 소설과 비슷한 길이의 해설을 달 정도다. 건조하지만 속도 빠른 문체로 써 내려간 이 야기가 노인이 벌이는 바다 위 사투를 더욱 급박하게 보여준다. 같은 전쟁터에 서 있지만 에이해브와 산티아고가 보여주는 싸움의 방식은 다르다. 산티아고는 자신이 상대하고 있는 청새치에 대해 복잡한 감정을 드러낸다. 싸울 때 조금도 당황하는 빛이 없고, 나와 마찬가지로 필사적인 상태에 놓여 있으며, 나와는 형제 사이고 또 친구이기도 한 고기를 죽이는 일에 대해 죄를 짓고 있는 것은 아닌가 고민하다 결론에 도달한다.

> 죄에 대해서는 생각하지 말기로 하자. 그런 것을 생각하기에는 이미 때가 너무 늦었고 또 죄에 대해 생각하는 일로 벌어먹고 사는 사람도 있으니까 말야. 죄에 대해선 그런 사람들에게나 맡기면 돼. 고기가 고기로 태어난 것처럼 넌 어부로 태어났으니까.
>
> p.106 《노인과 바다》

자신이 무슨 일을 하고 있는지, 누구인지 결론을 내린 산티아고는 "이리 와서 나를 죽여 보려무나, 누가 누구를 죽이든 그게 무슨 상관이란 말이냐" 하는 초연함을 보여준다. 하지만 자신이 애써 잡은 청새치를 강탈해가는 상어 떼를 향해서는 "놈들과 싸우는 거지, 죽을 때까지 싸울 거야" 하고 선언한다. 근본

그때의 순간을 길어와
삶의 에너지로

적으로 낙관적인 사람이 가끔 보여주는 맹렬함을 꺾을 수 있는 상대는 많지 않다. 상어들이 청새치의 살을 뜯어가 버렸지만 그는 결국 너덜너덜해진 청새치의 잔해를 배에 달고 항구로 돌아온다. 중고등학교 시절 영어 공부를 하며 영한대역 문고를 보았다면 그 시작이 아마 《노인과 바다》인 경우가 많을 것이다. 하지만 청소년기나 20, 30대에는 이 책의 가치를 이해하기가 쉽지 않다. 나 역시 그랬으니까. 마흔이 넘고 나서 읽은 이 책의 문장 하나 하나가 뼛속까지 와 닿는 느낌을 받게 된다

> 인간은 패배하도록 창조된 게 아니야. 인간은 파멸당할 수는 있을지 몰라도, 패배할 수는 없어. p.104 《노인과 바다》

《노인과 바다》에 나오는 가장 유명한 구절이다. 하지만 나에게는 소설 앞부분에 나오는 말이 더 중요했다.

> 지금은 자신이 겸손해졌다는 것을 알고 있었으며, 그것이 부끄러운 일도 아니고 참다운 자부심이 덜해지는 일도 아니라는 것을 잘 알고 있었다. p.14 《노인과 바다》

홀로 엄청난 싸움을 치러내고 자신의 침대로 돌아온 그가 뜨거운 커피를 마시고 잠에 빠져 사자 꿈을 꾸는 것은 이상하지

않다. 나이도 들었고 운도 다한 어부. 행운을 파는 곳이 있다면 조금 사고 싶다고 말하는 어부의 모습은 작가의 모습과 많이 겹쳐진다. 헤밍웨이에게 퓰리처상과 노벨문학상을 선사한 《노인과 바다》는 16년에 걸쳐 수 없는 수정을 거친 그의 마지막 작품이다. 이 소설이 헤밍웨이에게는 마지막으로 잡고 싶은 '청새치'였을 것이다. 《누구를 위하여 종은 울리나》 이후 별다른 작품을 내지 못하고 사람들의 기억 속에서 잊혀가던 작가, 멋진 작품을 완성해 문학이라는 배에 싣고 보란 듯이 귀환하고 싶었던 헤밍웨이 역시 산티아고와 같이 꿈을 이루었다.

오랫동안 바다는 인간에게 가장 무서운 장소였다. 다른 육지와 연결하거나 물고기를 잡으려면 목숨을 걸어야 했다. 기상과 파도에 대비하는 온갖 기술과 과학의 도움을 받고 크고 튼튼한 배를 만들어 내고서야 바다는 오늘과도 같은 휴양과 안락의 장소가 되었다. 바다를 삶의 터전으로 삼고 산다는 것은 죽음을 등에 지고 사는 것이며 언제 찾아올지 모르는 파국을 예견하고 사는 것이기도 했다. 바닷바람 속에 스며있는 비린내는 조금씩 상해가는 생명의 냄새 같다. 그런데도 떠나지 못하는 것은 풍요롭고 광대하며 상상할 수 있는 가장 깊고 넓은 것이 바다이고 인간에게 어쩔 수 없는 자연의 상징이 바다이기 때문이다. 바다는 상상을 뛰어넘는 크기로 막연하게 아름다우며 위험하고 신

그때의 순간을 길어와
삶의 에너지로

비하다. 그래서 《로드 짐》에서 조셉 콘래드는 "꿈에 빠지는 사람은 바다에 빠지는 것이다"라고 썼을 것이다. 꿈이나 바다나, 한 번 빠지면 현실로 돌아올 수 없다는 점에서 비슷하다. 자기만의 꿈에 빠져 바다로 떠난 에이해브와 산티아고는 모든 것을 걸고 인생 최대의 싸움을 벌였다. 그 과정을 통해 비로소 위대해질 수 있었다.

"거대한 바다. 그곳에는 우리의 친구도 있고 적도 있지."

산티아고는 이렇게 말했다. 에이해브 선장이라면 한마디 덧붙였을 것이다. 그곳에 나 자신도 있었다고. 그러니 세상 모든 일에 반응이 둔해지고 나른하고 느슨해진다면 얼른 서둘러 바다로 가볼 일이다.

《모비 딕》, 허먼 멜빌, 김석희 옮김, 작가정신, 2011
《노인과 바다》, 어니스트 헤밍웨이, 김욱동 옮김, 민음사, 2012

만화와 동화,
영원한 나의 아이돌

　사람들과 이야기하기는 늘 어렵지만 어린이와 이야기하기는 특히나 어렵다. 내가 아이였던 것은 너무나도 오래 전이라 기억조차 나지 않고 아이가 없는 데다가 친척 중에도 어린이가 없으니 도대체 이야기를 어떻게 끌어가야 할지 감이 안 잡힌다. 이제 막 초등학생이 되어 커다란 책가방을 메고 있는 친구의 아이를 우연히 만나서 한다는 말이 고작 "와, 너 힘들겠다……." 아이는 어깨를 한 번 으쓱해 보이고 "뭐, 사는 게 다 그렇죠" 하고 이야기한다. 아, 미안. 내가 이 나이에 깨달은 사실을 여덟 살에 알아버린 너는 정말이지 '시크' 하고 똑똑하구나. 마흔 살, 쉰 살만 고민이 있는 것이 아니다. 열 살이라고 늘 즐거운 것만은 아니지. 아이의 머리와 마음속에는 우리가 알지 못하는 크고 다른 세상이 들어있다. 어른의 눈 아래에 있는 미성숙한 인간이 아닌, 다른 세상에 사는 또 다른 인격체로서 아이들은 그 자체로 놀랍고 특별하다.

어른을 위한 책을 아이들이 이해하기에 조금 무리가 있을 수도 있지만 어린이들의 책은 어른이 이해하기에 아무 문제가 없다. 세상에 대한 솔직한 소개, 모험에 대한 동경, 끝없는 상상과 환상을 담는 만화와 동화는 아이만을 위한 것이 아니다. 상상력을 키우고 편견은 버리며 위로를 받아야 한다는 점에서는 오히려 어른이 봐야 할 것 같다. 《아기공룡 둘리》의 둘리, 도우너, 또치와 함께 컸고 "왼손은 거들 뿐"이라는 농구 만화 《슬램덩크》 속 명대사와 함께 청소년기를 보냈으며 뽀로로를 대통령이라고 생각하는 자식들을 키운 우리는 만화에 대한 오랜 편견에서 비교적 자유로워진 첫 번째 세대일 것이다. 그래서인지 어려서는 잘 몰랐는데 커서 보니 엄청난 의미를 담고 있어 감탄하게 되는 만화들이 많다. 그중 가장 중요하게 내 인생 위에 떠다닐 말풍선을 생각한다면 사랑스러운 찰리 브라운과 그의 개 스누피, 그 친구들이 나오는 4컷 만화 《피너츠》 시리즈가 아닐까. 1950년 10월 2일에 처음 시작한 이 만화는 전 세계 수십, 수백 개가 넘는 지면을 통해 소개되면서 셀 수 없이 많은 독자를 만났는데 나도 그중 한 명이었다. 귀여운 캐릭터에 반해서 찰리 브라운과 그 친구들이 등장하는 것이라면 무엇이나, 연필과 공책과 가방을 가리지 않고 사들였다.

《피너츠》 시리즈에 나오는 아이들은 완벽하지 않다. 모두가 나름의 문제를 갖고 있다. 진지하고 심각하고 소심하거나 지나치게 직설적이고 망상에 빠져있기도 하며 어설프고 어색하다. 야구를 하면 제대로 이긴 적이 없고 연을 날리면 꼭 나무에 걸리며 무수한 편지를 주지만 정작 본인은 한 통의 편지도 받지 못하는, 무기력함과 약간의 우울함을 느끼는 찰리 브라운은 특별히 잘하는 것이 없다. 하지만 끊임없이 시도하고 좌절하며 세상의 많은 평범한 사람을 대표하게 되었다. '마음 상담소'를 운영하는 루시 반 펠트는 솔직하고 이 만화 속에서 가장 강한 성격을 지녔고 순박한 찰리 브라운을 놀려댄다. 애착 담요를 늘 끌고 다니며 손가락을 빠는 라이너스, 그런 라이너스를 짝사랑하는 찰리 브라운의 동생 샐리, 베토벤 흉상을 올려놓고 늘 피아노를 치는 슈뢰더, 찰리 브라운을 짝사랑하는 패티와 패티를 따라다니는 마시……. 누구나 이 아이들 중 자신과 닮은 모습을 하나는 발견하게 될 것이다.

물론 그중 가장 중요한 캐릭터는 다재다능한 비글 종 강아지 스누피다. 이 만화 제목을 많은 사람들이 '스누피'라고 알고 있을 정도다. 현실인지 상상인지 정확히 구분할 수 없는 상황에서 스누피는 대학생 '조 쿨Joe Cool'이 되기도 하고 하이킹을 나서는 비글 스카우트가 되기도 한다. 멋진 에이스 조종사로 전투 비행에 나서고 타자기를 두들기며 "It was a dark and stormy night...(어둡고 폭풍우치는 밤이었지……)"으로 시작하는 소설을 쓰지만 붉은 남작에게 격추당하고 소설은 완성될 기미가 도무지 보이지 않는다. 매일 그저 그런 날 속에서 멋진 모습을 보여주고 싶은 망상가이자 공상가일 뿐이다.

작가인 찰스 슐츠의 사망일 다음 날인 2000년 2월 13일까지 50여 년간 연재된 만화 속에서 이 사랑스러운 캐릭터들은 고민하고 걱정하고 불안해하고 웃고 실수한다. 《피너츠》 시리즈는 일종의 성격희극이고 이해하기 쉽지 않은 선문답이며 현실을 넘어서는 귀여운 환상이기도 하다. 물론 영원히 사랑스러운 만화일 것이다. 우울하면 우울한 대로, 즐거우면 또 그런 대로 온몸으로 표현하는 아이들을 보면 따스한 봄볕을 쬐는 기분이 든다. 대단한 기대도 하지 않지만 대단한 실망도 하지 않고 현실 그대로를 받아들이는 지혜를 《피너츠》 시리즈를 통해 배웠다. 그래서 지금도 스누피와 찰리 브라운, 그 친구들은 영원한 나의 아이돌이다. 어린 시절 연필과 노트와 책가방에 이어 지금도 굿즈를 보면 별 필요 없음에도 사들이고 피규어를 얻기 위해 평상시 먹지 않는 햄버거 세트를 줄 서서 몇 번씩이나 사 먹을 정도로 말이다.

《피너츠》 시리즈 초기 애니메이션에서 어른들 목소리는 웅웅거리는 소음으로 처리되어 나왔다. 모든 것을 아는 듯 이래라저래라 하는 어른들의 말이나 진부한 세상의 말에 귀담을 필요 없다고 말하는 것 같다. 하지만 현실에서는 이와 반대로 어른들이 아이들의 이야기를 웅웅거리는 소음으로 생각한다. 똑똑하고 말 많은 아이는 피곤하니까. 어른이 좋아하는 아이들 모습이란 극히 뻔해서 흙 묻히지 않고 깨끗한 옷차림을 유지하고 조용하고 말 잘 듣고 좋은 성적을 받아오면 된다. 하지만 아이들은 뻔뻔하고 대담하며 '똘끼' 넘치고 나름의 블랙 유머도 구사한다. 어른 입장에서라면 성가시기 그지없겠지만 인간이라는 측면에서 보자면 한없이 매력적이다. 어려서 텔레비전 외화 시리즈로 먼저 만난 삐삐가 바로 그런 인물일 것이다. 아빠는 식인종의 왕, 엄마는 천사, 힘은 장사이고 말과 원숭이를 데리고 자신의 집에서 사는데 금화로 가득한 가방도 있다. 이 세상에 없던 주인공이고 어른과 아이를 총망라해 가장 독립적인 캐릭터이며 저항할 수 없이 매력적이었다. 텔레비전 화면에 얼굴을 들이밀고 삐삐가 사는 뒤죽박죽별장으로 나도 들어가고 싶었다.

삐삐한테는 엄마 아빠가 없었지만 사실 그것도 아주 잘된 일이었다. 왜냐하면 한창 신나게 놀고 있는데 '자 이제 자야지' 한다거나, 캐러멜이 먹고 싶은데 간유를 먹으라고 할 사람은 없었으니까.

p.7《내 이름은 삐삐 롱스타킹》

《내 이름은 삐삐 롱스타킹》은 아이는 당연히 어른과 사회의 보호를 받아야 하고 몸에 좋은 것, 세상에 좋은 것을 익히는 것이 당연하다는 전제를 가볍게 무시하며 시작한다. 삐삐는 어른이 싫어할 모든 것을 갖춘 아이다. 허풍과 거짓말은 기본이다. 전혀 말이 안 되는 이야기 같은데 인도와 중국과 카리브해 먼바다 이야기를 하니 직접 가보지 않은 입장에서는 뭐라 반박할 수도 없다. 어른들의 재미없는 질문에는 꼬박꼬박 말대답하고 한 마디도 지지 않는다. 7더하기 5가 몇이냐는 선생님의 말에 "글쎄요, 선생님도 모르는 걸 제가 어떻게 알아요" 하고 대답해 부모나 선생님에게 화병을 불러일으키겠지만 친구들에게는 재미있고 통쾌한 대변인이 아닐까.

스웨덴 작가 아스트리드 린드그렌이 아픈 딸을 위해 만든 이 이야기를 책으로 펴내려 했을 때 출판사에서 거절했던 것도 이해가 갔다. 우여곡절 끝에 출간되자 이번에는 비평가와 어른들의 비난과 항의가 이어졌다. 말과 행동이 거칠고, 어린아이들에게 좋지 않은 영향을 줄 수 있으며 사회 질서를 뒤흔든다는 이유에서였다. 지금도 비슷할지 모른다. 아이에게《내 이름은 삐삐 롱스타킹》과 그 뒤로 이어지는 삐삐 롱스타킹 시리즈를 권해주는 어른은 이 책에 어떤 내용이 담겨 있는지 잘 모르는 사람일 것이다. 아이가 정말 삐삐처럼 거침없고 씩씩하게 자라기를 바라는 부모나 교사나 어른은 흔치 않다. 그랬다가 이 고루한 사회에서 어떤 대접을 받으려고. 어려서부터 '말 잘 들어라' '착하게 굴어라' 하는 이야기를 너무 자주 들으면 다 자라서도 누가 그렇게 이야기하기 전에 스스로 길들여져 다른 사람에게 호감을 사기 위해 생각하고 행동한다. 왜 일찍 자야 하는지, 왜 사탕을 많이 먹으면 안 되는지, 왜 학교에는 꼭 가야 하는지 묻는 아이들에게 돌아오는 대답이라고는 그저 '시키는 대로 해'가 전부다. 생기를 잃고 시들시들 말라가는 아이들 속에서 삐삐는 기운 넘치게 외친다.

> 너희가 뭘 할 건지는 모르지만, 난 빈둥거리며 놀지는 않을 거야. 난 발견가야. 너희도 발견가라면 1분도 빈둥거릴 틈이 없을걸.
>
> p.29 《내 이름은 삐삐 롱스타킹》

내가 텔레비전에서 〈말괄량이 삐삐〉를 보았던 것은 아마도 삐삐와 비슷한 나이였을 것이다. 텔레비전 시리즈와 소설 속 삐삐는 여전히 열몇 살에 머물러 천연덕스럽게 세상과 부딪치고 생각하는 것을 거르지 않고 쏟아내는 배짱을 보여준다. 내가 발견가가 되길 멈추고 빈둥거리기나 하게 된 것은 언제부터였을까 생각조차 나지 않지만 뭐, 그렇다고 대단히 우울해하거나 슬퍼할 일만은 아니다. 아직 다 자란 것도 아니고 앞으로 좀 더 자라 뭐가 될지 고민할 여력은 남아 있으니까. 아이를 위한 책들은 우리 안에 남아있는 아이를 위한 책이기도 하다. 금융위기가 어떻다느니, 내년 부동산 경기가 어렵다느니 나도 모르는 이야

그때의 순간을 길어와
삶의 에너지로

기를 아는 척 주절거리다 집에 돌아와 내 안에 숨어있던 어린 아이를 위로하고 달래주는 시간을 갖는다. 만화와 동화에서 배운 가장 중요한 것은 낙관주의가 아닌가. 그래서 나도 주위 사람들에게, 나 자신에게 삐삐처럼 큰 소리로 외치곤 한다.

"모두들 안녕, 내 걱정은 마세요. 난 언제나 잘해나갈 테니까."

《피너츠 완전판: THE COMPLETE PEANUTS》, 찰스 M. 슐츠, 신소희 옮김, 북스토리, 2015~2019

《내 이름은 삐삐 롱스타킹》, 아스트리드 린드그렌, 햇살과 나무꾼 옮김, 시공주니어, 2000

남들이 모르는 나, 축구광

순정만화에 평생 빠져 살았을 수도 있고 훌라댄스를 몇 년 동안 배워왔을 수도 있다. 남들이 모르고 나만 아는 모습 혹은 나만의 취향이라는 것이 있다. 드러내지 않지만 그렇다고 숨겨지지도 않는 그 열정. 나의 경우는 축구다. 피가 끓는 어린 시절에는 응원하는 팀이 지고 난 후의 분노와 상실감을 견디지 못해서 중요한 경기는 생방송으로 보지 못하고 혼자 방 안에 들어와 거실에서 응원하는 가족들의 반응으로 경기 상황을 추측하곤 했다. 국가대표 팀의 경기, 특히나 한일전 같은 빅 게임을 앞두고는 청심환을 먹을까 진지하게 고민할 정도였다. 이 애정은 분데스리가에 진출한 차범근 선수를 보기 위해, 일찍 일어날 필요도 없는 일요일 아침 흑백 텔레비전에 코를 박고 경기 시작을 기다릴 때부터 시작되었는지도 모르겠다. 그 후 한국 프로 축구가 출범했고 지지부진한 인기로 인해 뉴스로 스코어 정도나 확인하다가 2002년 월드컵에 이르러 다시 관심 증폭, 영국

그때의 순간을 길어와
삶의 에너지로

프리미어리그와 스페인 프리메라리가 열풍이 불고 위성중계가 보편화되면서 이 징글징글한 사랑이 다시 시작되었다.

이런 축구에 대한 관심을 아는 주위 사람들이 축구와 관련해 원고를 부탁하는 경우가 있는데, 그럴 때면 정말 죽을 만큼 바쁘지 않다면 대부분 승낙한다. 즐겁게 쓴 글에 대한 인터넷 댓글은 항상 야유. 여자가 축구를 좋아하고 축구에 관해 글을 쓰다니 이상하다고, 말이 안 된다고 생각하는 사람들이 여전히 많아서일까. "축구 그 자체가 아니라 잘 생긴 축구 선수 보는 것을 좋아하는 것 아니냐"는 이야기가 빠지지 않고 올라온다. 뭐 틀린 말은 아니다. 축구 경기장에는 멋진 남자들이 한 명도 두 명도 아니고 22명이나 등장하니까. "도대체 이 여자는 몇 살이기에 차범근 선수가 뛴 경기를 보았다는 거냐!"(얘들아, 나 사실 너네 큰어머니 뻘이야……) "직접 경기를 뛰어보지도 않은 여자가 무슨 말을 이리 많이 함?"(너도 동네 축구 정도 했잖니. 오프사이드도 없는 경기에서 그나마도 제대로 뛰지도 못했을 거면서 뭘.) 남자라고 모두가 축구를 잘하는 것도, 좋아하는 것도 아니다. 축구에 대한 내 사랑을 인정해주는 유일하게 예외적인 남성은 아버지와 남동생, 그리고 남편 정도에 지나지 않는다.

아무리 생각해도 축구는 매력적인 운동이다. 별다른 장비나 도구 없이 공 하나를 놓고 경기 90분 내내 그라운드를 내달린다. 알아야 할 기본 규칙은 오프사이드 정도. 여자는 직접 축구를 해 보지 않아서 잘 모른다고 이야기하지만 밤새워 경기를 보고 기사를 찾아 읽고 축구에 관한 책을 읽는 여자들이 얼마나 많은지 알게 된다면 깜짝 놀랄 것이다. 불필요한 '맨스플레인' 때문에 대놓고 이야기하지 않을 뿐이다. 전 세계 거의 모든 국가가 열광하는 흔치 않은 스포츠다 보니 축구에 관한 책은 셀 수 없이 많다. 나에게 이 멋진 경기를 이해하는 데 가장 중요한 책을 고르라면 주저 없이 돌링킨더슬리(DK)에서 나온 《The Soccer Book》을 선택할 것이다. 세심한 구성과 정교한 도해, 전문가들의 설명을 통해 도감류에 있어서는 가장 정확하고 아름다운 책을 만들어냈다. 룰과 전술 설명은 물론이고 유명 선수와 주요 국가의 축구리그, 월드컵 성적에 이르기까지 이 책이 있으면 축구라는 스포츠를 한눈에 이해하고 정확하게 정리할수 있다. 세상의 변화와 축구 트렌드에 맞춰 3, 4년마다 개정판을 낼 정도로 신경 써주는 것도 고마운 일! 아직까지 한글 번역이 안 나와서 원서로 볼 수밖에 없다는 것이 문제이긴 하지만축구 덕에 영어 공부도 하게 되고 아주 바람직한 일 아닐까.

유명한 패션 디자이너였던 이브 생 로랑은 데님을 가리켜 "내가 발명했으면 좋았을 옷"이라고 했다는데 인생에서 가끔 '내가 썼으면 좋았겠다' 하고 부럽게 만드는 책을 만나게 된다.

그때의 순간을 길어와
삶의 에너지로

열성적이고 낭만적인 축구 팬이자 우루과이의 언론인인 에두아르도 갈레아노의 에세이집 《축구, 그 빛과 그림자》가 바로 그렇다. 워낙 오래 전에 나와 절판되는 바람에 이제는 헌책방에서 찾아야 할 텐데 축구 팬이라면 모르고 넘어가기 아쉬운 책이다. 150여 편의 짧은 에세이들은 축구의 속성과 축구를 둘러싼 오랜 전설을 아름답게 노래한다. 어떤 페이지건 되는 대로 펼쳐 읽어도 전혀 무리가 없다. 스포츠 평론가인 정윤수 교수가 한 매체에 "이왕 엄청난 수사로 극찬할 것이라면 가히 중국 무협영화처럼 100만 배 과장하여 표현하는 것이 좋은 일이라는 생각이 든다"고 이 책을 소개했을 때 어찌나 반갑던지 물개 박수를 치고 말았다.

팬들은 이곳에서 손수건을 흔들고, 침과 원한을 꿀꺽꿀꺽 삼킨다. 모자를 씹어 먹으며, 저주와 기도 말을 혼자 중얼중얼 댄다. 어느 순간에는 목구멍이 찢어져라 환호성을 지르며, '골'을 연거푸 외치는 일면식도 없는 옆 사람을 부둥켜 안고 벼룩처럼 껑충껑충 뛰기도 한다. 이교도들의 미사가 진행되는 동안 팬들은 점점 더 늘어난다. 수많은 신도들은, 우리가 최고이며, 모든 심판들은 매수되었고, 모든 라이벌들은 속임수에 능하다는 사실들을 서로 공유하게 된다. p.24 《축구, 그 빛과 그림자》

축구는 선수들의 신성함을 고양시키고, 그 신성함을 신도들의 복수에 그대로 내맡긴다. 발에는 공을, 가슴에는 조국의 색깔로 국가의 화신이 된 선수들은 승리의 영광을 차지하기 위해 저 먼 전장으로 전진한다. 돌아올 때, 패배한 전사는 추락한 천사이다.

p.331 《축구, 그 빛과 그림자》

뭐 이렇게까지 표현할 일인가 싶을 정도로 드라마틱한 글이라 책을 읽고 나면 축구가 영적인 경기이며 고양된 수준의 예술이라는 사실을 확신하게 된다. 축구가 아닌 다른 스포츠는 갑자기 하나도 중요하지 않게 느껴질 정도다. 가장 세련된 전도를 듣는 기분, 거룩한 부흥회에 참여한 느낌이랄까.

세상에는 성공이나 자식처럼 마음대로 안 되는 것이 많다. 그중에서 가장 맘대로 안 되는 것은 바로 내 '몸뚱아리'다. 내가 개인적으로 가장 부러워하는 것은 힘과 유연함을 갖춘 몸으로 긴장감 있고 아름답게 움직이는 사람이다. 특히 넓적다리는 내 몸에서 가장 원망스러운 부분이다. 하루에 천 걸음도 걷지 않고, 숨차게 달리는 일은 더더욱 없어지니 나이가 들자 넓적다리부터 탄력을 잃고 흐물거리게 되었다. 뚱뚱한 야구 선수는 존재하지만 뚱뚱한 축구 선수는 본 적이 없다. 나는 축구 경기를 볼 때마다 늘 《삼국지》의 한 장면을 떠올린다.

그때의 순간을 길어와
삶의 에너지로

"나는 늘 말 안장을 떠나지 않아 넓적다리에 살이 붙을 겨를이 없었는데 요즈음은 말을 타는 일이 없어 넓적다리에 다시 살이 붙었다. 세월은 사정없이 달려서 머지않아 늙음이 닥쳐올 텐데 아무런 공업을 이룬 것이 없어 그것이 슬플 뿐이다."

유비의 탄식처럼, 전쟁터의 장수가 아니더라도 시간을 낭비하고 바삐 몸을 움직이지 않는 죄를 매일 짓는 기분이다.

사람이 이 세상일은 맘대로 하지 못해도 자기 몸 하나는 맘대로 해야 할 것 아니냐는 자괴감에 빠져있을 때 만난 책이 《우아하고 호쾌한 여자 축구》였다. 첫눈에 지난 50년 동안 원하던 책이었음을 직감할 수 있었다. 아하, 일단 작가 이름이 김혼비다. 나의 인생영화 중 하나인 〈사랑도 리콜이 되나요〉의 원작 소설인 《하이 피델리티》와 《어바웃 보이》를 쓴 영국 작가이자 열혈 아스널 팬인 닉 혼비를 떠올리게 하는 이름 아닌가. 닉 혼비의 첫 번째 책이 바로 축구에 대한 열정을 주제로 한 《피버 피치》였다. 제목 역시 다카하시 겐이치로의 《우아하고 감상적인 일본 야구》에서 가져온 듯하니 이 작가분, 분명 스포츠광일 거야, 그렇다면 100 퍼센트 믿을 수 있어!

페이지를 넘기는 동안 내가 경기장에서 뛰는 양, 볼 컨트롤을 연습하고 처음으로 경기에 나서고 달리다 부상을 당하는 일을 온몸으로 생생히 경험하는 느낌이었고 온 마음으로 저자의 축구 도전기를 응원하게 되었다. 내 주위 딸 가진 친구들에게 이 책을 사서 다 나눠주고 싶었다.

그리고 이제 막 내 마음속에서도 오버래핑이 시작되려는 참이었다. 축구를 시작한 이래 처음으로 목표 비슷한 게 생겼다. 열심히 인사이드킥을, 아웃사이드 드리블을, 턴을, 트래핑을, 리프팅을 연습하는 것만으로 충분히 뿌듯했던 내게 '나도 저기서 뛰고 싶다.', '나도 얼른 진짜 시합에 나가고 싶다.'라는 생각이 스쳐간 것이다. p.108 《우아하고 호쾌한 여자 축구》

이런 대목을 읽고 나면 피가 끓어올라 당장 축구 클럽에 등록하고 싶어질 것이다. 이런저런 고민 없이 그냥 운동장으로 당당하게 걸어들어가 공을 차고 게임을 하는 박력 넘치는 이야기를 읽으면서도 정작 게으른 나란 인간, 여전히 책을 읽고 입으로 떠드는 축구를 하고 있다니 깊은 반성을 했다. 학교 수업에 여자도 축구를 하는 요즘과 달리 나를 포함한 우리 세대는 다 커서야 미아 햄이나 지소연의 플레이를 보게 되었으니 억울해서 땅을 칠 노릇이다. 여자도 축구를 할 수 있다는 사실을 빨리 알았다면, 아니, 여자들이 축구하는 모습을 어려서 봤다면 나도 분명 축구 팀에 들어갔을 텐데. 어쩌자고 난 남의 경기를 보며 감탄하고 말로만 떠들기나 해왔지 직접 경기장에 서서 공을 찰 생각은 못 했을까.

그래도 다행이다. 내 다음 세대 여성들은 축구를 남의 경기로 즐기는 것에 더해 나의 경기로 직접 경험할 수 있으니까. 그러니 후배들, 축구건 복싱이건 씨름이건 재미있어 보이고 몸을 움직이게 하는 스포츠에 마음껏 도전해 보시길. 이런 스포츠를 시작으로 그동안 여자들의 접근을 막아오던 세상의 많은 '경기장'을 하나씩 당당하게 차지해 나가길!

《The Soccer Book》, David Goldblatt&Johnny Acton, DK, 2009
《축구, 그 빛과 그림자》, 에두아르도 갈레아노, 유왕무 옮김, 예림기획, 2002
《우아하고 호쾌한 여자 축구》, 김혼비, 민음사, 2018

무라카미 하루키 전작 읽기

누가 나에게 가장 좋아하는 작가를 물어볼 때 대답으로 무라카미 하루키의 이름이 처음 나오지는 않는다. 무라카미 하루키가 세상에서 가장 훌륭한 작가라고 생각하는 것도 아니다. 그런데 무라카미 하루키의 소설과 에세이는 모두 읽었고 하루키에 관한 책 역시 대부분 구해 읽었으며 새 책이 나오면 습관처럼 사들인다. 다른 작가와 달리 그에게는 왠지 '하루키 씨'라고 친분이 있는 양 부르게 되니 이상하다. 굳이 이야기하자면 첫눈에 반해 온 인생을 걸고 덤벼드는 사랑도 있고 아주 애매하게 시작되어서 어쩔 수 없이 터덜대며 따라가는, 사랑인지 아닌지 알 수 없는 무언가도 있는 법이니까.

《노르웨이의 숲》은 처음 읽은 하루키 씨의 소설일 뿐 아니라 처음 읽은 일본 소설이었다. 책마다 그 책을 읽을 적기 같은 것이 존재한다고 생각하는데 헤밍웨이의 《노인과 바다》가 마흔

이나 쉰 살 이후에 읽어야 하는 책이라면 이 책은 20대 초반에 읽어야 한다. 나이 들어 이 책을 읽는 사람은 '현대인의 고독과 청춘의 방황을 선명하게 포착한 현대 일본 소설의 대표작'이라는 홍보 문구가 왠지 낯간지럽게 느껴질 것이다. 20대에 막 접어든 주인공이 등장해 여자를 만나고 현실에서 방황하는 귀여운 이야기 정도의 감상을 받을지도 모른다. 요즘 다시 읽다 보니 나 역시 등장인물에게 "지금 고민은 아무것도 아니란다. 앞으로 더 큰 고민들을 만나게 될 테니 그냥 가벼운 몸 풀기라고 생각해" 하고 '꼰대'처럼 굴고 있었다. 동시에 어린 시절 갖고 놀던 유리구슬을 바라보듯 애틋하게 느껴지는 부분도 있다. 자기가 얼마나 좋냐는 질문에 "봄날의 곰만큼 좋아"라며 동화 같기도, 환타지 같기도 한 대답이 오고 간다. 10대 말, 20대 초의 나였더라도 이렇게 말해주는 남자에게 "너, 표현이 정말 참신하구나" 하며 사랑 가득한 눈으로 쳐다보지 않았을까.

《노르웨이의 숲》 인기로 하루키 씨의 다른 작품도 속속 소개되었다. 첫 작품이라 할 수 있는 《바람의 노래를 들어라》가 번역되었고 《양을 쫓는 모험》을 거쳐 《세계의 끝과 하드보일드 원더랜드》와 《댄스 댄스 댄스》까지 나와 자연스럽게 연결해 읽게 되었다. 그가 쓴 초기 소설에는 20대에서 30대 정도의 남자가 1인칭 주인공으로 자주 등장하는데 이들은 음악과 맥주를 좋아하고 부모나 형제와 교류가 없으며 인생에서 여자가 사라지고 그 여성을 찾아다니는 경험을 한다. 약간의 집착과 강박을 지니고 있으며 세상에 대해서는 무심하다. 이런 점에서 평론가와 다른 작가들의 평가는 꽤나 야박하다. 독자의 입장에서 이야기하자면, 모든 작가들이 사회의식으로 가득한 무거운 소설만 쓰기를 바라지는 않는다. 쓰고 싶은 것을 쓰기 위해 작가가 된 것일 테니 무얼 쓰건 전적으로 작가 마음이다. 무엇을 쓰건 자신이 쓰려는 것을 잘 쓰는 것이 중요하다.

자라지 않는 소년, 성숙을 거부하고 불안에 쫓기는 청춘의 이야기만이라면 공감의 폭이 크지 않았을 것이다. 그런데 예기치 못한 사건이 작가와 독자를 바꿔버렸다. 1995년 고베 지진은 엄청난 외부의 위력 앞에서 무기력한 개인과 사회를 되돌아볼 계기를 주었고 옴 진리교의 지하철 사린 가스 테러 사건은 이 정신 없는 세상에서 인간의 이성과 지성이 과연 제 힘을 발휘하고 있나 질문할 계기가 되었다. 그 스스로도 이야기했듯이 하루키 씨도 이 무렵부터 '책임' 혹은 '헌신'이라는 것이 중요해졌고 사회적인 이슈에 대해 관심을 갖게 되었다고 한다. 《태엽 감는 새》에 이어 사린 가스 테러 생존자들을 인터뷰한 《언더그라운드》를 발표했고 이후 《해변의 카프카》, 《1Q84》 같은 작품은 개인에게 집중하는 사소설의 범위를 넘어섰다. 《1Q84》나 《기사단장 죽이기》를 읽다 보면 어디까지가 현실이고 환상인지 헷

그때의 순간을 길어와
삶의 에너지로

갈려서 따라가기 어렵다. '하루키 씨, 예전처럼 스타일리시하고 쉽게 공감할 수 있는 소설로 돌아와줘요' 하고 마음 속으로 외칠 때도 있다.

《1Q84》는 아사히 신문이 일본의 지식인을 대상으로 조사한 '헤이세이(平成: 아키히토 일왕의 재위 기간) 시대 최고의 책'에서 1위로 선정되었고 《태엽 감는 새》는 10위로 선정되었다. 일본과 한국뿐 아니라 미국과 유럽 등 전 세계에 걸쳐 폭넓은 팬을 거느린 그이지만 작가로서의 상복은 별로 없는 듯 보인다. 일본의 대표적인 문학상인 아쿠타가와상도 받지 못했고 매년 노벨문학상 유력 후보로 이름을 올리지만 여태 수상은 못 하고 있다. 쿨한 하루키 씨는 거기에 대해 시간이 흐르면 재평가의 목소리가 나오므로 신경쓰지 않는다고 밝힌다.

그는 새벽 5시면 일어나 작품을 구상하고 밤 10시 무렵이면 잠자리에 드는 규칙적인 생활을 한다. 소설을 쓰는 동안에는 매일 200자 원고지 20매를 꼭 채워 쓰고 에세이나 다른 글을 쓰지 않는다. 체력이 떨어지면 사고의 민첩성, 정신의 유연성도 서서히 상실된다고 믿기에 전업 작가가 되면서부터 삽십 년 넘게 매일 한 시간씩 달리기를 하거나 수영을 하고 있단다. 여행이나 음악, 달리기 등 자신이 관심 있는 주제와 관련해 혹은 일상의 사소한 이야기를 모아 에세이도 자주 쓴다. 위스키와 맥주를 마시며 세계 곳곳을 여행하는 《먼 북소리》와 《슬픈 외국어》는 출간된 지 꽤 오래 되었지만 지금 읽어도 여행 가방을 꾸리고 싶을 만큼 가슴 두근거리는 여행기다. 《달리기를 말할 때 내가 하고 싶은 이야기》는 독자를 달리기 광으로 만들 전도서다. 재즈 바를 운영하기도 했던 그는 재즈와 관련한 에세이집 《포트레이트 인 재즈》 《의미가 없다면 스윙은 없다》를 썼고 일본 출신의 세계적인 지휘자 오자와 세이지와 음악에 관해 이야기를 나눈 대담집 《오자와 세이지 씨와 음악을 이야기하다》를 발표했다. 낭독회나 강연, 저자와의 대화나 사인회 등 공식 활동을 거의 하지 않고 인터뷰도 극히 제한적으로 하는 미스터리한 작가이지만 자전 에세이 《직업으로서의 소설가》와 작가 가와카미 미에코와의 인터뷰집 《수리부엉이는 황혼에 날아오른다》를 읽는다면 그가 자신의 인생과 일에 대해 어떻게 생각하고 있는지 알 수 있다. 여기에 피츠제럴드와 레이먼드 카버 같은 현대 작가들의 책을 번역하기도 한다. 세상에서 제일 피곤한 유형이 근면 성실한 천재다. 이런 사람이 주위에 있다면 애매하게 경쟁할 생각 말고 그냥 빨리 앞서 나가도록 자리를 비켜주는 것이 우리의 정신 건강에 좋을 것이다.

주제별로 책을 정리해놓는 나의 서가에서 한 작가의 책으로 서가 한 줄을 채우는 경우는 거의 없는데 하루키 씨는 특별

대접이다. 하루키에 대한 관심은 그가 직접 쓴 책에 그치지 않아 다른 하루키 팬이나 하루키 전문가들이 쓴 책까지 찾아 읽게 만들었기 때문이다. 하루키 작품 속에 등장하는 음악을 장르별로 모아 해당 분야 전문가에게 해설을 맡긴 《무라카미 하루키의 100곡》이나 하루키의 책이 나올 때마다 고양이를 중심으로 하루키 작품을 해석하는 《하루키, 고양이는 운명이다》, 하루키의 열렬한 팬을 자처하는 우치다 다츠루의 《하루키 씨를 조심하세요》 등 다양한 하루키론도 차곡차곡 쌓여있다. 일본어를 공부할 때는 그의 단편집 《렉싱턴의 유령》을 강독 교재로 삼아 떠듬거리며 선생님과 함께 읽었고 실력이 조금 나아지자 《IQ84》가 다음 교재가 되었다. 한국어로 번역된 결과물이 아닌 하루키가 직접 쓴 글을 원어로 읽으면 어떤 기분일까 늘 궁금해서였다.

"자기 돈 들여 책을 사주는 독자보다 중요한 것은 없다"는 그의 이야기에 일을 하는 사람이라면 100퍼센트 공감할 것이다. 손님, 소비자, 고객, 거래업체, 직원 등 시간과 노력과 돈을 나에게 투자해주는 사람보다 중요한 것은 없다. 좋은 소설을 쓰려면 좋은 삶을 살아야 한다고 하루키는 강조하는데 다른 데에도 다 적용할 수 있다. 좋은 연인이 되려면, 좋은 부모가 되려면, 좋은 직장인이 되려면 역시 좋은 삶을 살아야 한다.

누군가를 완전히 알고 싶고 송두리째 소유하고 싶은 열망은 쉽게 생기지 않지만 일단 시작된다면 감추기 어렵다. 중간에 애매하게 그만둘 수도 없다. 입덕을 하면 휴덕을 할지언정 탈덕은 없다고 혼자 다짐한다. 계속해서 '하루키 씨'라고 비밀스럽게 부르고 그의 이름이 붙어 있는 모든 책을 사들일 것이다. 하지만 여전히 가장 좋아하는 작가가 누구냐고 묻는다면 하루키라고 대답은 못 할 것이다. 뭐, 팬 중에는 나처럼 좀 이상한 경우도 있는 것이니까.

그건 그렇고, 팬이 이렇게 많은데 지난 30년 동안 한국에 한 번도 오지 않은 건 좀 서운해요, 하루키 씨!

《노르웨이의 숲》, 무라카미 하루키, 양억관 옮김, 민음사, 2017
《직업으로서의 소설가》, 무라카미 하루키, 양윤옥 옮김, 현대문학, 2016
《수리부엉이는 황혼에 날아오른다》, 무라카미 하루키&가와카미 미에코, 홍은주 옮김, 문학동네, 2018

그때의 순간을 길어와
삶의 에너지로

고전, 시대가 바뀌더라도

책을 번역하다 도대체 이런 말이 왜 여기서 나오나 고민될 때가 있다. 너무 쉬운 단어로 되어 있는데도 단어만으로는 문맥의 뜻을 짐작하기 어렵기 때문이다. 열심히 사전을 찾고 인터넷으로 검색해 확인하면 상당 부분은 그리스·로마 신화와 성서에 나오는 관용적인 표현일 때가 많다. '아킬레스 건' '마이더스의 손' '희생양(Scapegoat)' 등. 우리가 습관처럼 사용하는 이런 표현의 상당수는 서양 문명을 대표하는 문화 전통이자 인류의 가장 오랜 고전인 그리스·로마 신화와 성서에 기원을 두고 있다.

고전이란 문자가 존재한 이후로 나온 수많은 책 중 긴 세월을 이겨내고 살아남아 여전히 우리에게 새로운 의미로 읽히는 책을 이야기한다. 하지만 동시에 제목만 알고 있을 뿐, 제대로 읽어본 적은 없는 책을 가리키기도 한다. 20세기 책들은 아직 시간의 검증이 조금 더 필요할 수 있으니 진짜 고전이라고 할 때에는 적어도 그 훨씬 전, 100년은 훌쩍 넘은 예전에 발표된 책이어야 하지 않을까.

책을 읽는 것이 중요하다고, 고전을 많이 읽어야 한다고들 이야기하는데 그 정확한 근거는 잘 모르겠다. 지식을 쌓는 수단이 책밖에 없던 시대라면 그럴 수 있겠지만 요즘은 독서만이 지식과 정보를 얻는 수단이 아니지 않은가. 책을 읽고 싶은 사람이야 읽으면 되고 아닌 사람은 인터넷과 소셜미디어를 파도 된다. 그래도 고전을 읽는 것은 도대체 왜 읽으라고 하는지 확인해보고 싶기 때문이다. 책이 지닌 가치는 시대에 따라 다르게 해석될 수 있다. 어려서 읽었을 때에는 "뭐 이런 책이 있나, 이게 말이 되냐"라는 생각이 들었는데 시간이 지나 다시 읽어보니 "그럴 수 있지" 하는 책이 있는가 하면 예전에 읽었을 때에는 감동이었는데 한참 후에 읽어보니 "이게 말이 되냐" 싶은 책도 있다. 그 결정을 다른 사람이 아닌 내가 내리고 싶은 마음이 고전을 펴보게 만들었다.

예전에 읽으면서 이게 무슨 이야기인가 싶었던 대표적인 책이 호메로스의 《일리아스》와 《오디세이아》였다. 올림푸스의 신들은 신으로 위엄을 갖추기는커녕 서로 시기하고 질투하고 인간의 운명을 놓고 장난을 쳐대니 존경할 만한 것이라고는 하나도 없어 보인다. 최고 미인 자리를 놓고 세 여신이 질투로 맞

그때의 순간을 길어와
삶의 에너지로

선 끝에 그리스 연합군과 트로이가 전쟁을 벌이는 이야기가 《일리아스》와 《오디세이아》의 주요 줄거리다. 당시 모든 남자들의 첫사랑이라 할 수 있는 미녀 헬레네를 위해 그리스 각국의 군대가 집결하고 별 잘못도 없는 트로이를 공격해 양쪽이 엄청난 희생을 치르다니 바보 같은 일이라고 생각했다. 줄거리 위주로 압축해 놓은 《일리아스》와 《오디세이아》가 아닌, 제대로 된 두툼한 번역본을 읽기 시작하며 호메로스의 이야기가 상상할 수 없을 만큼 오래된 옛 이야기가 아니라 바로 지금 이 순간 벌어지는 이야기의 은유라는 사실을 알게 되어 그 오해를 조금은 덜었지만.

두 이야기를 통해 내내 마음으로 따라갔던 인물이 오디세우스다. 사랑하는 아내와 어린 아들을 두고 전쟁에 참여할 수 없어서 실성한 흉내까지 냈지만 한 수 위인 사람은 늘 존재하기 마련이어서 계략이 들켜버린다. 어쩔 수 없이 전쟁터로 떠나 그리스 군을 이끄는 아킬레우스를 돕게 되고 10년이나 이어진 전쟁에서 '트로이의 목마'를 만들어 승리를 가져온다. 전쟁은 인간이 벌이는 어리석음의 극치라 할 수 있다. 그 와중에 인간이 어떻게 위엄과 고결함을 갖출 수 있는지 그리스 군과 트로이 군의 대립을 통해 확인할 수 있으니 이 또한 아이러니가 아닐까. 마침내 전쟁은 끝났고 영리하고 약삭빠른 데다가 중재에 뛰어나고 화려한 언변을 자랑하는 오디세우스는 큰 공훈과 더불어 자랑스럽게 귀국하면 될 터였다. 하지만 신의 노여움을 사서 가족들 곁으로 돌아가지 못하고 긴 세월 다시 바다와 낯선 땅을 떠돌며 엄청난 고초를 겪게 된다. 원치 않는 모험을 마치고 겨우 고국으로 돌아갔지만 아직 끝난 것이 아니었다. 자신이 없는 동안 왕좌를 차지하겠다고 왕비인 아내에게 치근덕대고 아들과 충복들을 괴롭히는 구혼자들로 가득한 왕실을 정리하느라 쉴 수도 없다. 지지리 복도 없는 팔자, 예나 지금이나 갈수록 태산인 것이 인생인가.

그는 항해, 용의주도함, 새로운 것을 만들어내는 일, 바위 피하기, 이야기 들려주기, 속임수, 살아남기의 명수다. 필요에 따라 단호하고 매섭고 파괴적인 사람이 될 줄도 알고, 영리하고 재미있고 사랑이 넘치는 사람이 될 줄도 안다. 이 두 가지 특성들 가운데 꼭 하나만을 골라야 할 필요는 없다. 오디세우스는 이 모든 것을 사용할 줄 아는 사람이기 때문이다. p.29 《지금, 호메로스를 읽어야 하는 이유》

애덤 니컬슨은 《지금, 호메로스를 읽어야 하는 이유》에서 오디세우스를 이렇게 이야기한다. 오래 헤메다 지친 채로 고향에 돌아온 오디세우스에게 회한에 가득 차서 삶을 반성하는 고단한 중년의 모습을 발견해 전에 없이 감정이입을 하게 되었다. 거짓말쟁이와 협잡꾼과 배신자가 넘쳐나는 가운데 용기를 잃지 않고 자신의 자리를 지키려는 노력이 얼마나 눈물겨운 것인지 이해할 수 있게 되어서일까. 한동안 유행했던 단어 중에 회복탄력성(resilience)이라는 것이 있다. 오디세우스는 그 회복탄력성의 화신일 것이다. 계속 고통을 겪게 되는데 결코 고통에 굴복하지 않는다. 한 발 앞으로 나갔다 싶으면 다시 뒤로 물러나는 일이 계속된다. 그래도 주저하지 않고 다시 한 발 내딛기를 반복해 결국 조금씩 전진하며 상황에 맞선다. 오디세우스는 온갖 고초를 겪고 '세상을 아는' 인간이 되었다는데, 앞으로 뭘 하며 어떻게 살아야 할지 몰라 혼란스러운 지금 이 시간을 보내고 나면 나도 세상을 좀 더 잘 아는, 성숙하고 현명한 인간이 될 수 있을까.

서양 문명의 가장 중요한 레퍼런스가 그리스·로마 신화와 호메로스의 서사시라고 한다면 동양 고전으로 이와 비슷한 역할을 하는 책은《삼국지》가 될 것 같다. 위·촉·오 세 나라가 패권을 다툰 삼국시대는 45년 정도밖에 지속되지 않았지만 이 시대에 영웅과 악당이 셀 수 없이 등장하고, 계책과 속임수가 난무했다. 그 시대를 배경으로 하는《삼국지》를 통해 '삼고초려' '파죽지세' '괄목상대' '출사표' 같은 표현이 태어났다. 이 책이 아니었다면 오늘날 우리가 이런 사자성어를 외우느라 고생하지 않아도 되었을 텐데. 어려서 대충 읽은《어린이 삼국지》시대를 지나 고등학생 무렵 기세 좋게 책을 펴들었는데 유비, 관우, 장비의 도원결의 장면 다음으로 넘어가지 못하고 책을 덮었다. 대학에 들어가 처음부터 다시 읽기 시작했는데 여전히 도원결의 부분에서 인내심이 사라져버려 포기. 취직을 하고 다시 심기일전, 마음을 가다듬고 책을 펴니 또다시 복숭아나무 아래 세 사람이 모여 형제가 되기를 다짐하는 도원결의다. 도원결의의 무한루프에 빠진 기분이었다. 몇 번에 걸친 시도 끝에 힘든 초반부를 넘기고 완독을 하고 나니 에베레스트 무산소 등정에 성공한 것처럼 기뻤다. 어쨌건 나도 다 읽었다고! 무슨 이야기인지 다 기억나지는 않지만 어쨌건!

삼국지는 후세 사람들의 상상이 더해지며 자연스럽게 신화가 된 이야기다. 정사이자 역사소설이고 연극 대본이고 판타지물이자 무협지이기도 하다. 수많은 작가와 학자들이 나름의 방식으로 이야기를 해석하고 재구성한 덕에 다양한 판본으로 만날 수 있어서 한 권으로 된 요약본부터 6권, 8권, 12권짜리로도 읽을 수 있다. 박태원, 박종화, 김구용 같은 예전 작가들도 《삼국지》를 번역했고 이문열과 황석영, 장정일 같은 유명 작가들도 자신의 해석으로 《삼국지》를 정리했다. 글로 읽는 것이 지루하다면 고우영의 만화로 나온 《삼국지》도 고려해볼 만하다. 1978년부터 1980년까지 〈일간 스포츠〉에 연재되었는데, 심의 때문에 삭제되고 수정된 부분을 후일 다시 보완해 2002년 10권

그때의 순간을 길어와
삶의 에너지로

으로 발간했다. 유쾌한 해석과 패러디 덕분에 지금도 눈 반짝이며 단숨에 읽을 수 있다. 이뿐인가, 영화와 컴퓨터 게임, 애니메이션까지 《삼국지》는 매일 새롭게 태어난다. 끝없이 재해석되고 무한대로 확장될 수 있다는 것이 고전으로서 《삼국지》가 지닌 큰 매력일 것이다.

호메로스의 《일리아스》와 《오디세이아》도 그랬지만 《삼국지》 역시 수많은 인물이 등장한다. 읽다 보면 헷갈리기도 해 별도로 인물 사전이 출간될 정도다. 읽는 사람에 따라 선호하거나 동경하는 인물이 달라질 것이다. 간신으로 그려졌지만 요즘 들어 재조명을 받는 뛰어난 장군 조조, 도저히 흠 잡을 데가 없이 총명한 지략가인 제갈량(아, 얼굴마저 잘생겼다니), 전쟁의 신이자 의리와 충의의 상징인 관우…… 하지만 길고 긴 《삼국지》를 읽으며 내가 좋아하게 된 사람은 주유였다. 적벽대전을 승리로 이끈 최고의 장수이지만 술이 세 순배 돌고 난 후에도 연주가 잘못되면 실수한 악공 쪽을 돌아보았다는 이야기에 반해버렸다. 용맹하고 머리도 좋은데 취향도 빼어나다. "하늘이 나를 내고 제갈량을 왜 또 내었단 말인가" 하고 탄식하는 인간미, 36살 젊은 나이에 원대한 포부를 이루지 못하고 세상을 떠난 드라마틱한 스토리가 이어지며 그야말로 '최애'가 되었다. 《삼국지》의 등장 인물 대부분은 자신이 난세를 정리해야 한다는 책임감을 느낀다. 어지러운 세상을 정리하는 엄청난 일을 왜 굳이 스스로 맡으려 든단 말인가. 그럴 때마다 속으로 '아니라고, 당신들 때문에 백성들이 더 힘들어지는 거라고! 그냥 좀 가만히 있으라고'를 외치곤 했다. 그것이 영웅과 범인의 차이일지도 모르겠다. 하지만 이런 다툼도 결국 다 부질없어서 결국 그 누구도 오래 갈 왕조를 남기지 못했다. "헛되고 헛되니 모든 것이 헛되도다" 하는 말을 저절로 되뇌게 된다.

어려서는 이해할 수 없었던, 죽느냐 사느냐 고민하는 햄릿의 우유부단함도, 거짓말에 넘어가 아내를 제 손으로 죽이고 마는 오델로의 질투도 어느새인가 '그럴 수도 있지' 하고 생각하게 되었다. 불가능한 꿈을 꾸고 이길 수 없는 적과 싸우고 참을 수 없는 슬픔을 참아내는 돈키호테의 무모함에도 공감하게 되었다. 좋은 것과 싫은 것, 절대적으로 옳은 것과 그른 것 사이에 경계가 확실히 나뉘어 있지 않다는 사실을 시대에 따라 새로 해석되는 고전을 통해 확인할 수 있었다. 세월이 흐르며 과학과 기술은 발전했을지 모르지만 인간사는 시대와 공간과 상관없이 늘 눈물 반 웃음 반이다. 어떤 상황이 찾아온다 해도 좋든 싫든 삶은 계속되니 대단한 기대도 심각한 비관도 할 필요가 없다는 것을 책을 통해 배운다. 고전이 모두 다 위대한 것은 아니고 반드시 다 읽어야 하는 것은 아니지만 제목만 읽기에는 아쉬운 책들이니 일단, 숨 한 번 크게 쉬고 책장을 넘겨본다. 어느

그때의 순간을 길어와
삶의 에너지로

정도 읽었는데 여전히 재미없고 지루하고 더 읽고 싶지 않다면 그때는 책장을 덮고 다른 책으로 넘어가면 된다. 고전의 장점 중 하나는 이미 고전으로 불리는 책이 셀 수 없이 많이 나와 있다는 것이므로.

《일리아스》, 호메로스, 이상훈 옮김, 동서문화사, 2016
《오디세이아》, 호메로스, 이상훈 옮김, 동서문화사, 2016
《지금, 호메로스를 읽어야 하는 이유》, 애덤 니컬슨, 정혜윤 옮김, 세종서적, 2016
《삼국지》, 나관중, 이문열 편역, 민음사, 2002

외국어, 나이 들어 키우고 싶은
지성의 근육

우리 세대를 가장 괴롭힌 것 중 하나가 바로 영어가 아닐까. 내신은 물론 수능에서의 엄청난 배점을 생각해볼 때 영어를 못하면 대학 가기가 어려워진다. 취직 때가 되면 토플, 토익 점수를 잘 받기 위해 수험생처럼 공부를 하고 해외 연수를 떠나기도 한다. 입사한 후에도 승진을 위해 학교 때보다 더 열심히 학원을 다니기도 한다. '글로벌 경쟁력'을 외치며 영어로 사람을 괴롭히더니 이제는 중국어까지 할 수 있어야 한다고 세상이 우리를 들볶는다. 태어나 자라면서 서너 가지 외국어를 자연스럽게 익히는 유럽 사람들이 얼마나 부러운지 모르겠다. 학교와 직장의 일방적인 강요로, 필요로 외국어를 공부해야 했던 시절과 작별하니 오히려 외국어의 의미가 궁금해졌다. 도대체 왜 우리는 외국어를 공부해야 할까?

엄청난 지식과 정보가 하루가 다르게 쏟아지는 요즘, 영어와 중국어를 하면 접근할 수 있는 콘텐츠 양이 방대해진다. 2018

년 말 기준으로 인터넷상에서 가장 자주 사용되는 언어를 살펴봤더니 영어(25.2%), 중국어(19.3%), 스페인어(8.1%), 아랍어(5.3%), 포르투갈어(4.1%), 인도네시아어·말레이시아어(4.1%), 프랑스어(3.2%), 일본어(2.9%), 러시아어(2.5%) 순이었다(Internet World Users by Language; https://www.internetworldstats.com/stats7.htm). 인터넷 상에서 한글로 쓰인 정보는 1퍼센트 미만에 지나지 않는다니 놀랍고 또 슬픈 일이다. 양도 양인데 콘텐츠의 질에서도 문제가 된다. 가장 많은 사람들이 사용하고 비즈니스와 학문과 예술 분야에서도 기본이 되는 언어로서의 위치다 보니 영어로 된 문서를 읽고 파악할 수 있다면 최신의, 가장 정확한 정보를 확인할 수 있다.

유치원에서부터 영어를 공부하고, 있는 돈 없는 돈 끌어모아 언어 연수를 가기도 하고 다달이 레벨테스트를 보며 학원에 다녀도 실력이 늘지 않는 것은 영어를 생활에서 사용할 기회가 거의 없기 때문이다. 외국어를 잘 하려면 그 언어로 듣고 쓰고 읽고 말하는 환경을 만들어야 하는데 예전보다는 훨씬 배우기 쉬운 환경이 되었다고 해도 여전히 내 사고 체계를 외국어로 변환해 작동시키기란 쉽지가 않다. "요즘 같은 때에 번역기를 사용하면 웬만큼은 이해할 수 있잖아"라고 하실지도. 하지만 구글 측에서도 "구글 번역 서비스는 '완벽함'을 목표로 삼는 대신 효율성을 높이고 있다"고 말하지 않는가. 우리가 AI 혁명의 완성을 기다리며 눈앞에 놓여있는 승진과 창업과 성공의 기회를 보류할 수는 없는 일이기도 하고.

여기 로버트 파우저라는 대단한 사람이 있다. 미국에서 태어나 고등학생 때 일본에 두 달 머문 것을 계기로 일문학을 전공하게 되었는데 시간 될 때마다 멕시코와 스페인, 일본, 한국 등을 여행하며 그 나라 언어와 친해졌다. 대학을 졸업한 후 한국으로 와 한국어를 배웠고 미국으로 돌아가 언어학을 공부하며 라틴어와 북미 원주민 언어를 배웠다. 대학원 졸업 후 다시 한국으로 와 대학에서 영어를 가르쳤는데 이 과정에서 독일어와 한문, 중세 한국어까지 공부했단다. 다시 아일랜드 더블린에서 박사 과정을 하며 이번에는 프랑스어를 익혔고 지금은 '독립학자'로 언어, 문화에 관련한 책을 쓰고 있다. 그가 공부하고 익힌 언어를 소개하는 데만도 숨이 찰 지경인데 어떻게 이 많은 언어들을 다 구사할 수 있었을까? 외국어에 관한 아주 근원적인 의문을 살펴본 그의 책 《외국어 전파담》은 급기야 처음부터 끝까지 한국어로 쓴 책이다. 태생적으로 익힌 언어가 아닌, 성인이 되어 공부한 다른 나라 언어로 이렇게 재미있고 두툼한 책을 쓸 수 있다는 사실만으로 외국어라면 지긋지긋한 숙제로 여기는 우리에게 큰 자극이 되어준다.

부제에 나온 대로, 르네상스를 거쳐 근대국가의 형성과 식민

그때의 순간을 길어와
삶의 에너지로

지주의, 산업혁명과 제국주의 팽창의 시기, 20세기로 이어지는 역사에 있어서 '외국어는 어디에서 어디로 누구에게 어떻게 전해졌는가'를 탐구한 이 책은 외국어라는 안경을 쓰고 보는 세계사라는 생각이 들만큼 재미있다. 아주 오래 전, 이동이 쉽지 않아 다른 언어를 사용하는 사람을 만날 일이라고는 거의 없으니 말을 배울 필요는 없었고 외국 문자를 배우는 것이 전부였을 시대가 꽤 길었다. 이때의 외국어란 새로운 문명과 지식을 전해주는 문서, 책의 해독을 위한 수단이었는데 문자 자체가 소수의 전유물이던 시대였으니 외국 문자를 안다는 것은 얼마나 큰 권력이자 특권이었을까.

힘 있는 국가의 언어가 힘없는 국가에 강제로 전파되고 초강대국이 등장하면서 그 나라의 언어가 세계 공용어로 위력을 더해갔다. 외국인을 만나 이야기를 나누고 외국의 문학 작품이나 영화를 조금 더 빨리 쉽게 이해하는 데 도움이 되는 것이 외국어라고 생각했던 것이 얼마나 순진한 생각이었는지. 온 세상을 연결시켜줄 하나의 공용어를 꿈꾸기도 하고 인공지능을 통해 자유로운 의사소통이 가능할 것이라고 기대를 하기도 하지만 언어란 권력 관계를 가장 잘 보여주는 지표였고 앞으로도 그럴 것이다. 이런 전제를 이해하지 못한다면 외국어를 배우고 익히는 것은 그 권력의 구조를 더 단단하게 만들어줄 뿐이 아닐까.

헝가리 출신의 통역사 롬브 커토 역시 16개 언어를 구사하는 다중언어 구사자다. 어려서 외국어에 관심이 있었고 학생시절 독일어와 프랑스어를 배웠지만 성적은 썩 좋지 않았고 화학을 전공해 박사 학위를 받았다. 불경기였던 1930년대 초반의 헝가리, 확실하고 꾸준한 돈벌이가 될 수 있다는 이유로 영어를 가르치는 일에 용감하게 나서서 학생보다 아주 조금 나은 수준에서 골즈워디의 소설을 읽으며 영어를 익혔다. 그 후에는 러시아어를 배웠고 부다페스트 시 관광국장이 된 후에는 루마니아어, 중국어, 폴란드어, 체코어, 이탈리아어, 스페인어, 일본어로 영역을 넓혀나간다. 파우저 교수가 탐구한 외국어의 정치적, 역사적 의미와 좀 다르게, 세상 모든 언어를 배우고 익히는 실질적인 조언이 필요하다면 그가 쓴 책 《언어공부》를 읽어야 한다.

누구나 다 알지만 외국어를 확실하게 배우려면 일단 그 언어권에서 태어나는 것이 최고다. 그 다음은 어린 시절에 그 언어권에서 사는 것. 여기까지야 복 받은 경우이고, 그 다음 단계로 어느 정도 자라 성인이 되어서 낯선 언어를 공부하려면 일주일에 두 시간 이상 4~5년 넘게 부지런히 투자할 수밖에 없다. 수영이나 자전거 타기는 한 번 익혀 놓으면 평생 어느 정도는(약간의 워밍업 시간이 필요하다고 해도) 익숙한데 외국어는 늘 사용하지 않으면 엄청나게 빠른 속도로 잊어버리게 된다. 별 수 없이 지루하고 답답한 반복과 훈련을 통해 망각과 싸워야 한다.

스무 살 넘어 본격적인 외국어 공부를 시작했다는 이 분은 새로운 외국어를 익힐 때 일단 두터운 사전을 한 권 구한다. 단어를 찾기 위해서가 아니라 사전을 통해 글자 읽는 법을 익히기 위해서다. 그냥 사전을 훑어보고 찬찬히 읽어나가는 이 단계를 커토는 '언어의 맛을 시식한다'고 표현했다. 그 후에는 교재를 하나 사서 열심히 문제를 풀고 정답을 확인해 가는데 이 과정이 지루하니 그 언어로 된 희곡이나 단편 소설을 산다고. 글로는 이해할 수 있지만 구어 이해력이 저절로 늘지 않기 때문에 그 언어가 어떻게 발음되는지 알기 위해 뉴스처럼 간단한 방송을 찾아 듣는다. "외국어는 성곽이다. 전방위에서 포위하는 것이 바람직하다"며 신문, 라디오, 영화, 논문, 교재, 소설책, 방문객, 해외여행 등 가능한 모든 수단을 이용하라고 충고한다. 이게 간단한 일인가 의기소침했다가 바로 이어지는 "엉성하게 배워도 알아두면 좋을 만한 것이 언어밖에 없다"는 위로에 다시 기운을 차린다. 아마추어 의사는 환자의 생명을 위험하게 할 것이고, 아마추어 연주자의 연주는 듣는 사람에게 고통을 주겠지만 완전치 않은 외국어를 구사하며 애쓰는 사람에게는 주위의 도움과 격려가 함께할 것이라는 응원을 잊지 않는다.

외국어를 공부하는 방법은 여러 가지가 있겠지만, 학원 가기도 귀찮고 외국 사람과 말할 기회라고는 가끔 가는 출장이나 미팅, 여행 말고는 없는 나에게는 시간 날 때마다 조금씩 영어로 된 책을 한국어로 옮기는 번역이 그나마 잘 맞았다. 20여 권이 넘는 책을 한국어로 옮겼는데 지금도 번역한 책이 출간되기 전이면 악몽을 꾼다. 두세 페이지를 빼놓고 번역하는 바람에 글이 이어지지 않아 독자들의 항의가 빗발치거나 번역한 원고가 갑자기 날아가 버리는 황당한 내용이 대부분이다. 모국어가 아닌 외국말이 주는 스트레스 때문인 것 같다. 같은 내용이라도 한국어로 쓰인 책은 빨리 대충 건너뛰며 읽어도 대략적인 내용을 이해할 수 있다. 하지만 외국어로 쓰인 책은 시간도 훨씬 많이 걸리고 한 페이지를 이해하지 못하면 그 다음 페이지로 넘어갈 수가 없다.

오래 전 《예수와 소크라테스에 대한 성찰》을 번역하면서는 나와 전혀 거리가 멀었던 서양철학과 종교에 관한 각종 자료를 읽을 수밖에 없었다. 중요한 개념과 사용하는 단어를 익히기 위해 졸업 후 절대 가지 않던 모교 도서관과 국립도서관까지 찾아가 관련 개론서를 읽고 모르는 부분을 확인해야 했다. 지금도 여전히 철학이나 종교학은 잘 모르지만, 이 책을 번역하기 전과 후의 나는 분명히 조금은 다른 사람이다. 외국어를 공부하다 보면 한국어 공부도 하게 된다. 번역은 저자의 그림자가 되는 일, 자신이 평소 생각하고 글 쓰던 방식을 접어놓고 작가의 문체와 표현에 신경을 써야 한다. 레이첼 카슨의 《침묵의 봄》과 《바닷

그때의 순간을 길어와
삶의 에너지로

바람을 맞으며》를 번역하면서 '이렇게 글을 쓸 수 있다면 참 좋겠다'고 몇 번이나 생각했다. 내 글은 엉망으로 써도 남이 잘 쓴 글은 망칠 수 없기에 한국어로 옮기며 훨씬 많이 고민하고 공을 들인다. 내용을 잘 모르겠다고 마음대로 몇 페이지 떼어먹고 할 수도 없어서 머리를 쥐어뜯으면서도 한 줄 한 줄, 한 페이지씩 넘기며 꾸역꾸역 마쳐야 한다. 버티고 앉아 끝을 보는 연습을 하는 데 이보다 나은 훈련이 없는 것 같다. 이렇게 익힌 영어 문해력, 무언가를 계속 쓰는 인내심, 끝을 보겠다는 투지가 내 인생에서 언젠가 활약하지 않을까 싶긴 한데, 이미 이 나이가 되어버린 상황에서 솔직히 그게 도대체 언제인지는…… 저도 잘 모르겠습니다만.

그래도 여전히 외국어는 힘들다. 실제 영어로 이야기하거나 글을 써야 하는 순간이면 머릿속이 하얗게 된다. 한국어로는 민주주의의 가치를 설명할 수 있고 오늘 나의 미묘한 기분 변화를 거의 나노 단위로 나눠 표현할 수 있는데 외국어로 말하는 순간 5세 정도의 지적 수준으로 돌아가 "나 이거 좋아" "밥 먹고 싶어" 같은 간단한 문장을 이어 붙이게 된다. 말을 알아들을 수 없고 잘 할 수 없다면 가지 말라는 곳에 들어가게 되고 내 진짜 생각을 전하지 못해 무식하고 무례한 사람이 되어버려서 좌절하기도 한다. 그래서 외국어 공부를 해야겠다는 다짐을 중학교 1학년 이래 매년 새해 계획에 포함시킨다. 달라진 게 있다면 공부의 목적이다. 예전에는 성적을 잘 받기 위해, 대학에 가기 위해, 취직을 하기 위해, 직장에서 인정을 받기 위해서였다면 요즘은 그냥 살아가며 내 모국어가 아닌 다른 나라의 언어를 익히는 것도 재미와 보람이 있겠다 싶어서다. 영어나 일본어처럼 많은 사람들이 사용하고 관련한 연구와 기회가 많은 언어도 좋겠지만 몽골어와 헝가리어, 덴마크어처럼 내 인생에 아무런 접점이 없는, 완벽하게 낯선 언어라도 좋을 것 같다. 내 머릿속에 전혀 움직이지 않던 어떤 부분을 자극해 단어도 구조도 문법도 전혀 다른 언어를 구사하며 새로운 지적 근육을 만들어볼 수 있지 않을까. 어디에 쓸지 모르는 일을 해 보는 것, 먹고사는 데 큰 도움이 안 되는 일을 하는 것, 쓸모없어 보이는 것의 쓸모를 찾는 것이 진짜 어른의 유희이자 고급스러운 지적 활동이니까.

《외국어 전파담》, 로버트 파우저, 혜화1117, 2018
《언어공부》, 롬브 커토, 신견식 옮김, 바다출판사, 2017

동세대 작가의 소중함

"밀레니얼 세대를 이해해야 시장의 승자가 된다."

어딘지 익숙한 이야기다. 해방둥이, 58년 개띠, 386세대……. 무어라 이름 붙이건 세대론은 늘 관심을 끈다. 굳이 세대로 말하자면 나는 'X세대'라 할 수 있다. '나는 나, 나 하고 싶은 대로 산다'가 모토라는 X세대는 해외여행 자유화와 연수의 기회를 처음으로 누렸으며 아날로그에서 디지털로의 전환을 목격했다. 새로운 기회를 누린 세대였던 동시에 이래저래 미움 받는 세대이기도 했다. 사회의식 없이 사는 것들이라고 마지막 운동권인 선배들로부터는 무시당했고, 언론은 물질만능주의에 빠진 오렌지족이라며 비아냥거렸다. 성장의 마지막 햇살을 누린 운 좋은 세대라며 IMF의 직격탄을 맞은 후배들은 눈을 흘겼다. 환경이야 조금씩 다르겠지만 어느 세대라고 그저 좋기만 할까. 어떤 세대나 그렇듯이 그 나름의 즐거움이 있고 그 나름의 고난이 있다. 그래서 '동세대'가 중요해진다. 그중 누군가가 나를 대신해서 글을 통해 세상을 설명해 준다면 더욱 그럴 것이다.

《가면을 가리키며 걷기》로 문학상을 받은 소설가 김연수는 내가 일하던 잡지에 합류해 한동안 함께 일을 했다. 그가 이때를 떠올리며 쓴 글을 읽은 적이 있는데 당시 함께 일하던 우리 동갑내기 기자들을 "독수리 같은 여자 동기들"이라고 표현해서 한참 웃었다(연수 씨, 설마 나는 아니겠지? 나는 그때 비둘기처럼 순했다고⋯⋯). 그의 사인이 들어 있는 《7번국도》와 《굿빠이, 이상》을 선물받을 때만 해도 나는 그가 글 잘 쓰는 멋진 기자로 계속 일할 줄 알았다. 하지만 그는 전업 작가가 되었고 이후 그가 발표한 모든 책은 내 서가에 차곡차곡 쌓여갔다. 따뜻하면서 세련된 그의 글을 읽는 것은 즐거운 일이었다. 김연수의 《사랑이라니, 선영아》라는 제목에서 지난 추억을 떠올릴 수 있다면 당신 역시도 나의 친구일 것이다. 버스와 길가 담벼락에 선명한 삐라처럼 나붙었고 텔레비전을 온통 휘감았던 '선영아, 사랑해' 광고를 비틀어 제목으로 삼은 이 소설은 소위 말하는 X세대 언저리에 있던 사람들의 불안하고 지리멸렬한 연애를 그리고 있다. 소설에 나오는 대로 '한 여자보다 닭고기에 대한 사랑이 더 오래가는' 인물이 바로 우리였다.

사랑이 입을 열면, 그 안에서 우리는 자신의 정체성을 발견한다.

그때의 순간을 길어와
삶의 에너지로

그게 우리가 할 수 있는 최선의 사랑이다. 사랑을 통해 자신이 누구인지 알게 됐다면 거기서 멈춰야 한다. 너무 사랑하지 말아야 한다. 즉 너무 알려고 하지 말아야만 한다. 너무 사랑한다는 말은 상대방의 정체성마저 요구하는 일이다. 그건 무방비 도시의 어둠을 살아가는 현대인에게는 너무 무리한 요구다. 현대적인 사랑의 방식이란 우리가 절대로 알지 못하는 게 있다는 걸 받아들이는 일이다. p.90 《사랑이라니, 선영아》

같은 시대를 산 덕에 그의 소설을 통해 나의 시간을 되돌아보게 된다. 젊은이들의 분신에 유서대필 사건과 총리 계란 투척 사건이 이어지던 1991년 5월. 80년 5월의 광주나 87년 6월처럼 사람들의 기억에 깊이 남지 못했던 그 시대의 이야기가 김연수의 《네가 누구든 얼마나 외롭든》 덕분에 우리 곁에 남았다. 그것 하나만으로도 나는 그가 고맙다. 나도 잊고 살 뻔했던 우리 젊은 날의 이야기였으니까. 산문도 잘 쓰는 이 작가는 《청춘의 문장들》 서문에서 "서른 살이 되면서 나는 내가 도넛과 같은 존재라는 걸 깨닫게 됐다. 빵집 아들로서 얻을 수 있는 최대한의 깨달음이었다. 나는 도넛으로 태어났다. 그 가운데가 채워지면 나는 내가 아닌 다른 사람이 되는 것이다"라고 이야기했다. 그가 가끔 들려주었던 김천 빵집의 추억 덕분에 이런 사소한 구절도 특별하게 기억된다. 이상문학상 수상을 축하하느라 통화하며 그에게 "함께 일했던 동료 중 가장 유명해진 사람"이라고 했던가, "내가 아는 유명 작가 중에 가장 친한 사람"이라고 했던가 잘 기억나지 않는다. 소설을 읽을 때마다 짧은 시간 함께 일했던 오래 전 기억을 더듬어 자꾸 퍼즐을 맞춰보려는 건 그가 기억하는 것이 내가 기억해야 하는 것이고 우리 또래가 기억해야 하는 것이기 때문일 것이다.

여기에 한 사람 더. 기자로 일하며 인터뷰 대상을 선정할 때면 일단 내가 좋아하고 관심 있는 사람을 후보로 밀어넣게 된다. 관심도 없고 좋아하지 않는 사람을 섭외해 긴 시간 이야기하고 그의 사진을 찍고 원고를 써서 독자에게 읽도록 만들기란 쉽지 않기 때문이다. 각 분야에서 앞으로 기대가 되는 여성을 인터뷰하자는 기획회의에서 나는 미친듯이 "한강, 한강!" 하고 외쳐댔다. 《여수의 사랑》과 《내 여자의 열매》를 읽으며 이 소설을 쓴 사람이 정말 나와 동갑일까, 무슨 생각으로 이런 이야기를 만들어내나 궁금해 죽을 지경이었다. 그가 사는 아파트 앞 놀이터에서 인터뷰를 하면서 오랫동안 팬이었다고 말하지 못한 것은 두고두고 아쉬웠다(인터뷰 후 거의 20여 년이 되어가는데 이 자리에서 지면을 빌어 뜬금없는 고백이라니!). 시간이 많이 흘러 《채식주의자》가 맨부커 인터내셔널상을 받게 되었을 때는 축하하는 마음인 동시에 좋아하던 작가를 다른 수많은 독자와 나

그때의 순간을 길어와
삶의 에너지로

누어야 한다는 사실에 뭔가 서운하기도 했다. 그가 쓴 다른 소설은 가까이 두고 자주 다시 읽지만 그렇지 못하는 한 권이 바로 《소년이 온다》다. 나에게 1980년 5월의 기억은 수군거리는 사람들의 낮은 목소리로 남아있다.

"광주에서 아주 난리가 났대요. 군인들이 들어가서 시민을 쏴서 엄청나게 많은 사람들이 죽었다네."

할아버지가 동네 어른들과 목소리를 낮추고 비밀스럽게 이야기를 주고받았는데 무슨 일이었는지 한참 지나서야 알게 되었다. 그 후로는 '큰 문제없이 살아왔어' 라고 말할 수 없게 되었다. 우리의 일상은 평안하지도 무고하지도 않다. 세상에서 어떤 일이 일어나는지 모르는 순진함은 큰 죄라는 사실을 나중에 깨달았다. 나와 같은 나이에 이 사건을 만난 한강은 광주에서 살다 이 일이 일어나기 직전 서울로 이사를 왔다고 했다. 그에게 광주란, 정리하지 않으면 다음으로 나아갈 수 없는 가슴 아픈 숙제였을 것이다.

아니요, 쏘지 않았습니다. 누구도 죽이지 않았습니다. 계단을 올라온 군인들이 어둠 속에서 다가오는 것을 보면서도, 우리 조의 누구도 방아쇠를 당기지 않았습니다. 방아쇠를 당기면 사람이 죽는다는 걸 알면서 그렇게 할 수가 없었습니다. 우린 쏠 수 없는 총을 나눠 가진 아이들이었던 겁니다. p.117 《소년이 온다》

이 일을 직접 당하고 목격한 사람도 있고 들춰보기에는 마음이 너무 아픈 자료들을 살피며 소설을 쓴 작가도 있는데 그 기록을 읽어낼 정도의 용기도 없다면 나는 정말 한심한 인간일 것 같았다. 인간 본연의 어리석은 잔혹함을 대면하지 않으면 또다시 이런 일이 일어날지도 모르니 눈을 피하지 말고 알아가는 것이 독자인 나의 의무였다.

이 책을 꼭꼭 눌러가며 읽어야 했던 이유가 하나 더 있었다. 《소년이 온다》를 읽기 전 아이들을 태운 배가 바다에 가라앉았다. 한창 잡지 마감 중인 4월 16일 아침이었는데 수학여행 떠나는 아이들이 탄 배에 문제가 생겨 구조 작업이 진행 중이라는 뉴스 속보를 들었다. '그나마 다행이다' 하며 가슴을 쓸어내리며 점심을 먹는데 앞에 놓인 밥이 줄어드는 동안 새로 전해진 뉴스는 내가 알던 내용이 아니었다. 구조 같은 건 없었다. "모든 사람들이 안다. 배는 물이 새고 있고, 선장은 거짓말을 했고, 가난한 자는 더 가난해지고 부자는 더 부자가 된다는 것을." 레오나드 코헨이 불렀던 노래 '에브리바디 노우즈Everybody Knows'의 가사가 눈앞에 펼쳐지고 있었다.

광주와 세월호는 우리 영혼에 어둡고 진한 그림자를 남겼다. 해가 떠 있는 동안에는 안 보일지 모르지만 사라지는 일 없이 나와 늘 함께할 것임을 알고 있다. 대한민국 역사상 가장 여유롭고 운이 좋았다는 X세대의 나는 어려서 광주에서 수많은 시민들이 총에 맞았다는 이야기를 들었고 건대 사태 때 전경과 최루탄을 피해 도망치던 학생들이 세수할 수 있도록 엄마가 커다란 들통에 물을 가득 채워 마당에 내놓는 것을 보았다. 직장을 구한 후에는 무너져버릴 성수대교를 건너 삼풍백화점에 촬영 소품을 빌리러 다녔고 금융 위기로 기업이 도산하고 직장인들이 벼랑으로 내몰리는 것을 목격했으며 아이들을 태운 배가 침몰하는 뉴스를 실시간으로 보았다. 운이 좋은 세대가 이 정도라면 운 나쁜 세대는 도대체 무얼 보게 되는 것일까. '이 나라 역사상 가장 자유로운 세대' 따위의 수식어는 다 뭐람. 증오와 분노를 조장하는 노회한 정치가들도 한때는 장미빛 뺨을 자랑하던 이상주의자였다. 가장 앞장서서 진보주의를 외치던 사람이 몇십 년 세월이 흐르는 동안 최고의 보수주의자가 되는 것을 확인했으며 한 극단이 또 다른 극단으로 향하는 것을 목격했다. 사람은 변하고 세상도 변하는 거였다.

나이 들면 트로트 대신 이문세 2집을 그리워할 세대, 샴페인을 딴 것까지는 좋았는데 너무 빨리 따버려서 그 뒤처리가 더욱 슬픈 세대. 어떻게 변해갈지 모르는 이야기는 우리 세대 작가들에 의해 성실하고 냉정하게 기록될 것이다. 앞선 세대에게 박완서나 이문구나 오정희 같은 작가가 있었다면 나와 내 또래에게는 김연수와 한강이 있다. 그러니 두 분은 다른 걱정 말고 얼른 많은 이야기를 펼쳐 놓으시라. 킬킬 대고 웃건 입술 깨물고 눈물을 삼키건 읽을 준비는 항상 되어있으니.

《사랑이라니, 선영아》, 김연수, 문학동네, 2015
《소년이 온다》, 한강, 창비, 2014

그때의 순간을 길어와
삶의 에너지로

Chapter 3

매일 아침,
두근두근 대며

책이라면, 만질 수 있어야 한다. 아주 두껍거나 아주 얇아야 하고, 아름다운 표지에 멋진 사진이나 그림이 들어가 있어야 한다. 한 장씩 서서히 넘기거나 한 손에 잡고 팔랑거리며 죽 훑어볼 수 있어야 한다. 모서리를 접어놓기도 하고 줄을 치고 메모를 하며 졸릴 때에는 베고 잤다가 가끔은 뒤집어서 냄비 받침으로도 쓸 수 있어야 한다. 전자책이 아무리 대중화되었다고 해도 서가에 꽂힌 책등을 쓱 훑어보는 즐거움을 대신할 수는 없다.

여행 가방에 넣어가는 책 한 권

25년 동안 일을 계속한 데에는 여러 가지 이유가 있겠지만 현실적인 이유를 든다면, 하나. 내가 하고 싶은 것을 하기 위한 돈이 필요했기 때문이다. 그중 가장 높은 비중을 치지한 것은 여행. 어디로 떠나건 교통과 숙박과 구경과 허기를 해결하는 데에는 돈이 많이 든다. 여행에서 돈을 잔뜩 쓰고 돌아와 그 카드 빚을 갚아야 하고 어느 정도 해결했다 싶으면 다시 여행을 가는, 선순환인지 악순환인지 확인할 수 없는 쳇바퀴 속에서 가본 곳의 리스트는 길어졌고 근속 연수 또한 길어졌다.

출장이 많은 기자 일이다 보니 내 돈 쓰지 않고 여행 다닐 수 있어서 좋겠다고 하는데, 일은 일이지 절대 여행이 될 수 없다. 이미 빡빡하게 정해져 있는 일정, 참석해야 하는 공식 행사들이 이어지고 짧은 시간 내에 일을 끝내야 하니 사무실에서 일할 때보다 더 힘들다. 세상은 공평해서 내 시간을 내고 내 돈을 써야 즐겁고 신나는 진짜 여행이다. 이런저런 예기치 못한 일이 생기고 마감이 그 어떤 일보다 우선하다 보니 친구들과 일정 맞추는 것도 쉽지 않아 결국 자주 혼자 여행을 하게 되었다.

여자 혼자 가는 여행은 신경 쓸 일이 많다. 강박적으로 몇 번이나 확인하며 안전에 신경 쓰고 조심하게 된다. 맛있는 음식을 여러 가지 먹고 싶어도 혼자이니 불가능하다. 그럼에도 자꾸만 여행을 떠나려는 내 마음은 어떤 상태였을까. 현실에 만족한 듯 보이지만 현실에서 달아나려는 사람. 여기저기 속해있지만 어디에도 속하지 못하는 사람, 가족과 친구들 속에서 안심하면서 자주 혼자가 되기를 꿈꾸는 사람. 20~30대의 불안함은 현실에 대해 의문을 갖게 만들었다. 여기에 있어야 하나, 계속 이렇게 사는 것이 맞나. 답이 안 나오니 머무는 곳을 바꿔보는 수밖에. 떠나서 길바닥에 나앉아보는 수밖에.

다른 사람의 여행기를 잘 읽지 않는 것은 멀고 근사한 곳을 먼저 다녀온 사람에 대한 시샘이 작용하기 때문이다. 여행을 책으로 이해하는 것은 음식을 메뉴판으로 이해하는 것과 마찬가지여서 직접 온몸으로 경험해보지 않은 채 듣고 읽는 이야기만으로는 공허하다. 그 어느 때보다 떠나기 쉬운 요즘이다. 나침반과 지도를 챙길 필요도 없다. 휴대폰 로밍을 하면 아무리 낯선 곳이라고 해도 완벽하게 길을 찾을 수 있고 필요한 거의 모든 정보를 쉽게 얻을 수 있다. 이런 세상에서 여행을 위한 가이드북이 뭐가 필요하겠냐고 할 수 있겠지만 현실은 조금 다르다. 우리가 필요로 하는 것은 단순한 정보가 아니라 길을 떠나게 만드는 유혹과 자극이다. 이름도 낯선 도시를 먼저 다녀온 사람들의 사소한 발견과 깨달음이 담긴 문장 한두 개만으로 우리는 서둘러 휴가를 내고 비행기표를 끊게 된다. 지금도 하루가 멀다 하고 다양한 형태의 여행 책이 새로 나오는 것도 그래서일 것이다.

　나라별, 도시별, 상황과 주제별로 수많은 가이드북이 나오지만 나에게는 단 한 권이면 충분한 책이 있다. 2003년 미국에서 출간되었고 2006년 한국에도 소개된 《죽기 전에 가봐야 할 1,000곳(1000 PLACES TO SEE BEFORE YOU DIE)》은 저자 패트리샤 슐츠가 7년간의 준비를 거쳐 5대양 6대주의 많은 나라와 도시, 섬 등 누구나 아는 관광 명소부터 아주 작은 시골 마을까지 위치와 가는 법, 주요 숙소와 레스토랑, 관광지와 체험을 정리해 놓은 책이다. 직접 수십 번에 걸쳐 여행을 다니며 확인을 하는 것은 물론 자기만큼이나 여행을 좋아하는 사람들의 추천을 받아 가능한 모든 자료를 모았다. '이 세상이 가진 신비, 완벽함, 놀라움과 유산'을 기준으로 여행지를 선정해 소개하는데 어떻게 1000곳이 넘는 여행지를 그토록 정확하게 요약해 정리할 수 있는지 놀랍다. "여행지 1000곳을 채우는 것이 아니라 1000곳으로 줄이는 것이 문제였다"고 하니 여행에 대한 그의 열정이 얼마나 강렬한지 확인할 수 있다.

여행을 준비할 때면 가장 먼저 이 책을 펴서 어딜 가서 무얼 할지 아이디어를 얻는다. 하도 오래 들춰보아서 겉이 너덜거리고 책등도 갈라지기 직전이다. 여행이야말로 식성만큼이나 극히 개인적인 것이라 누군가에는 최고의 보석 같은 곳이 다른 누군가에게는 고려의 가치가 없는 곳이 되기도 한다. 이 책을 기준 삼아 지난 10여 년 넘게 여행을 하면서 책에 소개된 곳을 방문해서 후회하거나 실망한 적은 한 번도 없다. 이 책이 완벽해서가 아니라 저자와 취향이 비슷해서일 것이다. 이 책의 도움이 없었다면 아일랜드 골웨이의 아름다운 숲 속 호숫가에 자리한 '델파이 롯지Delphi Lodge'에서 노련한 낚시꾼 할아버지들에게 인생의 진정한 가치에 관해 이야기를 듣지 못했을 것이다. 핀란드의 디자이너 알바 알토가 1937년에 디자인한 헬싱키의 '사보이Savoy' 레스토랑에서 마르스키 칵테일을 마시는 경험도 하지 못했을 것이다.

오늘날의 세상은 20~30년 전보다 훨씬 더 좁은 곳이 되었다. 아무리 먼 곳도 직접 가볼 기회가 점점 늘어나고 있다. 낯설고 익숙하지 않고 그래서 큰 자극과 발견의 계기가 되는 여행은 우리를 계속 매혹시킨다. '최고의 여행 가이드는 우연'이라고 하는데 그 도시를 가장 잘 알고 있는 사람의 안내를 따라가는 특별한 경험 역시 우연한 기회에 이루어진다. 2013년 봄 포르투갈 리스본으로 여행을 가서 유명한 레스토랑 '벨칸토'에서 저녁 식사를 했다. 1958년 문을 연 리스본의 대표 레스토랑으로 젊고 야심 넘치는 주제 아빌레즈가 헤드 셰프로 오자마자 미슐랭 스타를 받아 유명해졌는데, 디너 메뉴가 조금 독특했다. 멋진 종이에 아름다운 서체로 '사냥 후 숲 속에서' '알을 낳는 닭들의 정원'이라는 문구가 써 있었다. 나중에 셰프가 직접 나와 설명해 주었는데 이 메뉴 이름은 작가 페소아의 시구에서 따왔단다. 아빌레즈 셰프가 가장 좋아하는 작가이자 포르투갈의 자랑인 페소아가 레스토랑 바로 건너편 건물에서 태어났다는 것을 알게 돼 메뉴를 구성하면서 그의 작품이 준 영감을 반영했다는 것이다.

페소아라는 작가의 이름을 들어본 적이 없어서 저녁 식사를 마치고 바로 서점으로 가서 찾아낸 책이 바로 《페소아의 리스본》이었다. 평생 70개를 웃도는 이명異名을 사용해 문학적 인물들을 창조하고 수많은 자아를 각기 다른 언어와 스타일로 표현했던 그는 생전에 크게 조명받지 못했다. 사망하고 나서 수만 장의 원고가 방에 놓여있던 궤짝에서 발견되었고 이후 연구자들의 노력으로 분류와 정리를 통해 책으로 묶여 나오게 된다. 그 궤짝 안에 리스본에 대한 원고 뭉치도 들어있었다. 페소아 탄생 100주년이었던 1988년 극적으로 발견된 이 원고 뭉치

는 전문가들의 정리를 통해 《페소아의 리스본》이라는 제목의
작고 얇은 책으로 출간되었다. 리스본 전체를 하루에 둘러보
는 방식으로 구성된 가이드북이다. 그의 또 다른 저서 《불안의
서》에서는 "여행이 무슨 의미가 있는가? 모든 석양은 다 같은
석양"이라고 여행이 의미 없다고 적었지만 그는 외국인들에게
포르투갈과 리스본의 역사와 매력을 알리고 싶어 어쩔 줄 몰라
했던 것 같다. 페소아의 안내를 받으면 리스본과 사랑에 빠지지
않을 수 없다. 지역별로 가봐야 할 곳들을 소개하면서 포르투갈
의 역사도 꾹꾹 눌러 담았다. 소설가이자 시인인 페소아의 안
내는 훨씬 더 문학적일 것이라고 생각했는데 이 책은 간결하고
세심하기가 요즘 가이드북 못지않다. 쓰인 지 100년이 가까이
되었지만 시내 곳곳을 둘러보는 데 좋은 길잡이가 된다. 페소아
의 통찰력 때문일까, 아니면 지난 100년간 크게 달라지지 않은
리스본의 부드러운 고집 때문일까.

페소아처럼 가이드북을 쓰지는 않았지만 자신이 사랑하고
평생 머문 도시를 작품에 담은 작가들의 책 한 권은 낯선 도시
에 대한 훨씬 더 좋은 안내서가 된다. 대실 해밋의 탐정소설은
샌프란시스코에 대한 멋진 소개서이며 오르한 파묵을 가이드
삼아 떠나는 이스탄불 여행보다 매력적인 것은 없다. 브루스 채
트윈의 《파타고니아》를 통해서는 세상에서 가장 먼 세상이라

할 수 있는 남미대륙의 끝을 경험할 수 있다. 레이첼 카슨의 우아하고 정확한 산문집을 들고 떠나는 미국 메인 주 해안가, 마쓰오 바쇼의 하이쿠를 확인하며 걷는 일본 여행…… 가이드북이 빨리 가는 법을 알려준다면 이런 책들은 천천히 그러나 더 즐겁게 떠나는 법을 알려주며 우리 혈관 속에 비밀스럽게 흐르던 떠돌이 유전자에 불을 붙인다.

20대건 30대건 40대건 상관없이 막연하게 방랑과 방황이 필요한 시기가 있다. 방황과 방랑을 통해 불안을 느끼고 그 불안을 이겨내고 조금 더 넓은 세상을 만나보려고 노력하는 것이 인간의 본성이다. 내내 안전한 집에, 따뜻한 침대 속에 있다 보니 나도 어느덧 오래된 이불을 닮아가는 것 같았다. 대충 안락하지만 밋밋하고 흐릿하다. 잘 빨아 탈탈 털어 차가운 바람과 뜨거운 햇빛 속에 말려 사각거리는 느낌을 되찾으려면 어디론가 떠나야 한다.

"여행은 편견과 완고함과 좁은 마음에 특효이고 바로 이런 점 때문에 우리에게는 여행이 필요하다. 사람과 사물에 대한 넓고 온전하며 자비로운 시야는 평생 동안을 지상의 한 변방에서 근근이 사는 것으로는 얻어질 수 없다."

미국 작가 마크 트웨인이 이미 한참 전에 했던 경고이자 충고는 바뀐 세상에서도 여전히 유효하다.

《죽기 전에 가봐야 할 1,000곳》, 패트리샤 슐츠, 이마고, 2006
《페소아의 리스본》, 페르난두 페소아, 박소현 옮김, 컬처그라퍼, 2017

책에 관한 책

전생을 믿지는 않지만 만약 전생 비슷한 것이 존재한다면 나는 공부란 걸 해 본 적 없이 까막눈으로 살아 한이 잔뜩 맺힌 노비였거나 분서갱유를 명령한 진시황이었을 것이 확실하다. 그렇지 않고서는 이번 생에서 책 만드는 일을 직업으로 삼은 것으로 모자라 셀 수 없이 책을 사들이고 쌓아놓은 책의 무게 때문에 책꽂이가 휘어 부러지지 않을까, 집 마루가 꺼지지 않을까 걱정하고 책에 쌓이는 먼지로 연신 재채기를 하는 생고생을 할 이유가 없다.

내가 사들인 책은 친정의 오래된 2층 양옥집 계단과 방과 복도를 가득 채우고 있다. 창고에 자리한 과자 박스를 열면 그보다 훨씬 어려서 산 클로버문고와 딱따구리 그레이트 북스, 계림문고와 할리퀸 로맨스까지 들어있을 것이다. 결혼해 살림을 합치면서 책을 다 가져올 수 없어서 가장 자주 보고 아끼는 책들만 골라와 마루와 방 하나를 채웠다. 문득 어떤 책이 생각나고 필요해 서가를 뒤지다가 "아, 친정집에 두고 왔지" 생각이 들 때면 심장 한 쪽이 찌르르 아프다. 내 과거의 일부를 볼모로 혹은 인질로 다른 곳에 남겨 놓고 온 느낌이 들어서다. 그런데 결혼 후 책이 늘어나는 속도가 두 배로 빨라졌다. 남편과 나 두 사람 모두 독서광은 아니어도 매서광, 책 사들이는 귀신이었기 때문이다. 책장에 더 이상 꽂을 자리가 없으니 책상 위, 식탁 위에 잔뜩 올라가고 방바닥에도 쌓인다. 마룻바닥의 무늬가 보이지 않을 정도가 되면 책을 골라서 남편의 사무실 겸 목공 작업실로 가져간다. 조금 덜 사랑하고 덜 자주 보는 책이라며 유배 보내는 기분이 든다. 책들이 눈물을 흘리며 "나를 그 춥고 썰렁한 곳으로 보내지 마세요" 하며 외치는 것 같은 건 기분 탓이겠지.

회사 사무실 서가에는 온갖 잡지와 사전, 참고도서들이 쌓여 있고 패션 브랜드에서 보내준 아트 북, 출판사에서 일하는 친구들이 가끔 보내주는 신간들로 터지기 일보 직전이다. 그런데 여전히 그칠 줄 모른다. 마감하며 원고를 기다리는 동안 열심히 인터넷 서점에서 책을 주문하고 주말에 심심하면 서점에 나가 책을 사고 출장이나 여행길이면 낯선 서점에 가서 외국 책을 사고……. 책 사는 데 들인 돈을 생각하면 집 한 채는 못 사도 방 한 칸은 충분히 살 수 있었을 것이다.

이런저런 책을 사들여 주제별로 정리하는데 정신없고 산만

한 서가에는 책과 독서, 서점과 도서관에 관한 책을 모아 놓은 칸이 있다. 별로 재미있지 않을 것 같은데 그래도 의무감으로라도 읽어야 할 것 같은 고전들을 재미있고 가벼운 요즘 책들 사이에 숙제처럼 끼워서 읽곤 하는데 그때 선택의 길잡이 역할을 해주는 것이 이 칸 제일 처음에 자리 잡고 있는 《평생독서계획》이다. 미국의 유명 편집자이자 작가이자 비평가, 사회자였던 클리프턴 패디먼이 1960년에 발표한 고전 안내서인데 《길가메시》와 호메로스, 공자와 헤로도투스로 시작해 마키아벨리와 세르반테스, 밀턴과 브론테 자매를 거쳐 T.S 엘리엇과 헤밍웨이, 조지 오웰과 카뮈에 이르기까지 133명 작가의 책을 짧지만 냉정하게 소개한다. 이를 테면 《로빈슨 크루소》에 대해서는 이렇게 이야기한다.

> 이 소설의 주인공은 강인하기는 하지만 야비한 자이다. 잘 분석해 보면 이 책의 상업적 도덕은 불쾌한 느낌을 안겨준다. 하지만 이 모든 사실은 이 작품의 매력을 반감시키지 못한다. 이 소설은 완벽한 백일몽이고, 체계적이면서도 자세한 소망 충족이다.
>
> p.185 《평생독서계획》

초판은 서양 고전 위주라 미국 괜찮은 사립대학교 신입생이 교양을 갖추기 위해 읽어야 할 리스트 느낌을 주었다면 1999년 패디먼 사망 직전에 나온 4차 수정판은 세상의 변화를 반영하듯 동양의 고전과 과학에 관련한 책들이 추가되었고 20세기 작가 100명을 '더 읽어야 할 작가'라는 리스트로 보완해 동시대성까지 갖췄다. 평생 읽어야 할 책들 중 나는 얼마나 읽었는지 확인해보며 내가 읽은 느낌과 저자가 설명한 것 사이에 공통점이 있는지, 차이는 무엇인지 생각하게 된다.

위대한 작가들을 잘 알고 있다면 길을 잃었다는 느낌을 갖지도 않을 것이고 당황하지도 않을 것이다. 여기 이 순간의 세상에 집착하는 예속으로부터 벗어날 수 있다.

p.11《평생독서계획》

책을 많이 읽는다고 좋은 사람이 되지는 않겠지만 패디먼의 말처럼 좀 나은 사람이 되는 데에 책이 나름의 도움을 주는 것은 확실하다. 길고 지루한 고전을 묵묵히 읽어내는 것만이 애서가의 미덕이라 할 수는 없겠지만 쉽게 친해지지 않는 고전을 핵심요약 정리해주고 그 김에 책까지 구해 펴들게 만드는 지적이고 힘 있는 가이드다. 수많은 고전을 다 못 읽는다 해도 이 책을 통해 살짝 맛이라도 볼 수 있으니 다행 아닌가.

책을 좋아하는 사람 중에는 책에 담긴 내용 그 자체만큼이나 책이라는 물성의 매력에 빠진 사람이 많다. 독서의 의미에 관해 둘째가라면 서러울 정도로 아름다운 글을 쓰는 알베르토 망겔은 어려서 서점에서 일하다 위대한 아르헨티나의 작가 보르헤스를 만났고 시력이 점점 떨어져가는 그를 위해 4년간 책을 읽어주는 일을 했다. 영화보다 더 영화같은 이야기다. "천국이 있다면 도서관처럼 생겼을 것"이라고 했던 보르헤스만큼이나 열혈 독서가가 된 그는 《독서의 역사》《밤의 도서관》《책 읽는 사람들》 등을 발표했고 아르헨티나 국립도서관장을 맡기도 했다. 책과 책읽기를 좋아한다면 그의 이름이 등장한 책은 일단 사고 볼 일이다. 그는 직업이 독자인 사람, 그것도 '계관 독자'라 부를 수 있는 사람이니까. 그런 그가 넓은 서재가 딸린 프랑스의 집을 정리하고 맨해튼의 침실 하나짜리 아파트로 이주하게 되어서 3만 5000권 장서를 정리하게 되었다. 가져갈 책, 버릴 책, 보관할 책을 분류하며 얼마나 복잡다단한 심정이 되었을까. 《서재를 떠나보내며》에는 '상자에 갇힌 책들에게 바치는 비가'라는 심각한 부제가 달려 있는데 책과 독서에 대한 애틋한 숭배가다.

나는 언어의 구체적 물질성, 책의 단단한 현존, 그 형체, 크기, 질감을 원한다. 나는 전자책의 간편함과 그게 21세기 사회에서 차지하는 중요성을 이해한다. 그러나 전자책은 플라토닉한 관계의 특

매일 아침,
두근두근 대며

성만 갖고 있을 뿐이다. 그 때문에 나는 내 양손이 너무나 잘 알고 있는 그 종이책의 상실을 아주 안타깝게 생각하는 것이다. 나는 믿으려면 먼저 만져봐야 한다는 도마 같은 사람이다.

p.29 《서재를 떠나보내며》

나 역시 망겔처럼 도마 같은 사람이다. 책이라면, 만질 수 있어야 한다. 아주 두껍거나 아주 얇아야 하고, 아름다운 표지에 멋진 사진이나 그림이 들어가 있어야 한다. 한 장씩 서서히 넘기거나 한 손에 잡고 팔랑거리며 죽 훑어볼 수 있어야 한다. 모서리를 접어놓기도 하고 줄을 치고 메모를 하며 졸릴 때에는 베고 잤다가 가끔은 뒤집어서 냄비 받침으로도 쓸 수 있어야 한다. 전자책이 아무리 대중화되었다고 해도 서가에 꽂힌 책등을 쏙 훑어보는 즐거움을 대신할 수는 없다. 도서관이나 서점의 서가는 디지털 세상에서 구현할 수 없는 아름다운 하이퍼 텍스트다. 책을 살피다 비슷한 분야의 다른 책을 우연히 찾아내기도 하고 전혀 다른 주제의 책으로 점프하기도 한다. 예기치 못한 만남과 연상이 우리 정신을 풍요롭게 만들어준다.

이런 책의 매력에 빠져서 앞뒤 가리지 않고 책을 사들일 때 제일 먼저 떠올리는 사람이 일본의 작가 다치바나 다카시다. 뇌과학, 죽음, 우주, 영장류 연구와 일본 공산당 연구, 일본 금

권 정치 스캔들에 관해 철저한 분석과 취재로 유명한 그의 힘은 20만 권이 넘는 장서에서 나온다. 일반 독자들에게 그의 이름을 알려준 책은 1995년 일본에서 처음 발표되어 2001년 한국판으로 번역된 《나는 이런 책을 읽어 왔다》인데 가장 기억나는 것은 그가 들려주는 독서법이었다. '책 사는 데 돈을 아끼지 말라'는 시작에 마음이 가벼워지며 '같은 테마의 책을 여러 권 찾아 읽어라' '책 선택에서 실패를 두려워하지 말라' '자신의 수준에 맞지 않는 책은 무리해서 읽지 말라' '의문이 생기면 원본 자료로 확인하라' '난해한 번역서는 오역을 의심하라' 하는 식으로 이어지는 14가지 조언에 연신 고개를 끄덕였다. 독서론이라고 하지만 공부법이자 인생을 살아가는 방법에 대한 가장 현실적인 조언이기도 했다.

책이란 만인의 대학이라고 생각한다. 어느 대학에 들어가건 사람이 대학에서 배울 수 있는 것은 양적으로든 질적으로든 극히 일부분에 불과하다. 대학에서도, 대학을 졸업하고 나서도 무엇인가를 배우려고 한다면 인간은 결국 책을 읽지 않을 수 없다. 대학을 나왔건 나오지 않았건, 일생 동안 책이라는 대학을 계속 다니지 않는다면 아무 것도 배울 수 없다. p.285《나는 이런 책을 읽어 왔다》

수없이 쌓이는 장서를 보관하기 위해 좁은 땅을 사서 건물을

매일 아침,
두근두근 대며

올리며 오랜 친구인 무대 미술가에게 부탁해 전면에 검은 고양이 얼굴을 그려넣은 고양이 빌딩을 지은 이야기, 이 빌딩의 서가를 한 칸씩 사진으로 찍어 어떤 책이 어떻게 보관되어 있는지 소개한 《다치바나 다카시의 서재》와 장자와 미야자와 리에의 사진집, 마일즈 데이비스의 전기, 프리메이슨과 뇌과학에 대한 책 등 분야와 시대를 종횡무진 넘나드는 2000년대 초반의 독서 편력을 정리한 《피가 되고 살이 되는 500권, 피도살도 안되는 100권》으로 이어지는 다치바나 다카시 독서 3부작을 읽고 나면 마음속에서 불끈 뜨거운 것이 솟아오른다. 지금까지 내가 사들인 책은 장서도 아니었고 내가 읽은 책은 독서 축에도 못 끼는 거였어! 아직 멀었으니 더 분발해야 해! 다치바나 다카시를 목표로 삼아 열심히 책을 사서 열심히 읽자. 누가 아는가, 언젠가 고양이 빌딩보다 더 멋진 강아지 빌딩을 짓게 될는지.

《평생독서계획》, 클리프턴 패디먼 & 존 S. 메이저, 이종인 옮김, 연암서가, 2010
《서재를 떠나보내며》, 알베르토 망겔, 이종인 옮김, 더난출판사, 2018
《나는 이런 책을 읽어 왔다》, 다치바나 다카시, 이언숙 옮김, 청어람미디어, 2001

호퍼의 그림 속으로

오래 전 뉴욕 현대미술관(MoMA)에 처음 갔을 때의 일이다. 야간 무료 개장 날, 전 세계 수많은 거장의 명작을 구경하다 빈센트 반 고흐의 '별이 빛나는 밤' 앞에 서게 되었다. 책과 수업을 통해 질리도록 이야기를 듣고 온갖 광고는 물론 이런저런 책을 통해 본 적이 있어서 '뭐 그리 대단하겠어'라고 지레짐작했는데 별로 크지 않은 그림 앞에서 완전히 감동하고 말았다. 별과 달이 출렁이는 하늘 아래 사이프러스 나무들이 단단하게 서 있으며 저 아래 마을은 온통 평화롭다. 밤이 소용돌이쳐 흐르는 것 같은 풍경이다. 옆에 서 있던 할아버지가 작게 익숙한 노래인 '빈센트Vincent'를 휘파람으로 불렀다. "Starry, starry night / Paint your palette blue and grey..." 나도, 그 할아버지도, 노래를 만든 돈 맥클레인도 이 그림 앞에서는 똑같은 마음이었을 것이다.

학창 시절 인쇄 상태가 좋지 않은 미술 교과서에 손톱 만하게 실린 작품 사진을 보며 '난, 고흐는 별론데, 뭘 저런 작품이 최고 걸작이라고' 하고 심드렁하게 말한 적이 있다. 어리고 무지하고 시건방졌던 그때의 나여, 정신 차리자. 제대로 보지 못했고 알지 못해서 그 진가를 몰랐을 뿐이지. 보는 것이 믿는 것이다. 내 눈으로 실재를 보게 된다면 빈센트 반 고흐의 '해바라기'나 피카소의 '게르니카'가 왜 걸작인지 믿을 수 있게 된다.

멋진 작품을 직접 보며 자극을 받고 영감을 얻으면 가장 좋겠지만 외국의 유명 미술관이나 박물관을 자주 가는 것은 불가능하다. 사는 곳 가까이에서 좋은 전시가 열리면 좋겠지만 그 역시 자주 있는 일은 아니다. 좋아하는 작가나 작품을 만나는 현실적인 방법은 역시 책을 통하는 것이 아닐까.

미국 화가 에드워드 호퍼에 대한 사랑과 관심도 그렇게 시작되었다. 커다란 화집에 담긴 그림을 노려보며 진짜로 이 작품을 내 눈으로 본다면 어떤 기분일까 상상하곤 했다. 한참 후 직접 본 그의 그림은 상상 이상으로 좋았다. 소위 말하는 '오라'를 내뿜는 원본의 힘, 진짜의 에너지는 보는 사람을 충격에 빠지게 했다. 수만 가지 방법으로 재현되어 익숙하기 그지없는 모나리자를 만나기 위해 온 세상 사람들이 미친 듯이 루브르 미술관으로 달려가는 데에는 이유가 있었다. 세상의 인정을 받는 걸작에는 다 이유가 있다.

에드워드 호퍼가 많은 사람의 사랑을 받게 된 것은 비교적 최근의 일이다. 2004년 런던 테이트모던 미술관 전시를 시작으로 2007년 워싱턴 내셔널갤러리, 2010년 뉴욕의 휘트니 뮤지엄의 대규모 전시를 통해 차갑고 지루한 추상화에 지친 사람들로부터 관심을 끌게 되었고 그 후 미국인이 가장 사랑하는 작가로 자리 잡았다. 2012년 말, 마드리드 티센 보르네미사 미술관에서 에드워드 호퍼의 전시가 열렸고 2013년 초 파리 그랑 팔레로 옮겨 진행되었는데 호퍼의 전시 중 유럽에서 처음으로 열린 대규모 전시였다. 무심하고 담담해 보이지만 수많은 이야기를 상상하게 만드는 그의 그림이 전 세계적으로 큰 사랑을 받는데에는 그리 오래 걸리지 않았다.

전 세계 주요 미술관은 그의 그림을 보유하고 있다. 시카고 미술관에는 그 유명한 '나이트호크'가, 티센 보르네미사 미술관에는 트렁크와 옷가지가 여기저기 놓여있는 호텔방에서 한 여성이 손에 든 기차 시각표를 살피고 있는 '호텔 방'과 오렌지 벽면을 배경 삼아 흰 옷을 입은 소녀가 등장하는 '재봉틀 돌리는 소녀'가, 휘트니 뮤지엄에는 흰색으로 칠해진 상점 입구를 그린 '오전 7시'가 걸려 있다. 어떤 그림이건 그의 작품은 우리 마음 한 귀퉁이를 간질이는 것 같다. 환한 빛으로 상징되는 순수한 희망과 그림자 진 긴장감, 그림 속 인물의 시선은 대부분 애매한 곳을 향하는데 지금 몸담고 있는 이곳을 벗어나길 꿈꾸면서도 떨치고 나서지 못하는 주저가 느껴진다. 사선으로 나있는 길과 건물들 역시 어딘가로 움직이라고, 혹은 움직이지 말라고 이야기하는 것 같다.

예술이 아무리 대중화되었다고 해도 미술관이나 갤러리 문을 밀고 들어가 작품을 보는 일은 쉽지 않다. 요즘 대부분의 미술 작품은 도대체 무슨 말을 하려는 것인지 난해하기 그지없다. 구상 작품도 마찬가지다. 아름답고 멋지고 근사한 것은 알겠는데, 어떤 점이 어떻게 멋지고 근사한지 누군가 묻는다면 대답하지 못할 것 같다. 보면 알게 된다고 하지만 뭐라도 알아야 제대로 볼 수 있다. 모르는 것을 배우는 데에는 여러 가지가 있겠지만 역시 가장 빠르고 간편하고 돈이 덜 드는 방법은 책을 보는 것이다. 관련한 책 10권 정도를 읽는다면 어떤 대상이건 대략적인 이해의 시작은 가능할 것이다.

좋아하는 작가가 생기면 화집이나 도록을 보는 것으로 시작한다. 동경과 허영을 만족시키기 위해 이왕이면 커다랗고 두꺼운 화집을 고르곤 한다. 화집을 통해 작가가 어떤 그림을 그리고 어떤 작품을 만들었는지 익힌 다음에는 전기를 읽어 보고, 그 당시 사회 분위기나 시대에 관한 이야기를 찾아보고 동시대 다른 작가들의 작품과 이야기도 살펴보고……. 호퍼 역시 멋진 화집으로 시작했고 그 다음에는 호퍼를 이해하는 방법에 관한 책들을 찾아보았는데 그중 눈에 띈 것은 미국의 시인이자 노년에는 직접 그림을 그리기도 했던 마크 스트랜드가 쓴 《빈 방의 빛》이었다.

> 호퍼의 그림에서는 기다림이 흔하고, 사람들은 아무런 할 일이 없는 것처럼 보인다. 배역을 상실한 등장인물처럼, 이제 기다림의 공간 속에 홀로 갇힌 존재들이다. 그들에겐 특별히 가야 할 곳도, 미래도 없다. p.51 《빈 방의 빛》

그는 호퍼의 그림이 왜 관람객의 관심을 끄는지, 각 작품이 지닌 특징이 무엇인지 설명했다. 평론가들이 사용하는 어렵고 복잡한 말이 아닌, 직관적이고 시적인 해석 덕에 '고독의 초상' '현대인의 쓸쓸한 내면을 그린 작품'이라는 수식어만으로 소개되던 호퍼와 그의 그림을 조금 더 알 수 있었다.

왜 저 여성은 혼자 앉아 있을까, 어두운 극장 안에서 무슨 일이 일어날까. 무한한 상상을 불러일으키는 호퍼의 그림을 소설가들도 그대로 지나칠 수는 없었을 것이다. 미국의 작가 로런스 블록은 호퍼에 관심 있는 동료 작가들에게 그림을 한 편씩 고르도록 하고 그 그림에서 받은 영감을 바탕으로 짧은 소설을 쓰도록 '초청'했다. 집에 '뉴욕의 방'이라는 그림의 복사품을 걸어 두었다는 스티븐 킹은 경제적 위기로 인해 무서운 일을 벌

187

매일 아침,
두근두근 대며

이는 부부의 이야기를, 조이스 캐롤 오츠는 서로를 지워버리려는 불륜 커플의 아슬아슬한 관계를, 제프리 디버는 그림을 통해 외부와 접선했던 망명자를 감시한 정보요원의 이야기를 썼고 이렇게 모은 17편의 소설은 《빛 혹은 그림자》라는 단편소설집으로 출간되었다. 그림 한 점을 놓고 길고 복잡한 이야기를 만들어내는 소설가들의 상상력이 대단한 것일까, 보기에 따라 다양한 스토리로 해석되는 호퍼의 그림이 대단한 것일까. 젊어서 잡지와 광고 일러스트레이터로도 일했던 호퍼는 자신의 작품이 삽화로 이야기되는 것을 늘 서운해했다고 한다. 이야기를 설명해주는 삽화가 아니라 스스로 주인공이 되어 수많은 이야기를 거느린 작품들을 만들어 냈으니 호퍼가 이 책을 보았으면 얼마나 기뻐했을까.

익숙해진 그림 속에 들어가 있는 듯한 경험을 할 때도 있다. 에드워드 호퍼의 대표작 '나이트호크Nighthawks'의 배경은 밤늦게 영업을 하는 다이너. 한 남자가 종업원과 이야기를 나누고 여자는 손톱이라도 들여다보는 듯 딴청을 부리고 있다. 다른 손님은 등을 지고 돌아서 있어 얼굴을 살필 수 없다. 종업원이 입고 있는 작업복이 유난히 희게 느껴진다. 이 그림을 보는 사람은 지나가는 행인의 입장이 되어 식당 문을 열고 안으로 들어가 앉을 것인지 그냥 지나쳐 가던 길을 갈 것인지 고민하게 될 것이다. 한 번 보면 잊을 수 없는, 쓸쓸하고 조금은 심란하지만 그래도 무작정 슬프지는 않은 장면이다.

도쿄 여행길, 헌책방 거리를 다리 아프도록 돌아다니다 작고 허름한 밥집에 들어갔다. 나이 지긋한 주인아저씨는 손님들에게 뜨거운 차를 따라주고, 밥을 푸고, 채소와 해물을 튀겨내느라 바빴다. 심드렁한 표정의 젊은 직원이 함께 손님들 시중을 들었다. 이 가게 문을 열고 들어오는 손님은 나름 위로가 필요한 사람들이었다. 퇴근길의 지친 중년 샐러리맨, 흙먼지 묻은 작업복 차림으로 헐레벌떡 밥을 먹고 달려나가는 젊은이, 답답한 마음에 떠나왔는데 여전히 몸과 마음이 무거운 여행자인 나. 다 먹기 힘들 정도로 밥을 많이 담아주었는데 왠지 남기면 안 될 것 같아서 의무감으로 꾸역꾸역 먹었다. 목도 메고 마음도 메고 기분이 이상한 저녁이었다. 밤이 도시의 흉한 것들을 지워준 덕에 커다란 스테인리스 스틸 조리대가 한가운데 자리 잡은 이 식당만 환하게 빛났다. 어디서 본 듯한 풍경이다 싶었는데 생각해보니 호퍼의 '나이트호크'였다. 조금 지쳤고 또 나름의 고민을 지닌 그림 속 등장인물이 이런 기분이었을까.

추상적이고 개념적인 회화에 현대적이라는 수식이 붙으며 세련된 것으로 여겨졌고 다양한 소재와 기법, 기술을 활용하는 비디오아트와 설치미술 등이 현대미술의 주류로 등장해 꽤 오랜 시간 인기를 끌었다. 그러다 보니 무엇을 그렸는지 한눈에 알 수 있는 그림, 시간과 공간을 순간 포착해 평면에 담아놓은 고전적인 회화가 오히려 신선하게 느껴지게 되었다. 묘사와 설명, 해석에 대한 욕망은 인간이 처음 그림을 그리게 된 동기다. 바라보고 주의를 집중하고 숨겨진 이야기를 상상해보고 그 이야기 속에 빠져보게 만드는 그림은 2차원의 평면을 기본으로 한다는 점에서 책과 같은 속성과 매력을 지닌다. 수많은 책이 전자 문서로 대체되겠지만 원작의 감동을 충분히 담을 수 있는 큰 사이즈에 정밀한 인쇄, 제본과 장정에도 신경을 쓴 아름다운 화집은 이 시대 새로운 '럭셔리'다. 책을 점점 덜 읽는 시대에 책이라는 형태로 가장 잘 충족되는 즐거움은 여전히 존재한다. 세상사 참 모를 일이다.

《빈 방의 빛》, 마크 스트랜드, 박상미 옮김, 한길사, 2016
《빛 혹은 그림자》, 로런스 블록, 이진 옮김, 문학동네, 2017

Music will never die

다음 생에 다시 태어난다면 어떤 인생을 선택할까? 이 질문에 대해 나는 두 가지 선택 중 아직 마음을 결정하지 못했다. 롤링 스톤즈의 믹 재거로 태어나느냐, 롤링 스톤즈의 키스 리처드로 태어나느냐. 리더이자 영원한 문제아, 술과 약을 잔뜩 하고 멋진 여자 만나 연애하고 나이 70세에 자식을 얻고 여전히 무대에 서서 "난 만족할 수가 없어" 하고 외치는 프론트맨 믹 재거가 될 것인지, 역시 나이 70이 훌쩍 넘어서야 드디어 술을 끊고 그 이유를 "이제는 그만두어야 할 때(It was time to quit)"라고 말한, 영화 〈캐러비안의 해적〉 속 잭 스패로의 모델인 기타리스트 키스 리처드가 될지 결정하기란 짜장면과 짬뽕, 간장게장과 양념게장 사이의 고민만큼이나 망설여지는 선택이다. 1964년에 데뷔한 이래 50년 동안 공연을 해온 거칠고 야하고 열정적이고 소란스러운 밴드. 할아버지 소리를 듣는 나이로 지금까지 공연을 하고 있는데 이번 투어가 마지막이 될 것이라는 전

망에 회사에 사표를 내고 투어를 따라가야 하는 것 아닌가 고민했을 정도다. 이번 인생이 지루하고 평범한 나는 다음 생에는 신나게 음악을 연주하고 연인을 스무 명 정도 사귀고 술 진탕 마시고 뻗기를 일상적으로 하며 온갖 소동을 일으키는 록 밴드의 일원으로 태어나고 말 것이다.

어떤 음악은 특정 시대에 완성되어 버려 그 자체로 고전이 되기도 한다. 클래식 음악은 바흐와 모차르트, 베토벤을 거치며 완성된 것이나 마찬가지다. 지금 엄청난 천재 작곡가가 나온다고 한들, 이분들을 넘어설 수 없을 것이다. 같은 이유로 20세기 중반에 등장한 록 음악은 50여 년이 넘는 시간 동안 "뭐 어쩌라고? 배째던가" 하며 위악을 떠는 펑크 록과 지상에서 가장 시끄러운 음악이라고 불렸던(지금 들어보면 오히려 서정적으로 느껴지는) 헤비메탈과 심오함의 바다에 우리를 던져버리는 프로그레시브 록, 록의 새로운 변주를 제안한 얼터너티브 록 등으로 다양하게 분화하며 20세기 대중음악을 완성시켜 버렸다. 어떤 밴드나 가수가 나오건 레드 제플린과 딥퍼플, 비틀스와 핑크 플로이드, 메탈리카를 능가하기는 쉽지 않을 것이다. 21세기에 들어 힙합이 대중음악의 주류로 등장한 것은 록이 이미 완성되었던 덕에 가능한 일이었을 것이다.

우연히 보게 된 유튜브의 록 음악 다큐멘터리에서 "서부 개척시대에 태어났으면 무법자, 말썽쟁이, 악당이었을 사람들이 지금 이 시대에 태어나 록스타가 되었다"는 언급이 있어서 얼마나 웃었는지 모른다. 정말이지 완벽한 비유 아닌가. 이미 완성되어 있는 세상에 별 관심 없고 새로운 세상을 만들고 싶은 마음 가득한 젊은 날에 듣는 음악. 획일적인 환경과 입시 지옥에서 자라며 겪는 스트레스와 울분으로 터질 지경일 때 반항과 전복, 다양성과 단단한 사랑을 노래하는 음악은 연료 역할을 해주었다. 영화 〈스쿨 오브 록〉에서 주인공 잭 블랙이 칠판 가득 록 음악의 계보와 장르를 그리며 아이들을 가르치는 장면이 나오는데 이 모습이 너무나도 익숙했다. 나에게도 저런 시절이 있었지. 시키지 않아도, 시험 없이도 어찌나 열심이었던지 앨범 발매 순서를 외우고 수도 없이 바뀌는 밴드 멤버를 기수 별로 구분해가며 세운상가에서 해적음반을 사들였다.

록 음악에 미친 청소년기를 보냈거나 지금도 마음 한 곳에 록 스피릿을 간직한 사람이라면 남무성의 《Paint It Rock》이야말로 완벽한 책이다. 로큰롤이라는 단어가 등장했을 때부터 뮤즈와 콜드플레이에 이르는 모던 록까지 20세기 록의 역사를 세 권의 만화로 소개한다. 미술 작품이라면 도판과 사진을 통해 어느 정도의 감상을 책 위에 구현할 수 있지만 음악의 경우라면 이야기가 달라진다. 그래서 음악에 관한 책을 쓰려면 상상력을 두 배로 발휘해 독자를 자극해야 한다. 뮤지션들의 특징을 정확히 잡아낸 그림과 거리낌 없이 솔직하고 유쾌한 소개 덕에 페이지를 넘기는 동안 귀 옆에서 록 음악이 계속 쿵쿵 울리는 것 같은 느낌을 받는다. 기획과 진행방식, 소개하는 톤 자체가 록 스피릿 충만이다. 이 책에서 소개한 수많은 아티스트와 음반, 노래를 가이드 삼아 자연스럽게 내가 갖고 있는 음반은 무엇인지, 앞으로 사야 할 음반은 무엇인지 확인해보게 된다. 이 책에 소개한 음반을 다 갖게 된다면, 아마 록 음악 팬으로는 최고의 컬렉션을 갖추지 않을까.

"그리고 기억해주기 바란다. 점점 희미해져가는 것보다 일순간에 타오르는 삶이 더 괜찮은 것을."

닐 영의 노래 'My My Hey Hey' 한 부분이자 너바나의 리더 커트 코베인의 유서에 나오는 구절처럼, 자기 파괴를 통해 아름다운 음악이 탄생하는 것을 확인시켜주는 것이 재즈다. 재즈에 대한 새로운 생각을 하게 해준 책은 먼 곳에서 만났다. 샌프란시스코 컬럼버스 애비뉴에 자리한 '시티라이트 서점'은 출판사를 겸하며 1955년 앨런 긴스버그의 시집 《Howl》을 펴내 외설죄 논쟁으로 재판을 받았고 잭 케루악과 윌리엄 버로우즈 같은 비트 세대 작가들이 자주 찾는 명소로 알려졌다. 세상 모든 책을 다 갖춰놓을 큰 규모는 아니지만 확신 있는 책 선정으로 지금도 인정받는 독립 서점이다. 직원들은 서점에 들어와 있는 책에 관해 충분한 이해를 갖고 있고 추천을 부탁하면 망설이지 않고 의견을 이야기해준다. 이 서점에 가서 "재즈에 관한 가장 훌륭한 단 한 권의 책을 추천해 달라"고 했을 때 골라 준 것이 바로 《BUT BEAUTIFUL》(한국에서는 《그러나 아름다운》으로 출간되었으나 현재는 절판되었다.)이었다. 재즈의 기원과 역사를 다룬 것도 아니고 명반 리스트를 소개하는 책도 아니다. 재즈가 즉흥성을 강조하는 음악이듯, 이 책 역시 즉흥으로 쓰인 아름다운 소설이다. 재즈계의 전설이 되어버린 연주자들의 일화를 바탕으로 하지만 대화나 행위는 작가가 만들어낸 완벽한 허구다.

그는 죽기 전부터 이미 사라지기 시작해 전통 속으로 서서히 빛바래져서 스며들고 있었다. 다른 많은 연주자들이 이미 그에게서 많은 것을 가져갔기에 그에게는 아무 것도 남지 않았다. 그가 연주를 하면 사람들은 자기 자신을 대충 따라하고 있다고, 그와 비슷하게 연주하는 사람들의 창백한 흉내짓에 지나지 않는다고 말했다. p.9 《BUT BEAUTIFUL》

병역기피자로 몰려 강제징집 당하고 백인 아내를 두었다는 이유로 구타당하는 레스터 영의 이야기와 함께 버드 파웰, 셀로니어스 몽크, 벤 웹스터, 찰스 밍거스 같은 재즈 거장의 이야기가 오래된 흑백 영화처럼 눈앞에 펼쳐진다. 생활고와 인종차별,

모욕과 불안과 강박 때문에 재능을 주체하지 못하고 마약과 술과 섹스로 서서히 스스로를 망쳐가는 음악가들의 이야기에 자신도 모르게 한숨을 내쉬게 될 것이다. 이 책에 소개된 음악가 대부분은 너무나도 이른 나이에 세상을 떠났다. 재즈가 얼마나 아름답고 또 슬픈지 이보다 더 잘 전달해주는 책은 앞으로도 찾을 수 없을 것 같다.

처음 내 돈으로 산 음반이 무엇이었는지는 똑똑히 기억한다. 1984년, 티나 터너의 〈Private Dancer〉였다. 하지만 처음 스트리밍으로 들었던 노래가 무엇이었는지는 기억나지 않는다. 아니, 기억할 필요가 없다. 스트리밍 서비스란 그러려고 존재하는 것이 아니니까. LP와 카세트테이프, CD처럼 손에 잡을 수 있는 음악이 여전히 좋은 나에게 음악의 단위는 '앨범'이다. 어떻게 시작해서 어떤 곡을 어떻게 배치하고 어떻게 끝내는지, 절묘한 구성과 나름의 흐름을 살피는 일이 즐겁기 때문이다. 음악을 곡 단위로 듣는 요즘은 '플레이리스트'의 시대다. 비올 때, 기쁠 때, 여행할 때, 사랑에 빠졌을 때를 주제로 곡을 모아 큐레이션을 하는 결정과 선택이 중요하다.

음악이 스트리밍 서비스로 바뀌면서 제일 아쉬운 것은 음반 재킷이다. 예전 LP는 음악과 함께 앨범 재킷이라는 멋진 캔버스를 통해 또 다른 장르의 예술을 경험하게 해주었다. 그러던 것이 CD로 넘어가며 커버 아트의 힘이 약해졌고 음원 스트리밍이 감상의 메인이 된 요즘은 손톱 만한 이미지의 섬네일로나 존재한다. LP의 추억을 간직하고 있거나 새롭게 LP의 매력을 발견한 음악 팬이라면, 막연한 상상을 구체적 이미지로 표현하는 디자인에 관심 있는 사람이라면, 《바이닐. 앨범. 커버. 아트》를 살펴봐야 한다. 비틀스의 전설적인 앨범 〈서전트 페퍼스 론리 허츠 클럽 밴드〉 음반이 발매된 1967년부터 CD가 등장한 1982년까지 LP의 전성기인 15년간 힙노시스가 디자인한 음반의 커버를 모은 책이다. 레드 제플린, 블랙사바스, 10CC 등 1960년대와 1970년대를 풍미했던 아티스트들의 앨범 커버 작업을 도맡다시피 한 힙노시스는 스톰 소거슨, 피터 크리스토퍼슨, 오브리 파월이 함께했던 영국의 사진 디자인 스튜디오다. 이 책을 기획한 오브리 파월은 먼저 세상을 떠난 두 친구와 음악이 멋진 비주얼 이미지와 함께하던 시절에 대한 일종의 비망록을 만들어냈다.

그들의 작업 중 가장 널리 알려진 것은 핑크 플로이드의 명반 〈The Dark Side of the Moon〉 재킷일 것이다. "저 프리즘과 피라미드, 그리고 심장 박동이 도대체 무슨 상관이 있는 건지 정확히 이해하려고 노력해 왔어요. 돌아버릴 지경이었어요." 이 책에 따르면 당시 음반 판매업자는 이 재킷이 나왔을 때의 충격을 이렇게 말했다고 한다.

레코드 커버는 음반의 소개와 판매에 있어 중요한 역할을 맡게 된다. 많이 팔리려면 당연히 뮤지션의 얼굴을 크게 넣거나 음반과 노래 제목, 가사에서 설명적인 이미지를 가져올 것이다. 그런데 이들은 사진 합성과 일러스트레이션을 과감하게 활용해 음악 자체와 상관이 있건 없건 멋진 디자인을 만들어냈다. LP가 잔뜩 놓여있는 레코드 상점에서 가장 빛나는 존재감을 보여주는 재킷을 만들어낸 것이다. 수많은 책이 꽂혀있는 서점에서 멋진 표지가 하는 역할과 비슷하다고 해야 할까. 포토샵도 존재하지 않았을 때 다양한 실험과 수작업으로 태어난 이 이미지들은 지금 봐도 세련되었다. 현대 미술처럼 초현실적이고 지적인 해석으로 안에 담긴 음악과 뮤지션에 대한 호기심을 자극한다. 록이라는 장르도, LP라는 전달 방식도 시대에 뒤떨어진 구식처럼 보이는 요즘, 이 책을 통해 만나는 음반들은 '예술'이라는 이름으로 책 속에 박제가 되어버릴지도 모르겠다. 그 음악을 들었던 세대들도 서서히 퇴물이 되어가고 있으니 당연한 일인지도 모른다.

결혼을 준비하며 신부님이 평상시 좋아하는 음악 한 곡을 혼배성사 때 틀자고 제안하셨는데 웨딩드레스 고르는 것보다 세 배는 더 많이 고민한 것 같다. 미국 드라마 시리즈였던 〈앨리 맥빌〉에 자주 등장했던, 베리 화이트의 'You're the first, the last, my everything'은 어떨까? 노래가 나오는 순간 나도 모르게 고요한 성당에서 춤을 출 것 같아서 탈락. 좋아하는 밴드 폴리스의 대표곡 'Every breath you take'? 아니야, 그건 가사가 스토커 주제가 같으니 탈락. 그러다 최종 선택한 것이 "How wonderful life is while you're in the world"라는 구절이 들어있는 엘튼 존의 'Your Song'이었다. 나중에 엘튼 존이 한국 공연에서 이 노래를 직접 불렀는데 내 인생에서 가장 비현실적인 순간이었다. 나이 들어 세상을 뜨게 되면 마지막으로 기억날 장면이 바로 이 음악이 울려퍼지던 두 순간이 아닐까.

인생 최초 한 달 휴가로 황량한 스페인 남부를 내내 차로 달리는 여행길에는 ELO의 음악이 함께했고 이 책을 쓰는 동안에는 이매진 드래곤스가 데뷔 때부터 지금까지 낸 CD를 마르고 닳도록 틀어댔다. 인생의 중요한 순간, 아름답거나 슬픈 순간에는 나름의 배경 음악이 있었던 것이다. 음악이 없으면, 아무 것도 아닐 순간이 얼마나 많은지 나는 경험으로 알고 있다.

- -

《Paint It Rock》, 1, 2, 3, 남무성, 북폴리오, 2014
《BUT BEAUTIFUL》, Geoff Dyer, Picador, 1996
《바이닐. 앨범. 커버. 아트》, 오브리 파월, 김경진 옮김, 그책, 2017

매일 아침,
두근두근 대며

삶의 방식, 미니멀하거나 맥시멀하거나

어떤 생을 선택하건 행복한 사회가 되어야 하는데 어떤 생을 선택하건 불행한 느낌이 들어버리는 것은 나만의 우려인가. 40대, 결혼을 했을 수도, 안 했을 수도 있다. 아이가 있을 수도, 없을 수도 있고 일을 계속 하고 있을 수도, 아닐 수도 있다. 건강할 수도, 아닐 수도 있을 것이고 돈을 많이 모아놓았을 수도, 아닐 수도 있다. 그런데 이 마지막 항목에서 왠지 모를 아픔이 느껴진다. 직장생활을 25년 넘게 했는데 왜 나의 통장은 여전히 비어 있는가. "신이 나를 위해 준비해 놓은 직장!"이라고 큰소리치고 일해왔지만 이 업계는 월급이 많은 편이 아니다. 직장에 들어가서 처음 몇 해 동안은 받은 월급을 다 써버려 저축을 하기 힘들었다. 필요한 것도, 갖고 싶은 것도 많았다. 이 기간 동안 월급이 통장을 잠시 스쳐 그냥 허공으로 사라져 버리는 마술, 아니 사기를 경험했다. 도무지 이해할 수 없어 카드 명세서를 놓고 하나씩 확인을 했더니 다 맞았다. 나다, 내가 다 써버렸다.

물론 동료나 선후배 중에는 직장생활하며 열심히 저축해 상당한 목돈을 만들어 본격 재테크를 시작하는 경우도 있었다. 그들의 신화 같은 이야기에 잠시 각성했다가 돌아서면 다시 눈에 보이는 예쁜 것을 사고 여행을 가고 많이 먹고 마시고를 반복했다. 후배들이 이런저런 것을 사고 싶다고 이야기하면 나는 그냥 하고 싶은 대로 해 보고, 사보라고 한다. 내가 동의해주지 않아도 어차피 살 것을 알기 때문이다. 돈을 착실하게 모으고 투자도 영리하게 잘한다면 좋겠지만 그것이 안 되는 사람도 있으니까. 어떤 사람은 티끌 모아 태산을 만든다지만 대부분의 경우 티끌 모아봐야 티끌이다. 엄청난 미래 계획 대신 그날의 행복을 위해 무언가를 사고 즐기는 것을 꼭 나쁘다고 할 수만은 없지 않나.

미니멀한 삶이 나와 세상을 위해 필요한 일이고 의미도 있지만 처음부터 미니멀하게 사는 것은 불가능하다. 많이 사서 이것저것 사용해봐야 내가 정말 좋아하는 것과 아닌 것을 알 수 있다. 나는 '평생 지X 총량의 법칙'과 더불어 '평생 소비 총량의 법칙'을 믿는 편인데, 사람이 평생 지나치게 금욕적으로 사는 것은 불가능한 일이라 터질 욕망은 터지게 마련이니 그럴 거면 젊고 에너지 넘칠 때 막 사서 써보자는 주의다. 아니, 그런 주의였다. 새롭고 예쁘고 재미있는, 그러나 별 쓸모없는 물건을 좋아하고 사들이는 일이 평생 계속될 줄 알았는데 그런 욕망과 허영의 불꽃 또한 사그라지는 끝이 있었다.

"소유물들의 규모가 이보다 더 거대했던 적도 없었다. …… 간이 터질 듯 부풀어 푸아그라가 될 때까지 강제로 곡물을 주입받는 거위들. 우리는 그 거위들을 닮은, 소비하기 위해 태어난 세대다."

따뜻한 햇볕 아래 꺼내든 책이 하필이면 런던 디자인 뮤지엄 관장 데얀 수직의 책《사물의 언어》. 우리를 둘러싼 엄청난 물건들의 소란스러운 겉모습 뒤에 자리한 비밀, 사람들이 왜 물건에 그토록 매혹되는지를 고민한 이 책의 프롤로그가 얼마나 강렬했던지, 잠시 책장을 덮어두고 내가 갖고 있는 '물건의 규모'가 얼마나 되는지 조사에 나서보았다. 옷가지와 화장품, 집안 곳곳에서 발견되는 펜과 노트, 책과 CD……. 예쁘고 재미난 양말은 눈에 보이면 마구 사들이는데, 점잖은 장소에 도저히 신고 갈 수 없어서 집에서 혼자 있을 때나 신는 양말이 셀 수도 없다. 목도리와 스카프도 좋아해서 장으로 하나 가득. 미친 듯 사들인 부엌 살림과 되팔 수도 없는 싸구려 액세서리와 어디에 쓰는 물건인지 도대체 알 수 없는 잡동사니들을 모두 합하면 몇천 개, 아니 1만 개도 너끈히 넘겠다 싶었다.

수십 년 동안 우리 곁에 머문 사유물들은 지나온 시간에 얽힌 우리의 경험들을 반영하는 것으로 이해할 수 있다. 그에 비해 지금 우리가 새로운 소유물과 맺는 관계는 무척이나 공허하다. 제품들의 매력은 물리적 접촉 후에 남아나지 못할 외양을 토대로 만들어지고 판매된다. 유혹의 꽃이 시드는 속도가 너무 빨라서 그에 대한 열정은 거의 구매가 완료됨과 동시에 사그라지고 만다.

p.30 《사물의 언어》

데얀 수직의 가슴 아픈 지적을 받아들일 수밖에 없었다. 그렇다면 이 무절제하고 책임 없는 집착을 어떻게 정리해볼 것인가. 미국 샌디에이고의 평범한 가장 데이브 브루노는 자신을 둘러싸고 있는 수많은 물건이 삶을 안락하고 즐겁게 만드는 것이 아니라 불안하고 복잡하게 만든다는 사실을 깨닫는다. 100개 물건만으로 살아가는 도전을 시작하고 그 결과를 《100개만으로 살아보기》라는 책으로 발표한다. 그런데 실험을 하며 여기서 한 발 더 나아간다. 진짜 삶에서는 하루에 신발, 셔츠, 휴대전화, 지갑, 허리띠 등 14개의 물건이면 충분했단다.

나는 때로 바보 같은 믿음, 즉 실현 가능성이 거의 없는 희망 사항에 의지해 물건을 산다. 어떤 물건이 내 삶의 다른 부분을 더 낫게 만들어 주리라 믿는다. 삶에서 어떤 힘든 일을 만나면 예전에도 겪었으면서 이번에는 다르기를 바란다. 그래서 그때 갖기 원했던 무언가를 지금 가짐으로써 안도하고자 물건을 사고 싶어 한다.

p.119 《100개만으로 살아보기》

충분히 공감 가는 이야기이긴 했다. 하지만 완전히 동의할 수는 없었다. 아무리 물건을 많이 갖고 있어도 꼭 필요한 때에 필요한 것이 새로 생기는데 어쩌란 건가.

일본의 정리 컨설턴트 곤도 마리에는 "물건이 없어서가 아니라 정리가 안 되어 있기 때문"이라고 단번에 이런 변명을 무색하게 만든다. 미니멀리즘 혹은 정리에 있어서 가장 성공적인 책 중 하나가 곤도 마리에의 책이다. 《인생이 빛나는 정리의 마법》, 《설레지 않으면 버려라》 같은 책을 내며 일본에서의 성공은 물론 미국에서도 엄청난 성공을 거두어 넷플릭스에서 시리즈 방송까지 할 정도다. '곤마리'라는 애칭에 '정리의 신'이라는 별명으로 불리는 마리에는 자주 "설레지 않으면 버리라"고 이야기한다. 물건을 다 끌어다 내어놓고 아직도 설레면 챙겨놓고 설레지 않으면 그동안 고마웠다고 작별 인사를 하고 버리거나 치우라는 것이다.

책을 읽고 혹해서 나도 한 번 해 봐야지 하고 정리를 시작했다. 그런데 더 이상 맞지 않는 청바지들에게 고마웠다고 인사하는 의식을 도무지 진행할 수가 없었다. 예전에 여기에 내 몸을 집어넣을 수 있었다니 하는 생각에, 내가 지금 무슨 일을 하고 있나 웃음이 나니 설렘에 대해서 생각할 여지가 있겠는가. 그뿐인가. 인형은 눈이 달려있어서 살아있다는 느낌을 주기에 버리기 쉽지 않으니 눈을 가리고 부정을 씻어낸다는 의미로 소금을 조금 넣어서 버리라는, 주술적인 그녀의 조언은 극히 상상력 부족한 나와는 맞지 않는 것으로 결론 내렸다. 나는 이미 사버린 물건에 설레는 사람이 아니었다. 물건을 사는 일 자체에 설렐 뿐이지.

끊임없이 무언가를 사들이는 것은 지난 50여 년, 국가와 문화, 민족을 막론하고 세상 모든 사람의 또 다른 종교였다. 흑백 텔레비전 한 대 갖는 것이 소원이었다가 컬러 텔레비전으로, 28인치 텔레비전에서 45인치, 75인치 완전 평면 벽걸이 형으로 욕구는 계속 발전해간다. 사람들은 더 많은 물건을 소유할수록 더 멋진 삶을 살게 될 거라고 생각했다. 나도 마찬가지다. 하지만 실제로는 물건을 사고 보관하고 정리하면서 돈은 말할 것도 없고 소중한 시간과 에너지를 빼앗긴다. 끊임없이 새로운 물건을 가지려 애쓸 때마다 점점 더 지쳐가는 아이러니를 어떻게 설명할 수 있을까.

일 때문에 가끔 패션쇼 장에 가곤 하는데 요즘 쇼 장 풍경은 예전과는 달라졌다. 모두들 휴대폰을 들고 사진과 동영상을 찍어대느라 정신이 없다. 쇼가 끝나면 내가 무엇을 봤고 그 옷이

주는 느낌이 어땠는지 아무 생각이 나지 않는다. 바로 내 눈앞에서 멋진 모델이 이 옷을 입고 걸어가고 있는 실재가 존재하는데 우리는 굳이 사진과 영상이라는 관문을 새롭게 만들고 이를 통해 실재를 확인하는 실수를 범한다. 여행을 가면 비디오 촬영을 하고 사진을 찍느라 풍경을 충분히 즐기지 못하는 것도 마찬가지. 아이가 있다면 자녀의 발표회에서도 다른 부모와 자리다툼을 하며 카메라 뷰 파인더로 그 순간을 녹화하느라 정작 아이가 어떤 표정으로 어떤 공연을 했는지 기억도 나지 않는 집이 많을 것이다. 무절제한 사재기도, 모든 순간을 기록으로 남기려는 욕심도, 결국 불안과 허세와 슬픈 자아도취가 만들어 낸 그림자가 아닐까.

'젊다'는 것은 자기 자신과 주변에 대해 느끼는 감동이 여전하다는 의미라며 나이는 숫자에 불과하다고 믿고 싶기도 하다. 하지만 현실은 현실이다. 병원 진료 기록에 적히는 나이가 4로 시작되어 의사 선생님과 간호사들이 이전보다 공손하게 대하면 다른 방향에서 인생을 돌아보게 된다. 원하던 원치 않던 그동안의 생활을 한 번 정리할 필요가 있다. 맞지 않는 옷과 불필요한 가구는 치워버리고 다시 들쳐보는 일 없이 데이터라는 이름으로 컴퓨터에 남아있는 사진과 영상도 정리할 때다. 복잡하고 번잡스러운 인간관계도 물론 정리해야 한다. 인생의 남은 시간을 대면할 마음의 준비는 필수다.

무언가에 6개월 정도 떨어져 있다가 다시 돌아가보면 더 이상 그게 필요하지 않다는 사실을 알게 될 것이다. 아니, 필요하지 않은 정도가 아니라 실은 원래부터 좋은 물건이 아니었다는 사실도 깨닫게 된다. p.221 《100개만으로 살아보기》

데이브 브루노의 이야기대로, 무언가 눈에 띄는 대로 잔뜩 사들여 집 곳곳에 쌓아 둔다면, 그것이 제아무리 비싸고 호화스러운 것들이라도 귀찮은 잡동사니에 불과할 것이다.

새로운 소유물과 새로운 소비가 주는 순간적인 황홀에 이미 익숙해져 있으니 이 습관과 작별하기 위해 애써 노력하지만 쉽지 않다. 철철이 모습을 나타내는 수많은 신상품 속에서 여전히 유혹받고 절제를 맹세하고 쇼핑 금단 현상에 시달리다 실패하고 다시 도전하는 일을 반복하는 중이다. '미니멀 라이프'를 실현해 보겠다고 큰소리치며 '단순하게 사는 법' '심플 라이프'에 관련한 책을 스무 권도 넘게 사들이는 나를 보며 역시 인간은 쉽게 변하지 않는다는 사실을 확인했다. 하지만 지난 시간의 철 없는 방종이 영 의미 없는 것은 아니라고 위로한다. 미니멀리스트를 꿈꿔볼 수 있는 것도 내가 이토록 맥시멀하게 살았기 때문에 가능한 것이 아닐까. 데얀 수직의 말처럼, 과잉 뒤에야 진짜 절제가 오는 법일 테니.

《사물의 언어》, 데얀 수직, 정지인 옮김, 홍시, 2012
《100개만으로 살아보기》, 데이브 브루노, 이수정 옮김, 청림출판, 2012

지성을 갖춘다는 것

"문송합니다"라는 말이 있다는 것을 알게 된 후 한숨이 나왔다. 고등교육에서 가장 중요한 가치가 취업이 되어버리며 대학은 졸업생의 취업률로 평가받는다. 법학대학원 나와 변호사가 되거나 교대에 가서 교사 자격증을 따거나 의대나 약대를 졸업해 의사와 약사가 되는 것처럼 확실한 직업의 길로 연결되는 학과에 들어가기 위해 재수 삼수를 마다하지 않는다. 이런 상황에서 철학이나 문학, 윤리와 예술을 탐구하는 것은 얼마나 공허해 보일까. 영문도 모르고 들어간다는 영문학과를 나와 대학원에서는 저널리즘을 공부하고 잡지와 책을 만들고 있으며 4차 산업혁명에 필수적인 IT 이해도가 현저히 떨어지는 나 같은 사람은 요즘 기준으로는 완전히 '문송한' 상황이다. 빨리 태어나서 다행이다 싶을 정도다.

인문학의 위기는 새롭지 않다. 내가 대학에 입학할 때에도 인문계 학과는 인기가 없었다. 근대교육이 시작된 20세기초부터

〈스카이 캐슬〉식 입시 지옥을 경험하고 있는 21세기 오늘까지 확실한 직장과 돈과 성공의 길이라 불리는 법대, 의대 타령은 변함이 없다. 어디 한국뿐인가. 전 세계적으로도 인문학이나 예술은 인기가 없다. 미국의 코미디언 코난 오브라이언은 2011년 다트머스 대학교 졸업식에서 "만일 자녀가 예술이나 철학을 전공했다면 걱정이 클 것이다. 그들이 직업을 구할 수 있는 유일한 곳은 고대 그리스뿐일 테니까. 이들에게 행운이 함께하길" 하고 이야기했다. 배우 로버트 드니로는 2015년 뉴욕대 산하의 예술대 졸업식에서 "여러분은 드디어 해냈다. 동시에 엿 먹은 거다. 나는 내 아이들에게는 절대 예술대학에 가라고 하지 않을 것이다. 대신 회계학 학위를 따라고 할 것이다"라며 냉엄한 현실을 알려주기도 했다. 이럴 때 보면 온 세계가 자본주의로 대동단결하는 것 같다.

부동산 투자법, 주식 고수 되는 법 같은 책에 혹하기도 하지만 퇴사를 권하며 하고 싶은 대로 하고 살라는 책에 빠져 대책 없이 허무주의자가 되기도 했다가 가끔 생계와 전혀 관계 없는 심각한 책을 사는 이유는 하나다. 우리 마음속 깊은 곳에 자리 잡은 '진실'과 '지식'에 대한 호기심 때문에, 그런 호기심이 있는 것처럼 보이고 싶기 때문에.

허영 중에서도 제일 허세의 강도가 심한 것이 지적 허영이라고 한다. 그 허영이 우리를 지금보다 조금 나은 인간이 되도록 해준다. 여러 사람이 모이는 자리에서는 다들 연예인이나 세상의 가십을 화제로 삼는다. 이런 자리에서 문학이나 철학이나 인생에 대한 고민을 애써 먼저 꺼내기는 싫으니까. 하지만 어떻게 사람이 연예인 가십과 드라마 이야기로만 살겠나. 아무리 고민해도 답이 안 나오는 근원적인 문제에 대해 다른 사람은 어떻게 생각하는지 궁금해 비싼 참가비를 내고 독서클럽이나 공부 모임에 참가하기도 한다. 읽지 않을 것을 알면서 인문서들이 꽂혀있는 서가를 기웃거려 책을 사곤 한다. 그런 과정에서 발견한 사람이 마사 누스바움이었다. 뉴욕 출신으로 학부에서 서양 고전과 드라마를 전공하고 고전철학으로 석사와 박사 학위를 받았으며 지금은 시카고대학 철학과, 로스쿨, 신학과에서 법학과 윤리학을 가르치는 정치철학자, 윤리학자, 고전학자, 여성학자다. 인문학의 기본이라 할 수 있는, 우리 식으로 말하자면 문文·사史·철哲을 아울러 공부한 사람인데 '문송한' 가운데에서 얻은 통찰력으로 무얼 할 수 있는지 보여주는 증인이라 할 수 있다.

그가 쓴 책은 결코 읽기가 쉽지 않았다. 어렵게 넘긴 페이지에서 유난히 마음에 다가오는 몇 구절을 발견하는 것만으로 충분했다. 법과 사회제도가 경제 논리와 강자의 논리에 전적으로 의지하게 된 시대에 문학이 어떤 역할을 할 수 있는지 보여주는 책 《시적 정의》가 그랬다. '문학적 상상력과 공적인 삶'이라는 부제가 달린 이 책에서 누스바움은 "문학적 상상력을 옹호하는 정확한 이유는 그것이 우리와 동떨어진 삶을 살아가는 타인의 좋음에 관심을 갖도록 요청하는 윤리적 태도의 필수적인 요소로 보이기 때문"이라고 서문부터 못을 박는다. 이를 위한 설명과 설득의 수단으로 찰스 디킨스의 《어려운 시절》을 텍스트로 사용한다. 가상 도시 코크 타운을 배경으로 검은 연기를 뿜어내는 공장이 상징하는 사실과 효율, 노동을 곡마단이 상징하는 환상과 놀이에 대비시킨다.

곡마단에 몸 담았던 씨씨 주프는 다정하고 자유로운 인물이다. 이런 씨씨가 상상을 억압하고 오직 사실만을 강조하는 학교에 적응하기란 쉽지 않은 일이었다. '우리 반이 5000만 파운드의 돈을 가진 국가라고 가정한다면 이 국가는 부유한가?'라는 교사의 질문에 '누가 돈을 갖고 있는지, 그중 얼마라도 자기 돈이 있는지 아닌지 알 수 없다면 그 국가가 부유한지 아닌지 알 수 없다'고 대답하고, 시민이 백만 명인데 일 년에 스물다섯 명만이 굶어죽는다면 그 비율에 대해 어떻게 생각하느냐는 질문에 사망자의 비율이 많든 적든 굶어죽는 당사자에게는 고통스러운 일이라고 말한다. 각각의 인간이 지닌 다양성과 개인의 삶에 대한 소중함을 고려하지 않는 공리주의에 대한 가장 아픈 지적이다. 곡마단 소녀 씨씨 주프가 학교 수업을 따라가기 힘들다며 루이자에게 고민을 털어놓는 장면을 소개하며 누스바움은 말한다.

> 숫자로 표시된 분석은 우리를 안도하게 만들고 사건으로부터 거
> 리를 두게 한다. …… 낮은 수치는 그들의 죽음을 되돌릴 수 없으
> 며, 낮은 수치에 근거한 안일함은 올바른 대응이 아니다.
>
> p. 151, 《시적정의》

1인당 GDP가 증가할수록 국민 삶의 질이 향상된다는 것은 순진한 기대였다. 문제를 지적하기는 쉽지만 한 발 나아가 해결책을 고민하기란 쉬운 일이 아니다. 누스바움은 불평등이 심한 국가에서 경제성장이 국민 모두의 생활을 향상시켜주는지 의문을 가졌고 경제학자인 아마르티아 젠과 함께 인간다운 삶에 필요한 요소를 중심으로 하는 '역량접근법'을 연구했다. 이 이론을 기반으로 지금은 유엔과 유럽연합(EU)을 비롯한 여러 국가에서 인간개발지수를 발표하고 있다.

누스바움의 책은 한국에도 많이 소개되었는데 《혐오와 수치심》에서는 공포를 이용해 공공연하게 차별을 정당화하는 움직임을 지적하고 《감정의 격동》에서는 철학에서 부차적으로 취급되던 감정을 이성과 동등한 위치에서 바라보며 이 둘 사이의 관계를 탐구한다. 최근작인 《지혜롭게 나이든다는 것》에서는 리어 왕의 이야기를 통해 현명하고 우아하게 나이 들기 위해

개인은 무엇을 준비해야 하며 사회와 국가는 어떤 도움을 제공해야 하는가를 탐구하기도 했다. 이렇게 여러 분야를 오가며 깊이 있는 고민을 하는 과정에서는 소설과 시, 드라마가 자주 등장한다. 언젠가 나도 읽었던 작품들인데 내 머릿속에는 전혀 없는 기억이고 나는 왜 저런 생각을 해 보지 못했을까. 그가 쓴 책을 읽기란 쉽지 않은데 그럼에도 불구하고 오기를 부려가며 읽는 이유는 근래 나에게 인문학의 가치를 보여준 가장 의미 있는 사람이었기 때문이었다. 누군가 나에게 공부를 열심히 하면 이런 사람처럼 될 수 있다고 진작 말해 주었다면 좋았을 것을. 아니, 이런 공부를 할 수도 있는 거라고 말해 주었으면 좋았을 것을. 공부란 지긋지긋하게 재미없어서 어떻게든 대충 해치우고 시험 잘 보는 기술을 익혀 지루한 수험생 생활을 한시라도 빨리 끝내는 것이 학생 때 목표였는데 공부가 재미있을 수 있었다니. 그걸 이렇게 늦게 알게 되다니.

어느새 가장 시장친화적인 기관이 되어버린 학교와 교육에 대한 심란한 마음은 누스바움의 또 다른 책 《학교는 시장이 아니다》를 통해 다시 한 번 출렁거린다. 의심과 혐오가 모든 곳에 퍼져있다고 해도 교육의 가치와 의미에 관해서는 조금은 맹목적인 믿음이 남아있는 법이다.

튼튼한 경제란 인간적 목적을 위한 수단이지, 그 자체가 목적은 아니기 때문이다. 대부분의 사람들은 더는 민주적이지 않은, 경제 번영국에서 살고 싶어 하지는 않을 것이다. p.36《학교는 시장이 아니다》

이 말대로라면 좋겠지만 현실은 다르다. 모든 가치와 선택은 경제적인 이유를 기반으로 삼는다. 이를 말려야 할 학교는 오히려 경제 위주의 논리를 확장하고 있다. 교육에 이데올로기와 정치와 편향이 얼마나 깊게 작용하는지 의심하지 않았다. 지금 와서 생각해보면 정말 이상한 일이다. 5000년 역사를 지닌 단일 민족이라고 자랑하지만 수많은 외침과 계속 이어진 교류 속에서 다른 민족과 전혀 섞이지 않았다니 그게 오히려 불가사의한 일 아닌가. 모든 분야에서 우리 문화가 최고라고 하는데 어떻게 그럴 수 있으며 달리기처럼 기록을 측정할 수도 없는데 무슨 근거로 그렇게 이야기할까. 우리가 가장 순수하고 가장 훌륭하다는 근거 없는 자부심과 집착이 나치의 아리안족 우월주의와 무엇이 다른가. 내가 원하는 것을 얻기 위해 노력하는 것이 아니라 내 옆에 있는 사람을 이기는 것이 목표가 되어버린 세상에서 약자에 대한 배려나 사회 전체의 행복을 고민할 수 있을까. 머릿속이 온통 복잡해진다. 이전에 하지 않았던 고민을 하게 만드는 것이 인문학의 힘이라면, 성공이다.

서로에게서 사고와 감정의 내적 능력을 상상하고 인식하는 법을 배우지 못한다면, 민주주의는 필경 실패하고 말 것이다. 민주주의란 존경과 관심을 기초로 세워지는 것이며, 존경과 관심은 다른 사람들을 단순히 대상으로서가 아니라 인격체로서 인식할 줄 아는 능력에 기초해서 세워지는 것이기 때문이다.

p.29 《학교는 시장이 아니다》

생각을 단단히 다져서 의미 있고 필요한 것은 남기고 나머지는 털어버리는 '응축'은 지성을 단련시켜 얻고 싶은 덕목이다. 민주주의와 교육의 가치, 좋은 시민으로 살아가는 방법을 학교나 가정에서 제대로 배우지 못한 세대이니 스스로 깨치는 수밖에 없다. 물론 여전히 복잡한 이야기를 읽는 것은 싫고 힘들고 슬픈 것을 보면 그냥 고개를 돌리고 싶어진다. 하지만 나이 들어 성숙해진다는 것은 하기 싫은 일도 티 내지 않고 하는 거라고 위로하며 돈벌이와 관계없는 책을 펴든다. 여기저기 기웃거리며 쓸데 없는 참견을 하기에는 이제 시간이 충분치 않다는 생각이 문득 들었다. 늦었다 생각할 때는 정말 늦은 것이니까.

《시적정의》, 마사 C. 누스바움, 박용준 옮김, 궁리, 2013
《학교는 시장이 아니다》, 마사 C. 누스바움, 우석영 옮김, 궁리, 2016

'전원일기'는 아름답지만은 않아

친구가 손 갈 일 하나 없을 거라고 보내준 선인장 화분이 시름시름 말라 죽었다. 삭막한 아파트에 초록색을 들이고 싶어서 화분들을 갖다놓고 키웠는데 계속 실패하고 마지막으로 도전한 것이 선인장이었다. 또 이런 일이 생기니 의기소침해질 수밖에. 혹시 식물들 사이에서 내가 '공포의 연쇄살인마'라고 소문나는 것이 아닐까 걱정이 들었다. 식물이건 동물이건 생명 있는 것을 잘 키우는 일은 어렵다. 하지만 이 생명력 넘치는 대상들이 주는 감동과 기쁨이 워낙 크기에 언젠가 아파트 베란다를 정글로 만들고 말겠다는 기세로 꿋꿋이 다시 또 도전을 한다.

나는 아파트키즈 1세대다. 내 또래 대부분은 아스팔트 위에 콘크리트를 부어 쌓아 올린 아파트에서 태어나 자랐고 지금도 그런 아파트 단지에서 살고 있다. 우리에게 자연이란 대충 보여주기 식으로 만들어 놓은 아파트 화단의 장미 나무 정도가 전부다. 서울 출신이라 명절에 친척들이 모인다 한들 그냥 또 다른 아파트 단지를 찾아가 밥을 먹고 이야기할 뿐이다. '고향'이라는 단어를 들으면 늘 그리운 얼굴이 되는 친구나 자연 속에서 뛰어논 어린 시절 추억을 이야기하는 친구들이 많이 부러웠다. 물론 도시에서의 삶이 다 나쁜 것만은 아니다. 멋대가리 없는 빌딩들이지만 일 년 내내 대충 쾌적한 온도와 습도를 유지해준다. 침대 위에 다른 집의 침대가 자리하고 화장실 변기 위에 또 다른 집의 화장실 변기가 올라가는 기이한 구조의 아파트 역시 나름의 안전과 편리함을 선사해준다. 직장과 학교와 병원과 오락 시설이 가까운 데 자리 잡고 있고 건물들은 지하도와 스카이워크로 연결되니 생활 속에서 크게 이동하지 않아도 되고 24시간 내내 장사하는 곳들 덕에 시간의 규제도 받지 않는다. 계절과 기후와 시간과 공간의 제약으로부터 자유로운 도시는 웬만한 불편은 통제할 수 있는 곳이다. 문제는, 어느 순간부터 이런 편리함으로 가득한 도시에 무언가 빠져 있다는 생각이 들어 다른 곳으로 눈을 돌리게 된다는 것이다. 햇빛과 바람과 나무와 풀과 휴식과 여유가 그립지 않은가. 그렇다, 시골로 가자!

풍수지리를 신봉하는 것은 아니지만 햇빛이 잘 들고 바람도 잘 통하며 일 년 사계절의 변화를 목격할 수 있는 곳에서 살면 좋겠다는 생각은 나이가 들며 더 자주 하게 된다. 지금이야 회사를 다니니 직장 가까운 곳을 벗어날 수 없겠지만 퇴직 후라면 그럴 필요가 없을 것이고 아이가 없으니 학교 문제로 고민하지 않아도 되기에 원하는 어떤 곳에서도 살아볼 수 있을 것이다. 그렇다면 인생에서 한 번은 전원생활을 해 볼 수 있지 않을까 고민하던 차에 《단순하지만 충만한, 나의 전원생활》이라는 책을 읽게 되었다. 미국 아이오와 농촌에서 태어나 캘리포니아에서 살았고 〈뉴욕타임스〉를 비롯한 많은 매체에 글을 기고하며 대학에서 문예창작을 가르치는 벌링 클링켄보그는 '시간을 좀 더 정교하게 의식하고 싶어서' 뉴욕 북부(우리가 아는 그 복잡한 대도시 뉴욕이 아닌 뉴욕 주의 시골)에 작은 농장을 구한다. 그리고 한 계절이 오고 가고 또 다른 계절이 오며 해가 거듭되어서 그 궤적이 남는 삶에 대한 이야기를 적어간다. 텃밭을 가꾸고 돼지와 오리와 거위, 병아리와 닭을 키우고, 말과 개, 고양이와 함께하고 가끔씩 농장을 찾아오거나 인근에서 만나는 야생동물, 날아가는 곤충들과 더불어 살아가는 이야기를.

> 사람은 재생과 부활의 은유를 즐겨 쓰지만, 우리를 압도하는 것은 바로 봄의 실재성이다. 매 시간 눈 더미가 한 층씩 벗겨지고 얼음이 지배하던 영역이 줄어든다. 맨땅이 드러나고 수액이 솟구쳐 오른다. 방울새들은 짝짓기를 위해 털갈이를 한다. 나는 계절과 함께 나 역시 바뀌기를 바라면서 이들 사이를 거닌다.

p.35 《단순하지만 충만한, 나의 전원생활》

도시에서 살다 보면 해가 뜨고 지는 것은 물론이고 언제 봄이 왔는지, 겨울이 되어서 생명의 활동이 잠시 중단되는지 모르고 하루하루 날짜만 넘기게 되는데 시골생활은 이런 계절과 시간의 변화를 온몸으로 경험하며 목격하게 된다. 그렇다고 풍경과 계절 변화에 감탄사를 연발하며 즐길 수만은 없다. 전원에는 그 나름의 현실이 존재하고 농장 일 혹은 시골생활이란 날마다 같은 일을 반복해야 운영되는 온갖 수고로움의 집합체다. 가축들에게 매일 먹이를 주어야 하고 매일 자라나는 잡초를 정리해야 한다. 기쁨과 보람도 있지만 슬픔과 공허도 함께 존재한다.

　"모든 죽음은 내가 살면서 경험한 다른 죽음을 전부 불러온다. 그것이 가장 싫다. 내 경험으로는 종이 다르다고 해서 슬픔이 분리되지는 않는다."라고 얘기하는 그는 생명이 태어나고 스러지는 것을 직접 목격할 수 있는 시골에서 잔혹하리만큼 냉정한 자연의 섭리를 확인하고 사랑하는 반려견, 키우던 말과의 이별을 담담하게 맞이한다. 지나친 희망도 절망도 품지 않고 일어나는 그대로를 따르는 것은 진짜 농부, 진짜 목동이 해야 하는 일이다. 합리적인 농업이라면 최선을 다해 자연을 모방해야 한다는 것이 클링켄보그의 생각이다. 지금의 산업적 농업은 효율을 위해 식물과 동물을 시스템에 맞게 만들어가는 기형적 구조가 되어 버렸다. 자연이 지니는 풍부한 다양성을 포기하고 동일성으로 효율만 높이려는 시도는 유전자 변형 농작물과 유전자 복제로 태어나는 동물로 가득한 세상을 만들어낼 것이다. 이 책을 읽다 보면 인간이 생태계 피라미드 꼭대기에 서 있지 않다는 사실을 다시 확인하게 된다. 계절마다 달라지는 아름다운 자연을 소개하며 결국 저자가 말하고 싶었던 것은 하나, 인간은 지구상에서 살다 갔던 다른 생명체들과 똑같은 몫, 똑같은 권리를 가질 뿐이고 그런 사실을 인정할 때 비로소 생명 자체의 품격과 도덕적 깊이를 얻게 된다는 것이다. '세상은 인간만을 위해 거룩하게 창조되었다'는 오해와 자만으로부터 벗어나지 않으면 지구상 모든 생명체에 엄청난 재난을 초래하게 될 것이다.

그저 아름답게 보였던 전원생활에 이런 철학적인 고민이 자리해야 한다는 것을 알게 되니 예전처럼 '시골 가고 싶다'는 말을 쉽게 할 수 없게 되었다. 여기에 마루야마 겐지의 《시골은 그런 것이 아니다》가 더해지니 현실 감각을 100퍼센트 충전하게 되었다. 마루야마 겐지가 누구인가. 무역회사에서 일하다 소설을 써서 아쿠타가와상을 받고 나가노 현 시골로 이주한 후 도시와도 문단과도 연을 끊고 글쓰기에만 전념하고 있는 고집쟁이 일본 작가다. 소설을 쓰는 중간에 자신의 인생을 기반으로 해 에세이집도 종종 발표하는데 《인생 따위 엿이나 먹어라》《당신의 젊음을 죽이는 적들》《소설가의 각오》 등 제목만으로도 알 수 있듯 인정사정 보지 않고 내던지는 내용으로 가득하다. 회사 인간의 신화가 오랫동안 자리를 잡아온 일본은 한국만큼이나 야근과 주말 근무, 잔업을 당연하게 여겼고 그 과정에서 몸과 마음이 상한 사람들이 도시를 떠나 전원생활을 꿈꾸는 경우가 많다. 전업작가가 되기 위해 모든 것을 던져버리고 스스로 고립을 선택해 고향으로 돌아간 그 자신이 시골에서의 삶을 너무나도 잘 알기에 이런 책을 쓸 수 있었고 생생한 조언과 충고가 가능했을 것이다. 하지만 그렇다고는 해도, 심하게 직접적이다.

반인간적이고 굴욕적인 도시 생활을 어쩔 수 없이 해 왔습니다. 몸도 마음도 갈기갈기 찢기고, 혼마저 너덜너덜해진 시점에서 간신히 정년을 맞이했습니다. 인생의 전부였던, 가정보다 더 절실한 공간으로 여겼던 직장에서 완전히 내몰렸습니다. …… '인생 2막'이니 뭐니 떠들어댑니다. 새장이나 형무소에서 풀려난 것 같은 멋진 후반생이 열린 양 기대하게 합니다. 추상적이고 입에 발린 겉치레 소리입니다. p.6《시골은 그런 것이 아니다》

그가 직접 경험하고 들려주는 시골은 입을 떡 벌어지게 만드는 '현실감 만렙'의 공간이다. 막연하게 자연 속에서 농사를 짓겠다고, 대충 취미나 즐기겠다고 시골로 향하는 사람에게 그는 쉽게 대답할 수 없는 질문을 던진다.

농촌의 인구가 왜 그렇게 줄어드는지 한 번 생각해 보십시오. 당신이 멋지게 생각하는 삶을 왜 젊은이들이 저버리고, 당신이 기피하는 도시로 떠나선 정년퇴직해도 돌아오지 않을까요? …… 여하튼 나이만 먹어가는 후반 인생을 시골에서 보내려면 그에 상응하는 각오가 필요합니다. 거의 야생동물의 최후 같은 죽음을, 말하자면 길에서 쓰러져 죽음을 맞이할 수도 있다는 정도의 결의는 가져야 할 것입니다. p. 40~43 《시골은 그런 것이 아니다》

한적하고 안전할 것이라는 환상은 버리라며 집 지키는 개를 키우라고, 그것도 될 수 있으면 큰 개로 키우라고 하고 직접 창을 만들어 호신용으로 곁에 놓아두고 방과 창에는 이중빗장을 설치하는데 싸구려로 했다가는 목숨을 잃을 수도 있다는 사실을 명심하라고 한다. 갖가지 관혼상제에 참석하지 않으면 따돌림을 받을 것인데 다 참석하다가는 시간도 돈도 남아나지 않을 테니 친해지지 말고 그냥 욕먹으라는 이야기까지…….

전원생활을 꿈꾸고 있다면 당장 이 책을 사들고, 마루야마 겐지가 하는 말에 합당한 반론을 펼쳐보아야 한다. 그가 던진 질문에 나는 제대로 답을 할 수 없었고 이런 현실적인 문제를 아예 생각해본 적 없음을 깨달았다. "알겠어요, 전원생활일랑은 포기할게요" 하고 눈물 쏙 빼고 돌아오는 수밖에 없다. 막연한 환상과 냉정한 현실이 맞부딪치면 대부분의 경우 현실이 승리를 거두게 된다. 나중에 은퇴하면 시골로 가볼까 하던 순진한 생각은 마루야마 겐지에게 등짝을 얻어맞으며 끝나게 되었다.

도시에서 태어나 시골에 사는 친척 한 명 없고 농활조차 해본 적 없는 사람들일수록 시골생활을 동경하는 경향이 있다. 잘 모르기 때문일 것이다. 잘못 이해해 《시골은 그런 것이 아니다》를 전원생활에 반대하는 책이라고 생각할 수도 있는데, 절대로 그렇지 않다. 그는 자신이 도시에서 그 세월을 보냈다면 아마도 천박하고 경솔한 이미지의 소설 밖에 쓸 수 없는, 일회용 작가로 소멸되었을 것이라고 고백한다. 그가 말리는 것은 나이와 상관없는 미성숙함이다. 젊어서도 죽기로 무언가에 자신을 걸어본 적 없는 사람이 나이 들어 은퇴를 하며 대충 유행에 따라 '슬로 라이프'를 추구하는 걸로는 인생이 오히려 더 비참해진다고 이야기하려는 것이다. 한 번도 자기만의 방식으로 치열하지 않았고, 필요한 모든 것을 가족과 학교와 회사라는 시스템 속에서 얻었는데 모두 내 힘으로 해야 하는 시골생활에 적응할 수 있겠냐고 묻고 싶은 것이다. 자기 스스로 모든 것을 해결해야 하는 삶을 즐기지 못한다면 굳이 불편한 시골에서 생활하는 게 무슨 의미냐고 질문한다. 물론 그 자신은 이런 불편함이 우리 심신을 단련시켜 주고 뇌를 지배해온 싸구려 이미지를 제거해 정신을 본래대로 돌려준다고 믿는다.

누구나 헨리 데이비드 소로가 될 수도, 타샤 튜터가 될 수도 없다. 이해도 없고 지식과 정보도 없는 시골생활에 관심이 쏠린 것은 지금 내가 있는 이곳이 답답하기 때문이었다. 하지만 이래 저래 인간 세상은 어디나 살기 어렵다. 도시건 시골이건 나름의 방식으로 살기 어렵다. 지금 내가 있는 이곳을 떠나 삶이 좀 쉬운 곳으로 옮겨가고 싶은 유혹은 늘 받게 된다. 하지만 어딜 간 다고 해도 하루하루 살아가야 하는 현실 역시 따라오게 마련이 다. 나무와 꽃과 새가 좋으면 그런 곳에 자주 가면 되고 삭막한 관계가 싫으면 내가 먼저 누군가의 좋은 친구가 되어 주면 되 는 일이고 틀에 박힌 일이 지겨우면 겁나서 도전 못 한 일들을 해 보면 되는 것이다. 천국이나 극락에 간다 해도 꼭 그곳이 마 음에 들고 좋으리라는 보장은 없다. 어디를 가도 살기 어렵다는 것을 깨달았을 때, 그리고 적절한 포기를 하게 될 때 비로소 지 금 있는 이곳에서 무언가 새로운 도전이 생겨난다. 전원생활에 대한 동경은 잠시 접어놓고, 다시 이 익숙하고 지겨운 도시에서 의 하루를 준비하기 시작해야 한다.

《단순하지만 충만한, 나의 전원생활》, 벌링 클링켄보그, 황근하 옮김, 목수책방, 2018
《시골이란 그런 것이 아니다》, 마루야마 겐지, 고재은 옮김, 바다출판사, 2018

나의 성, 나의 낙원, 나의 집

넓은 서재를 갖고 싶다, 작아도 좋으니 텃밭을 갖고 싶다, 주방에 멋진 식탁을 놓고 싶다, 햇빛 잘 드는 커다란 통창이 있으면 좋겠다, 멋진 드레스 룸도, 옥상과 다락도 있었으면, 동네 강아지와 고양이들이 드나들 수 있는 작은 문을 담벼락에 내야지……. 가끔 혼자서 위시 리스트, 버킷 리스트를 만들어볼 때가 있다. 하고 싶고 갖고 싶고 이루고 싶은 것들을 적어가다 보니 그중 상당수가 집과 관련된 것이었다. 내가 이렇게 집에 관해 생각이 많은 줄 미처 몰랐다.

삶을 안전하고 따뜻하게 담아주는 그릇이 바로 집이다. 담으려는 내용물에 가장 잘 어울리는 그릇을 고르기도 하지만 그릇에 따라 내용물이 다른 느낌으로 전해지기도 한다. 이런 집 안에서의 인간과 집 밖에서의 인간은 전혀 다른 모습이다. 밖에 나오면 지루하도록 단정하며 늘 블랙앤화이트의 모노톤 옷을 입는 사람이 자신의 집으로 들어가면 한없이 나른한 모습으로 황금색 메두사 프린트가 된 베르사체 잠옷이라거나 표범 무늬 프린트의 롱드레스를 꺼내 입을 수도 있다. 어쩔 수 없이 써야 하는 사회적 자아라는 가면을 벗고 진짜 내가 될 수 있는 곳이 바로 집이다. 인간이 집을 짓는다고 생각하지만 동시에 집이 인간을 짓기도 한다.

그동안 살아오면서 단독 주택과 아파트 생활을 거의 정확하게 반반씩 경험하다 보니 양쪽의 장점과 단점도 모두 이해할 수 있었다. 아파트는 편안하다. 냉난방과 온수, 전기 등의 문제에 대해 따로 신경 쓰지 않고 혹시 문제가 생기면 관리 사무소에 연락하면 된다. 구조의 약점 상 층간 소음이나 발코니를 타고 올라오는 담배 연기 같은 것이 문제가 되기도 하지만 적절한 고립을 즐길 수 있으며 혼자 살거나 가족이 적은 경우 걱정되는 보안 문제에서도 불안이 덜하다. 단독 주택이라면 아파트처럼 공중에 떠올라 사는 것이 아니라 발을 땅에 댈 수 있다는 것이 큰 위로가 되었다. 손바닥 만한 작은 정원이라도 있다면 계절의 변화를 예민하게 느낄 수 있다. 다른 사람의 생활과 섞이지 않는 독립성을 보장받을 수 있지만 책임과 관리, 보수는 전적으로 사는 사람의 몫이다. 이렇게 다른 특징을 갖고 있지만 한 가지는 공통적이다. 아파트건 단독 주택이건 우리 사회에서 집은 여전히 투자의 대상이자 가치 있는 재산의 역할을 한다는 것이다. 잘 살 수 있는(live) 집이 아니라 잘 사서(buy) 잘 팔 수 있어야 좋은 집이다.

건축사에 이름을 올린 유명한 건축가들은 전 세계 곳곳에 수많은 미술관, 박물관, 커다란 빌딩, 공공 시설물을 남겼다. 사진과 책으로, 또는 여행을 가서 직접 볼 수 있는 규모가 큰 이런 건축물과 달리 이들이 남긴 집은 어떤 모습인지 살펴보기는 쉽지 않다. 말 그대로 누군가 그곳에서 생활하는 것을 전제로 만들어진 지극히 사적인 공간이기 때문일 것이다.

일본의 건축가 나카무라 요시후미는 10년에 걸쳐 이런 집들을 찾아 나섰고 《집을, 순례하다》라는 책을 썼다. 굳이 대가가 남긴 집 구경을 목표로 삼아 전 세계를 돌아다닌 것은 저자 자신의 경험과 관련이 있다. 건축을 전공하던 20대 건축학도 시절에 부모님이 살 집을 짓게 되었는데 의욕만을 내세운 비실용적인 주택을 만들고 말았다. 거기까지였다면 괜찮았을 텐데, 배치도 엉망이고 일상생활에 대한 배려가 없는 집을 지어 놓고 '실용성 없는 건축이 가치가 있다'고 의기양양했다고 한다. 경험과 연륜이 쌓인 후 고향에 돌아갈 때마다 비행기 창으로 부모님 집의 지붕이 보이면 그립고 애틋한 기분에 앞서 부끄러움이 밀려들던 기억이 이 책을 쓰게 만들었다. 그림이나 조각을 만들거나 책을 썼는데 마음에 안 든다면 눈에 보이지 않게 치우는 것이 가능하다. 그러나 잘못 만든 건축물은 영원히 남는다. 무너뜨리거나 긴 세월이 흘러 스러지기 전까지는 말이다. 건축가에게 이렇게 잔인하고 마음 아픈 일도 없을 것이다. 젊은 날의 치기로 인한 부끄러운 기억에 그는 강력한 정면 돌파를 시도한다. 주택을 전문으로 하는 건축가가 되기로 결심하면서 최고의 대가들이 지은 집을 찾아 나선다. 이들이 만든 집은 자신이 예전에 만들었던 집과 무엇이 어떻게 다른가? 그 시절로 다시 돌아간다면 무엇을 더하고 무엇을 덜할 것인가? 그 덕에 독자들은 르 코르뷔지에가 연로하신 노부모를 위해 지은 스위스 레만 호숫가의 '어머니의 집'을 살펴볼 수 있게 되었다. 아주 작은 이 직사각형 집은 동선을 섬세하게 배려해 쓸모없는 공간은 하나도 없이 편안하고 자연스럽다. 호수가 잘 보이도록 직사각형 창문을 냈고 피아노 연주를 좋아하는 어머니를 위해 회전식 조명기구를 특별히 설치했다. 또 다른 집으로 "자연광 없이, 건축은 없다"고 이야기했을 정도로 빛과 조명을 특별히 중시한 루이스 칸이 햇빛을 집안으로 끌어들이는 것을 최대의 과제로 삼아 설계한 '에시에릭 하우스', 폭포 위에 자리 잡고 바위를 거실 공간의 일부로 끌어들여 대담한 해석을 보여주며 세상에서 가장 유명한 건축물 중 하나가 된 프랭크 로이드 라이트의 '낙수장' 등도 구경할 수 있게 되었다.

후편인 《다시, 집을 순례하다》에서는 안도 다다오, 루이스 바라간, 찰스 무어 등 20세기 중후반 건축의 거장 8명이 지은 8개의 집을 보여준다. 콘크리트로 모던하게 만든 튼튼하고 현대적인 건물을 좋아하는 나이지만 루이스 바라간이 만든 집을 보고는 공간에 색을 가져오는 것이 얼마나 대단한 효과를 내는지 확인할 수 있었다. 나중에 집을 짓는다면 꼭 노란색과 연보라색을 칠해봐야지 하고 결심하게 될 정도였다. 저자는 건축가로서의 솜씨를 발휘해 소개하는 집마다 극히 자세한 평면도와 다양한 사진을 곁들였다. 아파트 분양 때 자주 보는 대충 비슷하고 평범하기 그지없는 평면도와 달리 정말 이렇게 집을 만들었을까 싶은 재미있는 평면도들이 등장한다. 화려한 소재와 첨단 기술, 압도적인 스케일을 자유자재로 구사하는 최고의 건축가들이지만 '집'을 만든다고 생각할 때에는 훨씬 더 다정한 마법을 쓰는 것 같다. 이들이 만든 집에는 무언가 따뜻하고 달콤한 레시피를 더한 것 같은 기운이 배어 있다.

평범한 사람이 평생 해 볼 수 있는 가장 큰 규모의 쇼핑은 집이 아닌가 싶다. 그런데 집을 구할 때에는 나에 대한 고민이 아니라 집에 대한 고민을 먼저 하게 되는 것이 현실이다. 내가 살고 싶은 지역에 땅을 사고 집을 세우는 것은 웬만한 사람들이 엄두내기 어려운 일이 되어버렸다. 땅을 구하고 건축가에게 의뢰를 해 설계를 하고 각종 제도와 법적 절차를 확인하고 공사 현장을 살피는 길고 복잡한 과정을 생각해보면 아주 심란해져 대부분의 경우 이미 만들어져 있는 집을 확인하고 그 속으로 들어가 맞춰서 사는 편을 선택하게 된다. 집 한 채 짓고 나면 수명이 10년은 줄어든다는 말이 그저 농담이 아니다. 하지만 새들도 야생동물들도 자기가 살고 싶은 곳에 제 살 곳을 직접 만드는데 나도 한 번쯤은 작고 좁아도 내 집을 만들어보고 싶다. 겁은 많고 돈은 없으니 차마 입 밖으로 내지 못하고 머릿속에서만 집을 지었다 허무는 일을 몇 년 동안이나 반복하고 있다. 어차피 상상을 할 거라면 스케일 크게! 어떤 멋진 건축가에게 작업을 부탁해볼까, 이 책에서 보았던 집을 상상하며 혼자 선정에 나선다. 르 코르뷔지에, 마리오 보타, 루이스 칸, 알바 알토, 프랭크 로이드 라이트, 안도 다다오 같은 스타 건축가 중 누가 좋을까. 이들이 만든 집 안에서는 어떤 삶이 펼쳐질까.

작가의 이름만 보고 책을 선택하는 몇 안 되는 사람 중 한 명이 빌 브라이슨이다. 지치지 않는 호기심, 특유의 유머, 사소한 것에서 커다란 이야기를 끌어낼 수 있는 독특한 시각으로 여행과 언어, 역사에 관해 수많은 책을 써온 이 미국 출신의 작가가 영국의 동쪽 끝, 노퍽에 있는 오래된 목사관저로 이사간 지 얼마 안 되었을 때 천장에서 물방울이 떨어지는 것을 발견하고 다락을 올라가게 된다. 다락에서 우연히 문을 발견해 열어 보았더니 식탁 넓이 정도 되는 좁은 공간이 나타난다. 무엇을 위한 장소인지 왜 만들었는지 알 수 없는 일이었다. 여기서 오래 전

매일 아침,
두근두근 대며

교회 묘지로 사용되었을 넓은 들판을 바라보다 길고 긴 인류 역사에서 결국 남아 선조와 우리를 이어주는 것은 아주 평범한 일상이었다는 결론에 도달한다. 전쟁이나 혁명, 발견과 발명 같은 일이 역사에 중요하게 남아있지만, 정작 우리의 생각과 행동의 대부분을 차지하는 것은 먹고 마시고 놀고 자는 것 같은 일상이다. 이런 것들은 진지한 고려의 대상으로 여겨지지 않게 마련이다. 하지만 잠깐 생각을 달리해보자. 우리가 귀한 유물이라고 소란스럽게 관심을 갖는 것이란 오래 전 누군가 남겨놓은 동굴 속 낙서, 귀퉁이 깨진 빗살무늬 접시, 흐리멍텅한 유리구슬 같은 당시의 일상용품이다.

중요하지 않은 일상을 중요한 것처럼 생각해 보려고 그가 쓴 책이 《거의 모든 사생활의 역사》다. 집안을 여행 목적지로 삼아 각각의 공간과 그 공간에서 일어나는 행위들이 인간의 사생활에 어떤 영향을 미쳤는지 상상해본다. 식탁 위를 바라보다 세상에 그토록 다양한 향신료와 양념이 존재하는데 왜 모든 사람의 식탁에는 소금과 후추만 놓이는 것일까 의문을 갖는다. 부엌에서는 이물질을 넣어 양을 부풀리는 눈속임의 역사와 얼음을 이용한 식재료의 운반과 보관에 관해 생각해본다. 지하실에서는 석재와 벽돌, 콘크리트 등 건축 자재와 관련한 지식을, 두꺼비집을 들여다보면서는 조명, 석유, 전기가 개인 집에 어떻게 사용되기 시작했는지 알아본다. 이런 식으로 복도와 정원, 다락과 화장실, 침실과 계단에 담긴 이야기들은 꼬리를 물고 이어져 인간이 일상을 편리하도록 만들어온 긴 노력의 역사를 확인하게 된다.

에베레스트 산에 올라가는 열정으로 포크를 만들었고 상상 속 용을 무찌르는 기분으로 식량을 축내고 병균을 옮기는 쥐를 잡기 위한 각종 도구를 만들었다. 모험을 하고 싶거나 정복을 하고 싶다면 멀리 떠날 필요 없이 내 집을 시작점이자 도착점으로 삼으면 되는 것이었다. 해서, 나도 빌 브라이슨처럼 우리 집으로 여행을 떠나보았다. 아파트이니 시작은 입구. 매년 바뀌는 비밀번호는 늘 가장 쉬운 숫자로 이루어진다. 암호학자가 본다면 왜 이 숫자를 비밀번호라고 부르는지 궁금해할 것이다. 아파트의 맨 위쪽에 자리한 우리 집은 파리나 모기가 거의 없는 편인데 얼마 전부터 이들이 가끔씩 출몰한다. 파리와 모기도 이제 고층 서식지에 적응한 것일까? 마구 어질러 놓은 책은 어떻게 정리하는 것이 가장 효율적일까 생각을 하다가 세탁기와 에어컨을 청소하는 가장 깨끗한 방법은 무엇일까, 왜 생각하지 못한 음식물들이 냉장고에서 계속 나오는 것일까, 이불빨래는 언제 해야 할까, 오래된 소파를 바꾸려면 어느 가구점을 가야 하나 등 집안일의 목록만 줄줄 나오는 것이었다. 이래서는 모험가도, 탐험가도, 역사학자도 될 수 없을 것이다.

나는 지은 지 20년 쯤 되는 아파트에서 10년 가까이 살고 있다. 바닥이 온통 생채기와 흠집으로 가득하고 벽지는 세월 때문에 빛이 좀 바랬다. 엘리베이터는 만날 말썽을 부려 본의 아니게 다리 운동을 하도록 만든다. 유명한 건축가가 만들어준 것도 아니고 흥미진진한 모험의 장소도 아닌 그냥 내 집. 아주 멀리 한강이 손바닥만큼은 보이니 전망이 나쁘다고 말할 수도 없을 것이다. 낡은 소파에 누워 텔레비전과 에어컨의 리모컨을 양손에 들고 실컷 게으름을 부리는 즐거움을 이곳이 아닌 다른 곳에서 맛볼 수는 없다. 이 집을 구성하는 모든 것은 나와 남편이 고른 것이고 매일 함께 치우고 정리하며 확인하는 공간이다. 재테크라는 점에서는 형편없는 수익률을 보이겠지만 편안함과 정겨움이라는 점에서는 꽤 괜찮은 점수를 줄 수 있을 것 같다. 그래서 나는 아무도 없는 집의 문을 열고 들어가면서도 "다녀왔습니다"라고 말하곤 한다. 완벽하지 않지만 늘 다정하고 편안한 내 집에게 '나 없는 동안 잘 있었냐' 인사하고 싶어서다.

《집을, 순례하다》 나카무라 요시후미, 황용운 & 김종하 옮김, 사이, 2011
《다시, 집을 순례하다》 나카무라 요시후미, 정영희 옮김, 사이, 2011
《거의 모든 사생활의 역사》 빌 브라이슨, 박중서 옮김, 까치, 2011

맛없는 걸 먹기에 인생은 짧아

　책을 좋아하는 아이의 문제는 책에서 읽은 사실이 현실에도 그대로 적용된다고 생각하는 것이다. 현실의 무시무시한 공격을 받으면 글로 익힌 추상적이고 단편적인 지식은 아무 힘도 못 쓰고 허물어지는데 말이다. 연애소설을 수백 권 읽는다고 해서 격정적인 연애를 할 수 있는 것도 아니고 무협소설을 읽는다고 해서 무공이 쌓이지는 않는다. 그런데도 어린 시절 나는 요리책을 계속 읽다 보면 맛있는 음식을 만들어낼 수 있을 것이라는 착각에 빠져 있었다. 집에 있는 요리책을 보고 또 보며 머릿속에서 시뮬레이션을 해 본 후 주방 조리대에서 칼을 잡고 불을 켜고 난리를 쳐가며 완성한 결과는 생각 이상으로 참혹했다. 너무 익어 물러진 채소, 겉은 타기 직전인데 속은 피가 배어 나오는 고기, 무슨 맛인지 알 수 없는 디저트. 나이가 들고 음식 차리는 경험이 많아지면서 그때보다야 나아졌지만 애석하게도 나에게 대단한 요리 재능 같은 건 없었다. 아무리 노력해야 대충 먹을 만한 음식 정도가 나오지 엄청 맛있는 음식이 탄생하는 경우는 극히 드물다. 뭐, 그래도 괜찮다. 비로소 미식과 탐식의 시대가 도래해 동네 음식점은 물론 유명한 셰프가 운영하는 맛있는 레스토랑이 세계 곳곳에 깔려 있다. 지갑에 돈을 채우고 튼튼한 위장을 준비하면 된다!

어려서 맛있는 것만 밝히면 안 된다고 수도 없이 이야기 들었는데 그때마다 '이왕 먹을 거면 맛있는 걸로 배를 채워야지 왜 맛없는 걸 먹냐'고 속으로 반항했다. 동화책을 읽다가 음식 설명하는 부분이 나오면 몇 번이고 되풀이해서 읽었는데 《알프스 소녀 하이디》에 나오는 흑빵, 흰빵이 어떤 맛일지 궁금해서 미칠 지경이었고 《작은 아씨들》에 나오는 소금에 절인 라임이 도대체 뭘까 싶어 19세기 미국으로 가보고 싶었다. 나는 결국 엥겔지수 엄청 높은 어른으로 성장했고 결혼 후에는 남편까지 꼬드겨 먹고 마시는 일에 진력을 다하고 있다. 우리 두 사람이 만든 가훈은 '같이 잘 먹는 게 남는 거'다. 결혼하고 나서 떠난 한 달 동안의 스페인 안식월 휴가에서 남편과 내 이름의 영문 이니셜을 따서 웹사이트 겸 소셜미디어 'HER Report'를 만들어 먹고 마시는 이야기를 올리기 시작했다. 그 후 지금까지 음식을 기준으로 여행지를 정하고 항공편이나 호텔보다 레스토랑을 먼저 예약한다. 일정 역시 어디서 무언가 먹고 마시는 것이 전부다. 맛없는 걸 먹기에는 인생이 너무 짧다고 외친다. 굵고 자란 것도 아닌데 이 막연한 허기는 어디에서 기인하는가.

먹는 일에 전력을 다하다 보니 음식이나 조리 등에 관해 이런저런 이야기를 들을 때도 많다. 그러다 궁금하거나 미심쩍은 것이 생기면 얼른 책 한 권을 빼든다. 식품공학이나 영양학을 전공하지는 않은 나에게 가장 믿을 만한 레퍼런스는 해롤드 맥기의 《음식과 요리》다. 1984년 초판이 나왔고 2004년 2판이 나와 번역되었다가 한동안 절판되었고 2017년 3판을 기반으로 새로운 번역판이 나왔다. 10년 사이에 과학과 기술 분야에서 얼마나 큰 발전이 이루어지는지 알고 있으니 엄청난 두께와 무게를 자랑하고 그에 맞게 가격 또한 눈물 나오는 새 번역본을 사들일 수밖에. 곳곳에서 아무렇지 않게 "고기 표면을 고온에서 익혀 육즙을 가두라"고 이야기하는데 맥기는 말도 안 되는 소리라고 이야기한다. "수분 유실은 고기 온도에 비례하기에 급속 익힘의 높은 온도는 실제로 중간 온도보다 더 많이 고기 표면의 수분을 말려버린다"고. 음식이나 요리에 관해 궁금한 것이 생기면 제발 인터넷 초록 창에 의견을 묻지 말고 이 책을 참고하시길.

해롤드 맥기는 천문학을 공부하려고 캘리포니아 공대에 입학했다가 전공을 문학으로 바꿔서 예일 대학교에서 존 키츠의 낭만주의 시로 문학 박사 학위를 받았다. 세상에는 참 독특한 사람도 많다. 우연한 기회에 음식과 요리에 흥미를 느끼고 과학과 요리를 접목하는 일을 해왔는데 이 첫 번째 책이 대단한 성공을 거두었다. 요리책은 많아도 요리와 식품을 이렇게 과학적 원리와 가치에서 접근한 적이 없었기 때문이다. 지금도 이 책에 필적할 만한 참고도서는 별로 없는 것 같다. 음식이나 조리에 관련한 기사나 글을 볼 때면 항상 "《음식과 요리》를 쓴 해롤드 맥기에 따르면~" 하는 인용이 빠지지 않고 등장한다. 그냥 '아, 맛있다' 하고 음식에 대한 설명을 끝내고 싶지 않은 사람이라면 이 책을 주방 제일 눈에 잘 띄는 곳에다 놓아두어야 한다. 1300페이지 안에 채소와 곡물, 과일, 허브, 빵과 소스, 와인 등 식재료는 물론이고 조리 방법과 조리 기구, 음식물을 이루는 기본 분자들에 관해 이야기하는데 지극히 객관적이고 과학적인 설명을 이어나가는 중간중간에 인문학 전공자로서의 장점을 살려 역사와 기원, 이름의 유래 등을 설명해준다. 이 믿음직한 책 덕분에 나는 음식과 요리에 관해 잘못된 속설과 대략적인 짐작을 벗어날 수 있었다.

장을 봐 음식을 만들고 청소를 하고 빨래를 하는 것은 삶의 기본이다. 이 기본을 스스로 해결할 수 있다는 것은 독립적인 성인이라는 증명이기도 하다. 민주주의 가치를 수호하고 지구 온난화를 해결하느라 집안일 같은 것에는 신경 쓸 수가 없다는 사람이 정말 세상을 위해 큰 일을 할 것 같지는 않다. 자기 존재의 기본을 남에게 전적으로 맡겨놓은 사람이기 때문이다. 높으신 분들이 그렇게 좋아하는 '수신제가 치국평천하'에서 수신제가란 바로 자신의 삶은 자신이 영위할 수 있도록 준비하고 익힌다는 의미라고 생각한다. 마트에 나오는 반조리 식품과 배달 주문, 세탁소와 청소 로봇, 전문 도우미 등 가사를 편하게 해주는 수많은 서비스가 있지만 만약의 경우, 아무런 도움을 받을 수 없을 때 내가 불편함 없이 일상을 영위할 수 있을 저력은 갖춰놓아야 한다. 그것이 자신감의 원천이니까.

동창들과 모처럼 해외여행을 떠나는 아내가 남편과 아이들을 위해 냉장고에 잔뜩 밑반찬을 만들어놓고 곰탕도 한 솥 끓여놓는데 그것도 꺼내 먹고 데워 먹을 줄 몰라 남은 가족들이 내내 배달 음식을 주문해 먹었다는 이야기, 아파서 수술하러 들어가는 며느리에게 "그럼 우리 아들 밥은 어떻게 하니?" 물었다는 시어머니 때문에 너무 속상했다는 이야기는 그저 농담거리가 아니다. 귀하게 자라다 보니 칼을 잡을 줄 몰라 사과를 깎아 먹지 못하고 늘 귤이나 딸기만 먹는다는 말을 아무렇지 않게 하는 건 좀 심했다. 모든 사람이 가사 일을 잘할 필요는 없다. 하지만 할 수 없어서 못 하는 것과 할 수 있지만 안 하는 것 사이의 차이는 실로 엄청나다. 입시에 필요한 것 말고는 가르치지도 배우지도 않는 이 나라의 교육과정, 지금까지 살아온 경험으로 볼 때 미적분이나 제 2외국어보다 인생에서 훨씬 도움이 되는 것은 음식 만드는 법과 간단한 바느질, 집안 여기저기 고장났을 때 바로 활용할 수 있는 DIY 수리와 수선 능력 같은 것들이다.

TV의 관찰 리얼리티 예능 프로그램을 보다 "아냐, 제발 그러지 마, 제발 제발" 하고 외치게 되었다. 행주와 걸레의 구분도 없는 듯하고 한 번 사용한 냄비를 씻지도 않고 그대로 쓰질 않나, 전을 한다며 동태살만 기름 속에 넣고 익히지를 않나, 이런 모습을 보며 어떤 사람은 '귀엽다'거나 '인간적'이라고 재미있어 할지 몰라도 내 머릿속은 오치 도요코의 《요리 도감》을 한 권 사서 보내주고 싶다는 생각만 가득했다.

이 책은 '삶의 저력을 키워보자'는 부제를 달고 있는데 정말 찰떡같이 잘 어울리는 표현이다. 주방에 서본 적이 거의 없는 사람, '요리 왕초보 생초짜'라면 제일 먼저 보아야 할 책이다. 저자는 서문에서 "스스로 먹고 싶은 음식을, 먹고 싶을 때 만들 수 있다는 사실은 내가 나답게 살아가기 위해 내딛는 첫걸음이다"라고 말했다. 370여 페이지 작은 판형인데 요리 도구는 물론 식재료 입문, 간단한 조리법, 식품 안전과 건강까지 모두 담았다. 요즘 많이 나오는 아름다운 사진과 호화 장정의 요리책은 눈으로 보는 데 의미가 있다. 집에서 저렇게 해먹으려면 온갖 장비를 다 갖추고 이름도 낯선 식재료도 사들여야 하며 일단 기본적으로 솜씨가 좋아야 한다. 한 끼를 마음 편히 가볍게 해결하고 주방을 깨끗하고 위생적으로 유지하는 삶의 진짜 저력은 이 책에 나오는 것처럼 불 조절해서 밥을 짓고 반찬거리를 양념에 버무리거나 간을 맞추고 유통 기한에 맞게 식재료를 관리해 낭비 없이 잘 챙겨 먹는 것이다. "채소는 자라는 방향으로 세워서 보관한다" "육수를 낼 거면 찬물에 넣어 끓이고 고기 살을 먹을 거면 물이 끓고 나서 넣는다" "달걀을 풀 때 젓가락 끝에 소금을 조금 묻히면 흰자가 잘 풀린다." 별 것 아니지만 배운 적 없으면 알 수 없는 기본 정보가 가득하다.

가지가 제철이어서 엄마에게 전화를 해 "가지나물 맛있게 만들려면 어떻게 해?" 물었더니 "야, 더운데 무슨 반찬을 만든다고 난리야! 두 사람 먹는 건데 그냥 잘하는 데에서 사 먹어!" 너무 심하게 직선적인 나의 친정 엄마보다 이 책이 열 배는 친절하다. 찬물 붓고 된장 풀어 냉장고 속 굴러다니는 오래된 재료 넣고 대충 끓인 찌개와 정성스럽게 육수 내고 신선한 재료 구해 들어가는 순서를 지켜 부드럽게 익힐 것과 살짝 아삭하게 익힐 것을 구분해 끓인 후 뜨거울 때 후후 불어가며 먹는 찌개 맛은 같을 수가 없다.

사소하고 별 것 아니게 보이는 기본과 스킬들이 모이다 보면 완전히 다른 결과물이 나타난다. 요리나 인생이나 매한가지다. 누구나 인생은 처음 살아보는 것이라 낯설고 익혀야 할 것 투성이다. 기본적이고 단순한 가치인데 모르고 지나가는 경우도 있다. 잘못했으면 바로 미안하다고 마음을 표현해야 하고 가장 가까운 사람들의 배려를 너무 당연하게 여기지 않아야 하고 바쁜 가운데 어떻게든 틈을 내서 쉬어야 한다.

월드컵 경기나 선거 개표 방송을 기다리며 치킨을 시키려고 전화를 하면 두 시간 넘게 주문이 밀려 있다고 한다. 이럴 때 쿨하게 전화를 끊고 내가 먹을 닭을 내가 직접 튀기는 것, 이 세상 최고의 멋짐 아닌가. 가끔 내가 만든 음식이 예상 외로 맛있을 때 갑자기 자신감이 급상승하면서 "세상아 비켜라, 내가 간다!" 외치고 싶어진다. 먹고 싶은 것을 직접 만들어 먹을 수 있는 사람이 되는 것은 인생 과제로 삼기에 전혀 손색 없는 덕목이다. 그러니 나는 오늘도 '사다 먹는 게 편하고 싸다'는 엄마의 현실적인 조언을 한 귀로 흘리고 냉장고를 열고 무얼 만들어 볼까, 뒤적거리기 시작한다.

《음식과 요리》, 해롤드 맥기, 이희건 옮김, 이데아, 2017
《요리 도감》, 오치 도요코, 김세원 옮김, AK커뮤니케이션즈, 2015

걷는 사람, 아니 걸을 수밖에 없는 사람

　황동규 시인은 자신의 시집에서 '바퀴를 보면 굴리고 싶어진다'고 했지만, 나는 바퀴 달린 것들을 보아도 아무 생각이 없다. 아니, 바퀴 달린 것들을 좋아하지 않는다. 몇 번인가 자전거 타기를 배우려 시도했지만 결국 실패했다. 조만간 다시 도전하겠지만 성공할 자신은 없다. 운전은, "하지 않는다"라고 말해야 하나? "자동차가 없다"고 말하는 것이 나을까? 그럴 수밖에 없는 것이 아예 면허가 없다. 운전하는 사람들은 나를 한심하게 여길 것이다. 가고 싶은 곳을 가고 싶은 때에 갈 수 있다는 것은 그 자체로 자유이고 독립이라는 사실을 나도 너무나 잘 안다. 온전히 자기만의 공간인 자동차 안에서 좋아하는 음악을 크게 틀고 듣는 것은 평생의 로망이기도 하다. 운전을 못 한다는 것은 조수석에 앉아야 한다는 의미이다. 가고 싶은 곳이 있는데 적절한 교통수단을 찾지 못한다면 누군가에게 부탁을 할 수밖에 없다. 아무리 생각해도 의존적이고 미성숙한 일이기에 자동차를 사지는 않는다 해도 운전을 배워야겠다고 매년 새해 다짐을 하곤 한다.

그럼에도 불구하고 지금껏 운전을 하지 않는(못 하는) 이유는 수십 가지를 들 수 있다. 멀미를 워낙 심하게 하는 터라 차종과 크기에 상관없이 그 어떤 자동차를 보면 한 번 몰아보고 싶다가 아니라, "아, 속이 메슥거린다"는 기분이 제일 먼저 든다. 구경하기 좋아하고 한눈을 잘 파는 데다가 많이 부주의한 내가 운전하다 사고를 내서 다른 사람이 다치는 일은 생각만 해도 끔찍하다. 서울은 대중교통 시설이 잘 되어 있으니 웬만한 곳은 지하철과 버스, 택시를 이용하면 된다. 한국에서는 아직 공유차량 서비스를 놓고 논쟁 중이지만 외국 여행이나 출장에서는 우버를 비롯한 다양한 차량 공유 서비스를 이용할 수 있으니 굳이 운전이 필요할까 싶기도 하다. 단 한 가지 걱정이 된다면, 부모님이나 남편이 아플 경우다. 주위에 아무도 없는데, 어느 날 갑자기 사랑하는 가족이나 친구가 아프고 내가 운전을 못 해서 제때 병원에 못 가면 어떻게 하나. 이런 고민을 이야기했더니 남편이 조용히 한마디 한다. "요즘 우리나라 응급의료체계가 얼마나 잘 되어 있는데, 그냥 119를 불러. 당신이 운전하는 차를 타고 가다 병원에 닿기도 전에 심장마비로 잘못되면 어떻게 해."

바퀴 달린 것을 제외한 이동 수단이라면 수영이 있다. 대학 때 두 달 배웠지만 물에 들어가는 순간 온몸에 힘이 들어가 자꾸만 가라앉는다. 사람 좋은 수영 코치조차도 가르치다 지쳐 나에게 "물에 빠지면 그냥 발이 해저 면에 닿을 때까지 기다렸다가 육지를 향해 달리는 편이 낫겠다"고 농담할 정도였다. 그런 내가 스스로 구사할 수 있는 유일한 이동 방법은 바로 걷기다. 걷기라면 자신 있다고, 하루 종일이라도 가능할지 모른다고 생각했다. 그런데 어느 날 문득 궁금해졌다. 나는 보통 때 정말 많이 걷나? 일주일 동안 사무실이건 집이건 움직일 때면 핸드폰을 꼭 들고 다니며 확인해 보았는데 충격이었다. 평상시 나는 매일 2000여 보 남짓 걸을 뿐이었다. 1만 보 정도 걷는다는 것은 의식적으로 노력하고 애쓰지 않으면 달성 불가능한 목표였다. 이런 사실을 확인하고 나서는 지하철이나 버스로 한두 정거장 정도의 거리라면 걸어가는 편이다. 다른 운동을 하지 않기 때문에 더 열심히 걸으려고 하는지도 모르겠다. 신경 써서 걸으려 해도 이런저런 일로 지치고, 더우면 더워서 추우면 또 추워서 게으름을 피우기도 한다. 그럴 때면 몰아서 주말에 걷는다. 가끔 집에서 광화문 교보문고까지 걸어서 다녀오는데 시간으로는 왕복 세 시간, 2만 보 정도 걷는 셈이 된다.

가장 열심히 걷는 것은 여행 가서일 것이다. 물론 안전이 기본이 되어야 하겠지만, 호텔에 짐을 풀고 중요한 지역으로 나

매일 아침,
두근두근 대며

누어서 무작정 걸어 다닌다. 낯선 도시와 친해지는 최상의 방법은 몸으로 느끼는 것이다. 길을 걷고 랜드마크가 되는 건물을 확인하고 건널목을 건너고 강을 넘어야 비로소 그 도시에 구체적으로 다가갈 수 있다. 몸으로 익힌 것은 쉽게 잊히지 않으니까. 여행 가서는 평균 매일 2만 5000보, 많으면 3만 보 정도를 걷곤 한다. 대략적으로 하루에 걸어야 하는 거리를 염두에 두고 일정과 코스를 짠다. 저녁이면 다리가 퉁퉁 부어서 내가 의지를 갖고 걷고 있는지, 내 다리가 그저 기계적으로 움직이는 건지 알 수 없는 상황이 된다. 뜨거운 물에 지친 다리를 풀어주고 침대에 기어들어 가면 시차 따위 고민할 필요 없이 단잠에 빠져든다.

걷기의 즐거움을 이해하는 것은 평생 뚜벅이로 살아온 나뿐만이 아니다. 산책, 소요, 걷기의 즐거움을 소개해주는 책은 어렵지 않게 찾을 수 있다. 그중 가장 우아하고 아름다운 책을 고르라고 한다면 미국의 작가 리베카 솔닛의 《걷기의 인문학》이 아닐까 싶다. 단어가 주는 무거움 때문이었을까, 그냥 팔다리를 열심히 휘젓기만 하면 되는 걷기에 '인문학'까지 가져오다니, 읽기를 잠시 망설이기도 했다. 원 제목은 'Wanderlust: A History of Walking'인데 있는 그대로 번역하면 '걷기의 역사'쯤 되니 번역서 제목보다는 조금 마음 편하다. 숨을 들이마시고 읽기 시작했다. 역시 제목에 눌릴 필요는 없는 것이었다. 누가 언제 어떻게 걸었는지 다양한 사례와 자세한 설명과 세련된 감각으로 보여주는 아름다운 산문이었다.

솔닛의 설명에 따르면 걷기는 철학이다. 그리스 철학자 중에 소요학파가 있을 정도이고 하이델베르크에는 헤겔이 걸었던 '철학자의 길'이 있고 교토에도 철학교수 니시다 기타로가 걸었던 같은 이름의 길이 있다. 칸트, 장 자크 루소, 키에르케고르 등이 걸으면서 생각을 정리한 철학자였다. 이들의 다리를 묶어놓았더라면 그 복잡다단한 정신세계가 활짝 날개를 펴지 못했을 것이다. 걷기는 종교이기도 해서 신에게 자신을 보내는 표현이었다. 순례자들은 자신이 속해있는 소란스럽고 덧없는 세상과 잠시 단절을 선언하고 자신이 섬기는 신과 더 가까이 있기 위해 멀고 먼 곳으로 떠나기를 주저하지 않았다. 그냥 걷는 것만으로 성이 차지 않아 온몸을 내던지는 오체투지로 뜨거운 동시에 차가운 열정을 보여주기도 했다. 시와 소설도 걷는 과정에서 태어났다. 영국의 낭만주의 시인 워즈워스와 일본의 하이쿠시인 마쓰오 바쇼는 자연 속을 걸어 다니며 영감을 얻었다. 헨리 데이비드 소로는 한층 더 결연해서 "길을 나설 때에는 절대돌아오지 않겠다는 불사의 모험 정신이 있어야 하는 것 같다"고 말하기도 했다.

걷기는 가장 강력한 정치였다. 여럿이 함께 걷는 행진은 혁명에 불을 당긴다. '라 마르세예즈'를 부르며 거리를 가득 채운 파리 시민들은 자신의 왕을 단두대로 보냈다. 고압 소방 호스로 물대포를 맞기도 하고, 반대파와 경찰로부터 수모를 당하면서도 연대의 행진을 멈추지 않았던 용감한 사람들 덕분에 미국 흑인들은 투표권을 얻을 수 있었다. 지금도 사람들은 걷는다. 탁 트인 들판과 구름 위로 치솟은 산꼭대기를 향해 걷고 요란스러운 간판과 환한 전깃불로 지저분한 속살을 감춘 도시를 걷는다. 그도 안 되면 헬스장에서 트레드밀 위를 걷기도 한다. 팔다리를 부지런히 움직이느라 다른 아무 생각을 하지 않는 듯이 보일지 몰라도, 걷는 사람을 보면 조심해야 한다. 그가 새로운 철학을 만들어 내는지, 예술을 창조하는지, 혁명을 도모하는지, 아무 생각 없이 시간을 날려버리고 있는지는 자신이 아니면 아무도 알 수 없을 테니까.

리베카 솔닛의 책이 마음으로 걷는다는 느낌을 준다면 온몸으로 걷는 것 같은 느낌을 주는 책도 있다. 좋아하는 배우인 하정우가 책을 냈는데 제목이 《걷는 사람, 하정우》였다. 아, 이 유명한 분도 걷는다는 말인가, 반가운 마음에 책을 샀다. 뭔가 전투적인 느낌을 물씬 주는 표지를 장착한 이 책을 한마디로 정리하자면 하루 3만 보, 가끔은 10만 보를 걷는, 그야말로 '하드 워커Hard Walker'의 이야기였다. 출근하는 길은 가능하면 걷는다는 기본 원칙을 시작으로 발 디딜 공간만 있다면 걸어서 이동하고, 텔레비전을 볼 때에는 제자리 뛰기를 하며 엘리베이터와 에스컬레이터 대신 비상구로 걸어 다니는 사람의 생생한 경험이 녹아 있는 책이다. 그야말로 죽자고 걷는 사람의 이야기이다 보니 아주 가끔 2만 보 정도를 걷는 내가 도저히 명함을 내밀 수 없는 수준이라고나 할까. 그나마 나와 그 사이에 비슷한 것이 있다면 언제든 걸을 수 있도록 늘 운동화를 신는다는 것 정도가 아닐까 싶었다. 누구나 얼굴을 알아보는 유명인이니 선팅을 강하게 한 자동차에 얼굴을 꽁꽁 감추고 다닐 것 같은데 그는 "알아본들 어떠랴, 누군가 알아보면 반갑게 인사 나누고 계속 걸으면 된다"고 쿨하게 말한다. 그가 알려주는 걷기 관련한 조언은 정말로 유용하다. 어디를 어떻게 어떤 방식으로 걸어야 하는지, 걸을 때 필요한 것은 무엇인지도 공유해준다. 이 책은 걷기에 관한 이야기이지만 어떻게 사는 것이 잘 사는 것인지 모두가 갖고 있는 고민에 관한 탐구이기도 하다. 영화를 찍고 그림을 그리고 친구와 동료를 만나고 성공과 실패를 경험하고, 혼자서도 밥을 잘 챙겨 먹으며 매일 새로운 길 위에 스스로를 올려놓는 이야기 말이다.

회의와 컴퓨터 작업을 하느라 내내 앉아 있다 마음먹고 2만 보쯤 걷는 날이 있다. 뚜벅뚜벅 발을 내디뎌 원하는 방향으로 그만큼 멀리 갈 수 있는 날의 나는 아픈 다리와 함께 용기와 자신감을 얻게 된다. 내가 가고 있는 길이 어디까지 이어지고 얼마나 험할지 모르지만 그냥 이렇게 가다 보면 무엇이 나와도 나온다는 것을 알기 때문이다. 언젠가 인생길에서도 죽기만큼 힘든 순간이 나타날지도 모르지만 그때도 '하와이에서 10만 보를 걸었던 기억으로, 아무리 힘들어도 결국 다시 일상으로 돌아올 수 있으리라는 믿음으로, 버틸 것'이라고 하정우는 자신의 책에서 이야기했다. 자기 자리에서 나름의 방식으로 분투하는 사람이라면 마음속으로 똑같은 다짐을 하고 있을 것이다.

어른이라면 인생에서 힘든 일이 생기지 않기를 기도하는 것보다 혹시 힘든 일이 생겨도 잘 이겨내기를 바라는 편이 훨씬 현명하다는 것을 알고 있다. 가만히 있어도 시간은 흘러가고 움직여도 시간은 흘러간다는 것도 알고 있다. 열심히 움직여 활활 타오르거나 그대로 자리에 앉아있다 녹슬어 버리거나. 굳이 둘 중 하나를 선택하라면 전자가 나을 것 같다. 걷는 것이 조금 지겨워지거나 시들해져 침대나 소파가 가장 좋은 친구로 느껴지려 할 때마다 하정우와 리베카 솔닛의 책을 다시 펴들고 몇 페이지 읽은 후 운동화 끈과 마음의 끈을 함께 꽉 조여 매고 귀 옆으로 지나가는 바람을 느끼며 걷기 시작한다. 동네 한 바퀴가 되었건, 제주 올레와 지리산 둘레길의 모든 코스가 되었건 멀리 스페인의 산티아고 순례길이 되었건 상관없다. 아무리 생각해도 걷기란 인간이 할 수 있는 가장 무해하고 아름다우며 친환경적인 행위가 아닌가. 지하철이 있고 버스가 있고 택시가 있고 마지막으로 튼튼한 내 다리가 있고. 어쩌면 정말 끝까지 면허를 손에 쥐지 못한 채로 걷는 인간, 걸어야 하는 인간, 걸을 수밖에 없는 인간으로 살게 될 것 같다.

《걷기의 인문학》, 리베카 솔닛, 김정아 옮김, 반비, 2017
《걷는 사람, 하정우》, 하정우, 문학동네, 2018

밥, 술, 돈, 잠, 그리고 책

내가 좋아하는 것들을 생각하다 보니 다 한 글자다. 단순하고 기본적인 것이라서 그럴 것이다. 40대에 들어서면 좋아하는 것들에 대해 다시 생각해보게 된다. 아무리 먹고 마셔도 컨디션에 별로 영향을 미치지 않을 것 같던 밥과 술. 이제는 먹고 마시는 대로 군살로 가니 줄여야 한다. 돈은, 40대까지 모으지 못했으면 그 이후로는 모을 확률이 더 낮다. 40대까지 부자가 아니었던 내가 50대에 들어 갑자기 부자가 될 확률은 극히 희박하니 돈과 관련해서는 그냥 마음을 비우는 편이 정신 건강에 좋다. 잠의 경우 수면 시간 자체는 변화가 없는 것 같은데 새벽에 잠들어 늦게 일어나던 예전과 달리 밤 10시에 시작하는 드라마를 보기 어려울 만큼 잠자리에 드는 시간이 당겨졌고 대신 아침에 일찍 일어나게 된 상황을 받아들여야 할 것 같다. 평생 올빼미로 살 것 같았는데 이 나이에 종달새로 새롭게 태어나다니.

그리고 마지막으로 책.

책은 다시, 많이 읽어야겠다고 생각했다. 훌륭하신 옛날 분들은 책 속에 길이 있다고 하셨는데, 길까지는 아니더라도 위로와 자극은 발견할 수 있는 것 같다. 어려서는 세상이 너무나 궁금해 책을 읽었다. 번잡스럽고 소란한 20, 30대에는 일도 잘하고 연애도 열심히 해 좀 더 멋진 사람이 되고 싶어서 책을 읽었다. 남이 잘 씹어 놓은 것을 그냥 받아 삼킬 수는 없다는 자존심에 무엇이든 먹고 소화할 수 있는 단단한 이빨과 강철 같은 위장을 갖추고 싶어 했던 것 같다. 물론 실패했지만. 그러다 40대가 되어버렸다. 이쯤 되면 뭔가 이루어 놓았을 줄 알았는데 여전히 체념의 연속이다. 일상은 지리멸렬하고 스스로에게 실망하는 일만 많아진다. 그 와중에 힘을 준 것은 산책, 휴가, 예쁜 것 구경하기 같은 짧고 반짝이는 순간들이다. 여기에 더해 세월의 시험을 견뎌낸 지혜, 혼자라면 생각할 수 없었을 통찰, 삶을 유쾌하게 만들어주는 유머가 담긴 책을 읽는 동안에는 특별히 더 즐거웠다. 인생에 별 답을 못 구해 헛헛한 느낌이 들면 다만 책이라도 읽으려고 조금은 노력했다.

아주 오래 전 사람들은 천동설을 당연하게 받아들였다. 지구를 중심으로 다른 별이 돈다는 기본 전제에서 세상을 이해해왔다. 그러다 지동설이 나오면서 세계관 자체가 달라져 버렸다. 지식의 체계가 바뀌면 세상을 해석하는 방식도 달라지고 나에 대한 이해도 달라진다. 10대, 20대에 읽었던 책 역시 세상이 바뀌고 내가 바뀌면서 다른 의미를 갖게 된다. 나이 들면서 가장 걱정되는 것은 근육이 빠져 출렁거리는 팔과 다리가 아니다. 내가 젊은 시절 알고 경험한, 딱 거기까지를 기준으로 삼아 이미 한물간 이야기를 믿고 전하는 것이다. "요즘 애들은 이상해"라고 이야기하지만 사실은 내가 가장 이상하다는 사실을 인정하기 싫어 고민하고 있다. 휴대폰 속 어플뿐 아니라 취향도 업데이트하려고 노력하지만 쉽지는 않다. '디지털 원주민'인 젊은 층과 달리 플로피디스켓, USB, 클라우드를 모두 사용해온 어설픈 '디지털 이주민'이다 보니 언젠가 자연사 박물관 공룡 화석 옆에 자리 잡게 될까 봐 불안하기도 하다. 그런 불안함이 책을 읽게 만드는 것 같다. 머물러 있으면 뒤로 가는 거라고, 익숙한 세상을 자꾸 흔들어봐야 한다고.

점점 더 많은 사람들에게 '내가 당신 나이였을 때' 하고 말할 수 있게 된다면, 그때가 바로 조심해야 할 때. 그 다음에는 분명히 지겨운 훈계, 의미 없는 추억의 회상이 이어질 것이다. 나이 어린 후

배나 부하 직원들이 놀아주지 않는다고 칭얼거리지 말자고 결심했다. 장담컨대, 함께 있어봤자 서로 재미없을 것이 분명하다. 만나는 사람마다 "언제 밥이라도 먹자"고 공허하게 외치는 것도 그만두자 싶었다(그 '언제'는 대부분 찾아오지 않을 테니까). 생활에서 배경음악처럼 틀어놓던 텔레비전을 끄고, 주위 사람들과 약속을 잡아 친목을 다지는 일도 조금은 줄여 혼자 앉아 책을 읽으려고 애썼다(솔직히 고백하자면 책읽기보다 친구들과 노는 것이 더 재미있기는 했다).

"쉴 곳을 찾아 세상을 뒤지고 헤맸으되 책이 있는 구석방보다 나은 곳은 없더라."

열성적인 독서광 움베르토 에코가 쓴 소설 《장미의 이름》에 이런 말이 나온다. 아직 충분히 살아보지 않았고 엄청난 독서광도 아니니 이렇게까지 말할 자신은 없다. 요즘 같은 시대, 책을 읽어서 뭐에 쓰냐고 물어온다면 "오! 필요를 따지지 마라!"라는 《리어왕》의 한 구절로밖에 답을 못 할 것 같다. 다만 40대에 책을 좀 읽어서 더 나은 50대를 맞고 싶고, 50대에는 그보다 조금 더 많은 책을 읽어 또 조금 더 나은 60대의 내가 되고 싶을 뿐이다. 하고 싶은 것도, 할 수 있는 것도 그 정도 밖에 없는 것 같다.

 훨씬 더 빨리 쓸 줄 알았는데 생각보다 많이 늦어졌다. 내용을 확인하느라 책을 펴들었다가 마치 처음 읽는 듯 그 책을 다시 읽는 일이 이어졌기 때문이다. 다시 읽으니 처음 읽을 때보다 훨씬 좋았다. 첫 번째 독자가 되어준 전지운 편집자 덕에 원고를 시작하고 끝낼 수 있었다. 훌륭한 저자들과 인용을 허락해준 출판사가 아니었다면 이 책은 나올 수 없었을 것이다. 서민 교수님과 김연수 작가 덕에 이 책에서 가장 자랑스러운 부분이 '추천사'가 되었다.

읽고 싶은 만큼 실컷 책을 읽으라고,

하지만 현실을 피해 책 속으로 도망가지는 말라고 격려해준 부모님께,

책을 함께 사들이고 함께 읽어준 남편에게,

늘 고마운 마음으로

2019년 9월 김은령

일상이 허기질 때,
《밥보다 책》

초판 1쇄 발행 2019년 09월 03일
초판 2쇄 발행 2019년 12월 15일

지은이 김은령
펴낸이 전지운
펴낸곳 책밥상
디자인 Studio Marzan 김성미
등록 제 406-2018-000080호 (2018년 7월 4일)
주소 경기도 파주시 문발로 197 우편번호 10881
전화 031-955-3189 **팩스** 031-955-3187
이메일 woony500@gmail.com

제작 제이오 **인쇄** (주)민원프린텍 **제책** (주)정문바인텍

ISBN 979-11-964570-5-1 03800 ©2019 김은령

이 도서의 국립중앙도서관 출판예정도서목록(CIP)은 서지정보유통지원시스템
홈페이지(http://seoji.nl.go.kr)와 국가자료종합목록 구축시스템(http://kolis-net.nl.go.kr)에서
이용하실 수 있습니다. (CIP제어번호 : CIP2019032979)

밥보다 일기
서민 교수의 매일 30분, 글 쓰는 힘
서민 지음 | 264쪽 | 15,000원

하루 세 끼 안 먹어도 일기는 꼭 씁니다
글 잘 쓰는 기생충박사,
서민 교수가 밝히는 글쓰기 비법은
매일 조금씩 일기 쓰기!
역지사지, 관점 바꾸기, 사회적 이슈 관련 글,
독후 일기, 여행 일기 등…
일기 쓰기에 관한 종합선물세트!
오늘 쓰는 30분 일기로, 글쓰기 근육은 탄탄해진다.

딱 1년만 쉬겠습니다
격무에 시달린 저승사자의 안식년 일기
브라이언 리아 글, 그림 | 전지운 옮김 | 176쪽 | 17,500원

저승사자에게도 휴식이 필요하다
1초에 전 세계에서 3명이 사망하는 덕에 한 번도 쉬어본 적 없는 저승사자.
쌓여만 가는 직원의 무사용 휴가를 관리해야 하는 회사로부터
1년 안식년 휴가를 쓰라는 메일을 받는다.
'무얼 해야 하지? 나 없이도 회사는 잘 돌아갈까?'
근심 100, 계획 0인 저승사자의 안식년 시작은 일단, 일기 쓰기!
그리고 망자의 명부가 아닌 한 번도 세워본 적 없는
자신의 시간 사용에 대한 리스트를 적어보는데…
일벌레 저승사자의 스펙타클 환골탈태 안식년 프로젝트!

판 판 판
레코드 판 속 수다 한 판 인생 한 판

김광현 지음 | 나승열 사진 | 232쪽 | 18,000원

지금, 추억과 인생의 판을 돌려야 할 때!
음악밖에 모르는 순정남, 〈재즈피플〉 편집장의
달콤 쌉싸름한 LP 이야기.
레드 제플린에서 냇 킹 콜, 송창식까지
그때를 추억하고 인생의 한 페이지로
마음속 사진을 찍게 하는 30장의 앨범과 노래들.
음악이 없었으면 아무것도 아닐 순간들을 불러와
삶의 한가운데로 자리를 내어주는 '너' 와 '나'의 이야기.
★2019 문학나눔 선정 도서

책밥상
BOOKTABLE